丁托雷托莊園

TINTORETTO MANOR

Author
范遷——著
VICTOR FAN

序

那年我二十一歲。

坐在電腦前打下「丁托雷托莊園」這個標題時，我不由得嘴角牽動起一絲苦笑；二十一歲的年華在螢幕裡看來是那麼遙遠，遙遠得像漂浮在地平線上依稀的夢，一個燠熱夏夜的夢，雷聲隱在雲層裡，空氣中飽含著水分。身體懶懶地睡著了，潛意識卻在黑暗中分外活躍。

當我走過一長段磕磕絆絆的人生之後，突然明白了能做夢是一種福氣。夢不帶有善惡和道德的評價，夢不帶有日常功利和經濟考量，夢只描繪一種美麗，夢闡述一種與生俱來的欲望，在夢中我們赤身裸體，像安琪兒一樣。也許那是一個更真實的我們，自由地遊走在現實和虛幻之間。

為此我決定要把這篇文章寫得如夢那樣零碎斑駁，那樣縹緲無依，那樣年輕而騷動，那樣隨心所至，最後，還要像一顆朝露般地新鮮和短命。

薛暖

那時我年輕得閃閃發亮，像一顆尖銳的子彈，只等被扣動扳機，奪膛呼嘯而出。

九個月前，天安門廣場上遍地垃圾，氣味難聞。槍聲響起的前夕，我和女友薛暖在臨時搭起的帳篷裡纏綿。

強烈的探照燈光劃破天空，成千上萬的人群在帳篷外湧來湧去，高音喇叭聲彼此起伏，透過尼龍布面可以感到地面的溫度正在升起，熱風在紀念碑尖上吹過。六月的夜晚躁動而曖昧，一種莫名的不安在廣場上發酵，謠言滿天，大家都在談論三十八軍已經從保定進駐到木樨地了，軍隊馬上就會進來清場。薛暖從前一天起就顯得心神不寧，也許正是這種不知生死明天的懸念，使薛暖下決心對我以身相許，帶有一種刑場婚禮的意味。

雖然我感到廣場上的抗爭已近尾聲，學生們一點勝算也沒有。但我也不相信今夜會有大劫來臨；軍隊進城也許是真的，清場也是早晚的事。但是，那些剛穿上綠軍裝的小子們，跟我們一樣年輕，也許殺隻雞手都會發抖，要他們端平了AK—47對手無寸鐵的學生開槍？扯淡，沒人會相信這個。要說危險，眼前的最迫切的危險是來自於我們對性的懵懂無知——怎樣才能越線而不踩雷？

時間一秒一秒地滑向歷史的轉捩點，帳篷裡的年輕男女卻懵然不知，不合時宜的春潮洶湧。

薛暖的兩頰赤紅，內褲已褪到腳踝處，白色的裙子翻了上去，裸出平滑的腹部和修長的大腿，我跪在她兩腿中間，望著芳草地中一線模糊的濕潤，心跳怦然而頭腦一片空白，不敢相信這就是我們的今夜。一年來，年輕的情慾在堤壩前激蕩，卻沒料到會在風雲動盪的春夜突然決口。

最初的約會在南池子旁邊的小飯店，口袋裡都沒什麼錢，桌子上攤著一個炸醬麵的空碗和北島的詩集。麵被我們分著吃了，詩句卻在對視的眼睛裡變化著不同的含意，綿綿不絕。冬天下了第一場雪之後，相約蹺課去長城，站在烽火台上遙望夕陽西下，空茫而淒美。寒風中我們依偎在一起，她凍得鼻子通紅，頭髮被風吹亂，在垛牆後面我第一次吻了她的嘴唇。夏天的夜晚，蟬在樹上聒噪，我焦躁地等在故宮門外的石獅子下，姍姍來遲的她總有一千個理由，在小小的爭吵過後，和好顯得格外溫馨甜美。兩輛並排的自行車飄出城郊，向小辛莊方向緩緩騎去，黑暗的田野裡飄蕩著草汁的清香，而柴垛後面是個接吻的好地方。秋天在紅葉飄零中來臨，薛暖會一下子變得無名地傷感，她在香山的石階上一腳踩空，崴了腳脖子。不得不倚在我的肩上，乳房軟軟地貼在我的手臂上。

那些記憶都像蝴蝶標本一樣保存良好，十九歲女孩不施脂粉的臉龐，柔軟的嘴唇，秀髮間自然的女性馨香，白襯衣裹著苗條的身子，我有時會驚鴻一瞥從領口瞅見粉紅色的乳頭。她只容許我的手伸進毛衣，隔著襯衫撫摸她。

在那個春天我們的頭腦一起發熱，大學生們像沙丁魚似的擠在解放牌卡車的車鬥裡，京城五月塵土飛揚，薛暖竟然帶上了一柄杭州的綢傘，細細的竹骨撐著粉綠和藕色的傘面，在萬頭攢動之上有如激流中一隻紙摺的小船。天氣熱極了，無遮無擋的廣場像個巨大的平底煎鍋，人群中的汗臊味，腳臭味，無處不在的燃燒汽油味，腐爛的食物味，把薛暖燻得差點昏倒，但這並不妨礙我們一起為遙遠陌生的自由大聲吶喊，口號聲在空曠的廣場上回聲隆隆。我們被自己的慷慨激昂所陶醉，青春荷爾蒙與政治激情同步覺醒。這是一場盛筵，一場開天闢地，聞所未聞的盛筵。我們為能躬逢其盛而熱血沸騰；情侶們在國際歌聲中忘我接吻，少男少女們在天安門衛兵的眼皮子底下扭秧歌跳迪斯可，偉大領袖毛澤東的畫像上被潑了油漆，再鬧下去很難說天安門城樓不會被我們拆掉，誰叫我們青春年少，血氣方剛。

人群中混雜著興奮莫名的外國記者群，西方的媒體哪肯錯過這場好戲，不能相信的事情真的發生了。共產黨極權統治下第一遭，學生的訴求，政府的容忍，民眾的騷動，是否說明鐵幕開始動搖？是否學生運動能促成民主政體的產生？全世界的眼睛都盯在電視機上。不管結果如何，這可是百年難遇的歷史時刻。記者們如熱鍋上的螞蟻，閃光燈彼此起伏，任何的蛛絲馬跡都被鄭重報導，膠捲如流水般地消耗，電訊繁忙地由豪華的賓館套間裡穿洋過海。道聽塗說混和著添油加醋，內部消息被傳得面目全非，政治預測則如癡人說夢，唱主角的學生們可真是出足了風頭。美聯社的皮特不斷用長鏡頭為我們拍照，鏡頭前薛暖穿著白襯衫和長裙，笑靨如花。如聖女貞德般的形象使成千上萬的美國老百姓唏噓不已。

皮特帶給我們慰勞品，包括提娜•透娜的唱帶和雲斯頓香煙，學生們一個個擺出瀟灑的姿態，過濾嘴香煙吊在嘴角上，仰頭灌著可口可樂，四喇叭收錄機裡女歌手黯啞的嗓音聲嘶力竭，我至今還記得那首歌名——《在黑暗中舞蹈》。面對鏡頭薛暖笑得那麼嫵媚，那麼肆無忌憚，天真得近乎賣弄風情，她的襯衫上第一顆扣子鬆開，渾然不覺在廣場上引來一片目光雜陳。年輕英俊的皮特先生微笑著，他的側影像某個叫不出名字的電影明星，而我不無醋意地留意到他的手，多次在薛暖的肩頭含情脈脈地撫過。

這一切太吸引人了，示威變成了派對，而「自由」輕飄飄地在你耳邊低語：這是一場縱情聲色的遊戲，人人有份。革命呢？革命變成了一場中國式的蒙面舞會，就如《在黑暗中舞蹈》。難怪越戰當年，美國校院裡的學生運動提倡「不要戰爭要做愛」。說得多好——「做愛」；一個文雅而充滿綺念的詞語，剛進入中國人的口語辭彙。「做愛」——粗俗的交媾行為被提升了，生物性的本能被冠上羅曼蒂克的想像。「做愛」這詞語中包含了無限的可能性，不由得使年輕學生們意亂神迷。薄暮時分的廣場上人山人海，摩肩接踵，胳膊挨著胳膊，前胸貼著後背，汗濕的襯衫裡透出胸罩的形狀，牛仔褲緊繃在腿上。天黑了下來，在六月溫暖的黑暗中，倦慵的肉體像欲望之花盛開，汗水中曖昧的氣息瀰漫。那是一種奇怪的經驗，神經還是緊繃，肉體卻承受不了，要求逃遁，要求被安慰，要求獲取一種全新的體驗，要求脫胎換骨，要求同時來到的自毀和新生。

我跪在那裡，六月的自由給我端上生命中第一桌盛宴，一個完美無暇的女體，清新得如一朵出水的蓮花，一個還用中文說「我愛你」的薛暖，一個還沒有被美國人染指的薛暖，一個在生死之夜獻出自己的薛暖，她紮著一雙馬尾，細細的牙齒咬著下唇，雙眼迷離，乳頭翹起，像一條離水的魚那樣呼吸急促，她的指甲抓破我背上的皮膚，而腰部微微地離地而起，配合著我一次次笨拙的嘗試。

當我的精子向薛暖的子宮婉延而去時槍聲遽然爆響，二人跳起身來，不敢相信外面真打起來了？先是茫然四顧，爆豆般的槍聲使人毋庸置疑，然後一下子驚慌失措。在匆忙中，我的牛仔褲拉鏈卡在內褲上，而薛暖無論如何也找不到她的那條薄蟬翼的三角褲。我們衣冠不整地衝出帳篷，看到曳光彈在天安門上空交織出一片絢爛的圖景，人群開始奔跑。

生與死在溫暖的夜裡挨得那麼靠近，像戀人顫忭的嘴唇，像汗濕的襯衫粘在背上，像普希金詩中的俄羅斯輪盤，每跑一步都不知道離生存還是離死亡近了一步。奔跑中我幻覺裡的青翠白樺樹在風中搖曳，洶湧的海潮湧向堤岸，熾熱的太陽突然隱沒在無邊的黑暗中。身邊的大漢像布袋一樣倒下去，噴濺的血液像綻放的罌粟花，染在薛暖的白裙子上。我們盲目地在人群的裹挾中從廣場這頭竄向那頭，像一窩被滾湯澆潑的老鼠。

薛暖後來告訴我；在突圍時她並沒有想到死亡，她說大腿的內側全是我的精液，粘粘的。她以為自己一定懷孕了。

燕京飯店的樓面被點三八的子彈打得千瘡百孔，遽雨之後街道上淌著暗紅色的濁流，薛暖帶去的那把綢傘張開了殘破的傘身，被風吹得滿廣場翻滾。湛藍的天空看不見一隻鳥兒，廣場上人影寥寥，環境衛生局的卡車在收拾殘局，北京沉默了。街上看不到一個年輕人，煞氣重重地壓在這座千年古城的上空。沒有一個人，包括紫禁城裡的發號施令者，知道接下來會有什麼事發生。但是，按照慣例，每個人都知道，大搜捕就要來了。

我和薛暖都在黑名單上。

在美國大使館的地下室裡，皮特叼著煙捲，用電腦打出一份給國務院的備忘錄，在這份鉅細靡遺的，可以媲美二次大戰英國軍隊從敦克爾克大撤退的備忘錄裡，皮特闡述了把民運分子偷運出境的可能性和急迫性。皮特運用他多年來在中國旅行的觀察和經驗，擬就一份大膽而又確實可行的逃亡計畫；陸路走的可行性和水路走的可行性，哪兒是危險區域，必須避開。哪兒的邊防較為鬆懈，可從哪裡越境。哪兒是接頭的地方，哪兒可以補充錢糧，在緊急時哪個國家的領事館可以提供庇護，計畫書上都一一注明。到達大陸最南部時，那兒會有人過來接應，香港的身分證可在印刷廠裡電腦合成，而中央情報局的緊急撥款必須馬上打進某個人的戶口。

薛暖在這份救援計畫上名列前茅，而我則不在其中。

皮特沒想到是，薛暖對他嘔心瀝血之作並不買賬，這個溫柔的中國女孩固執得像頭犟牛；如果沒她的男朋友同行，那她寧願坐牢。不管是溫言軟語還是激烈爭吵，美國人費盡口舌也沒能說服薛暖改變主意。皮特不得已把我當作實現他計畫中必要的一步讓步，我的名字開始在中央情報局的電腦螢幕上顯現，皮特口口聲聲說這是他花了死勁才爭取得來的，我要把握好這個機會的同時要確保薛暖的安全。那雙藍眼睛裡傲慢的神情，救世主般的臉色，使得我很想罵一句去你媽的。但是，想到黑暗的牢房，手銬，洗腦的痛苦過程，想到父母的擔心焦慮，親戚朋友的牽連，想到晦暗無光的前途，想到與薛暖永遠的分離，我忍住了。

我至今記得清晰，在南下的逃亡之途中，在性愛的滋潤下，奇妙愛情之花盛開。年輕而貪得無厭，才不管倏忽閃現在腦際又被揮之而去的危險，性的甘美，淋漓，直如火中取栗的快感，又如一盤剛放上桌就要端走的美食。既然明天不可知，我們更不放過每一個能享受的時機。從北京到青島骯髒的火車廂裡，在滿地的瓜子殼和果皮中，我枕著薛暖柔軟的大腿入睡，朦朧中感到她的纖手在我臉頰上輕輕撫過。從青島去上海三等艙裡，風浪中船行顛簸，行李架上母雞咯咯亂叫，有人在嘔吐，更多的人在聚眾打牌，艙裡煙味嗆人，空氣渾濁，我們卻自顧自地相擁在一條毯子底下。在浙江南部縱橫彎曲的河道中，烏蓬船嘰呀嘰呀地搖著，我們在潮濕的船艙裡忘情地接吻，年輕的船娘隔著舷窗偷窺，自己先不由得紅了臉。夜宿在武夷山中的村舍民房裡，我們光裸著身子整夜做愛，通宵無眠，全然忘了明天還要徒步行走一百二十里山路。在一片荒無人跡的山野裡，薛暖讓我解開她汗濕的衣襟親吻乳房。我們途經無數破敗的農村和無名的鄉鎮，睡在骯髒的小旅館裡，或借宿農民房，有時為了趕路，一天只吃一餐，傍晚坐在簡陋的小飯店裡狼吞虎嚥，吃完抹抹嘴，恍然間一抬頭，對面的薛暖臉色嬌美，笑靨如花，全無沿途風霜侵襲的痕跡。

小鎮上年久失修的老舊旅館，是我們經常投宿的去處，踩在咯咯作響的樓板上，提著熱水瓶去打開水，下樓梯時看著薛暖雪白的頸項，慾望在我的心中騰地升起。我可以盡情地想像，過一會兒那扇薄門關上之後，在暗淡朦朧的燈光下，薛暖將在我眼前褪盡衣衫，用臉盆中的水洗淨她美妙的身子。每一個夜晚都有不同的形體，聲音和綺夢，在不同花色的粗布床單上，二具汗濕的身體緊擁，壓低的嬌喘聲銷魂蝕骨。每一個夜晚都欲罷不能，我們互相奉上全部所有。想想那時真的昏了頭，我們是榜上有名的逃犯，竟大膽得全然無視沿路上軍警林立，各地都奉命搜捕民運分子。老天保佑，我們幾次都化險為夷，日後想起來還是一身冷汗。兩個月來我們越過三千公里，奇蹟般地來到那座南方的大城——廣州。

果在北京有一千個學生喪生在坦克車的履帶之下，並不會影響到廣州居民對叉燒烤鴨的胃口，這個深受香港影響的城市還是日日笙歌，大大小小的酒樓茶肆擠滿了人群，大家揮汗如雨地享受著口腹之欲。我們來到市中心的一座大酒樓，皮特將在這兒和我們最後一次碰頭，一進門就看見他穿著大塊豔麗色彩的夏威夷衫，戴著一副遮住半個臉庞的太陽眼鏡，手腕上一隻碩大的羅萊克斯金表在閃閃發光，活像個沒心沒肺的旅遊者。我們在他的鄰桌坐下，突然明白兩個月的浪漫之旅馬上就要落幕，我們現在剛跨上一座獨木橋，而彼岸不可知的命運在等待著。在水晶蝦餃和糯米燒麥面前我們一點胃口也沒有，離去前的感傷像浪潮般地席捲而來。我們一下子感到自己是那麼渺小，那麼無助，我握住薛暖放在桌上的手，使勁攢著，她微微發抖，眼中閃著淚花，一言不發。

鄰桌的皮特輕咳一聲，起身走去洗手間，我在一分鐘之後進入白色磁磚鑲嵌的廁所，和皮特並排站在潔白的小便池前，沒有任何交談，也不互相注視，只聽得尿水衝擊便池的聲音，我斜眼瞥見美國佬粗大的器官，像一截營養充分的胡蘿蔔，滿不在乎地抖動幾下，又躲進那件夏威夷衫下面去了。在洗手台上他留下一個白色的信封，我揣進褲袋時手指感到卡片堅硬的邊緣，那是我們去香港的單程通行證。

在香港，我被告知暫時不能去美國，在成千上萬的文牘中有一個小錯誤，在這小錯誤得到糾正之前，我沒法獲得美國的簽證，國際難民署的職員笑容滿臉地向我保證小錯誤會很快地得到解決。

啟德機場狹窄的跑道上，波音七四七飛機拔地而起，在候機廳攝氏三十七度的暑熱中皮特西裝筆挺，臉露沉靜笑容。薛暖眼睛哭得通紅，但她並沒有表示出要留下和我在一起走的意願。皮特的手很自然地挽在她肩上，安慰性的，你知道。在梨花帶雨的薛暖面前我不能多說什麼，這只是暫時的分別，簽證很快就會得到解決，我們將在三藩市相聚，一切都沒問題，只是薛暖身邊那個男人使我心神不定，他臉上的笑容過分燦爛，態度也過分地親昵。當然，我沒露出任何異樣的表情，只是擠出一副寬慰的笑臉，用力向走入海關柵欄的兩個身影揮手。一出機場大門，太陽當頂照下，滿目白茫茫一片，想到我的小鴿子飛走了，五臟六肺一下子被掏空，竟然想蹲下來大哭一場。我一個人被遺留在這個炎熱的城市裡，舉目無親，既沒有身分，更沒有錢。在恍惚中我看到自己像一條夾著尾巴的喪家之犬，在這個陌生城市裡毫無目的地奔跑，所看見的只是一扇扇緊閉的門戶。

在香港這個彈丸之地我逗留六個月之久，努力想把自己撿回來。國際難民署的職員黑著臉，耐著性子給我解釋：錯誤在處理中，我必須有足夠的耐心。不要一次次上門給他們添加無謂的麻煩。這些肥肥胖胖的先生有沒有想過；我怎麼生活？這是一個被裝在罐頭裡的城市，求職的人們像熱帶魚一樣在擠得滿滿的缸裡碰來撞去。一個不懂廣東話，沒有任何謀生技能的逃亡者如何生存下去？難民署先生們所能給我的回答是聳聳肩膀，這不是在他們的職責範圍內可以回答的問題。對了，這兒是自由世界，你絕對擁有餓死的自由。哦，你不是會畫畫嗎？也許殯儀館需要畫死人的照片，何不上那兒試試？

不瞞你說，我還真去那裡求過職，而且被非常沒尊嚴地拒絕了。管你是中央美術學院的高材生，在老闆眼裡就如上門要口殘羹冷飯的叫化子一樣，你帶去的作品被往桌上一扔：會修照片嗎？不會？會給死人化妝嗎？不會？那我們不需要你這樣的大陸人。你求職失敗走出門時滿心的自卑啊，真是尋死的念頭都有。哼，藝術家，算個什麼玩意兒？會畫幾筆劃有個屁用，還不抵一個路邊修鞋匠，至少他可謀一份溫飽。你自視甚高？你放不下身段？難民署的先生不是說了嗎，你盡可以保持一份活活餓死的尊嚴。

我卻不想餓死，為了維持最基本的生活，我做過房地產銷售員的下手，騎著自行車在中環辦公室樓群中遞送文件，做過油漆小工，每天下班一身的粉塵洗也不洗就睡了，睡眠對我說來太寶貴了，我平均一天只有五個多小時的睡眠。鬧鐘一響，在伸手不見五指的黑暗中起床，步行去大埔的菜場，那兒提供給我一個拔雞毛的工作。我還在沙田的酒樓裡洗過碗，漂白液浸得雙手如蛇般地脫皮。有一份工作是深夜在印刷廠裡昏暗的燈光下排版，管事廣東佬的嘴像茅坑一樣臭，有事沒事都把男人女人檔下的對象掛在嘴邊，你在版面上出了點小差錯更不得了，他能把你祖宗八代都問候一遍。我忍受不了也要忍，氣要嚥下去，握緊的拳頭要鬆開，自己對自己說有什麼好計較的？就當他是條狗。可這話對血氣方剛的年輕人未免要求太高，當有一天這條狗離我太近而狂吠時，我一拳打斷了他兩顆門牙，自己都不知道是怎麼出手的？你想都能想像出來，我丟了他媽的那份工作。

我活下來了，省吃儉用，在香港從沒進過一次理髮店，頭髮長了就用根橡皮筋在腦後紮了起來，我喜歡那種頭皮繃緊的感覺。我的胃口太好，常常感到饑腸轆轆，在香港這個美食天堂裡，什麼樣的吃食沒有？從法國大餐到滿漢全席。可是，盯著滿街的餐廳廣告，我只有流口水的份。一天苦累下來，坐在街邊大排檔吃一碗六塊錢的餛飩麵，對我說來已是至高無上的美味了。我像個苦力般地賣命，像守財奴一樣地存錢，終於，牛仔褲口袋裡積起了一疊妙不可言的鈔票，鈔票上的英國女王妙不可言地對著我微笑。我無數次想像這些花花綠綠的紙幣能帶給我多大的快樂？能想吃什麼就買什麼，能租個小房間，能交上學費，能給薛暖買點小禮物，能和她一起去旅遊，去看看美國大地，風土人情，去看看站立在紐約港口的自由女神，為了響應她的召喚，我們在最好的年華裡離鄉背井，浪跡天涯。

半年過去了，炎日不再，冬季的天空烏雲密佈，我常在深夜清晨漫步在荒涼的街頭，目光透過鋼骨水泥建築群面向東方，在維多利亞港口的薄霧中，隔著蔚藍色的太平洋，此時三藩市應該是華燈初上時光吧。薛暖，我的女孩，你還好嗎？我放不下的只有你，你常在我的睡夢中出現，巧笑倩兮，使我醒來之後格外惆悵。妳是否還記得那危險的逃亡之旅？我們曾在滿山晚霞映照下翻山越嶺，腳步匆匆地向農家小舍而去？妳是否記得為妳畫的無數的速寫？我每一張都收藏著。妳是否記得離開北京之前的最後一瞥，清晨的大霧緊緊地鎖住故宮的城樓？還有，妳會不會記得我們如日月星辰般的無數次纏綿？記得每一個不能忘記的忘情之夜？

美國的簽證終於下來了，我買了第一班飛往三藩市的機票，再見，充滿銅臭的香港，再見，慾望橫流的城市，再見，悶熱潮濕的氣候，再見，冷酷無情的人們。雖然你們收容了我，但我實在沒辦法感你們的情，我一點也不懷念在這兒度過的日子。如果有人問我；這世界上最後一個我想去的城市，不用置疑，就是你，香港。

飛機在海灣上空盤旋，機長渾厚的男中音從座位頂上傳來「飛機正在下降，十分鐘之後會降落在三藩市機場」。我口乾舌燥，手心出汗，心臟急跳，如果有一副降落傘，我敢從舷窗裡跳出去。機翼下的三藩市美妙無比，二月大地青翠淋漓，金門橋一線紅色貫穿南北。這片熟悉又陌生的土地，多少次在我夢境中出現，直到今天，我終於能一親芳澤。

飛機停穩之後，我推搡著慢慢蠕動的人群，先是踩到前面老先生的鞋跟，背囊卻掛住後面婦女的髮髻，我無視旁人的指責，心中只有一個念頭：馬上要見到我的薛暖了。

入境處的隊伍無窮無盡，我排在隊伍裡不禁擔起心來，如果文件有問題怎麼辦？那些難民署的先生是否通知了美國，那個小錯誤已經被糾正？如果美國方面沒接到通知，他們會不會遣送我回去？如果真的被遣送，我能不能要求見薛暖一面？我知道這是緊張過度而產生的傻念頭，但我就是禁不住自己胡思亂想。一個小時過去，總算輪到我。櫃檯後的移民局官員奇胖無比，像個穿制服的彌勒佛，他接過我戰戰兢兢遞上去的文件，粗粗地翻看一下，「砰」地一聲把入境章蓋在那幾張紙上，咕噥道：歡迎來到美國。我那顆提起的心一下子落了下來，啊，我真的來到了美國嗎？是的，是的，確切無誤，美國彌勒佛的臉上綻出一朵龐大的笑容。我來不及謝他，拔腳就向門外奔去。

在機場大廳薛暖望著我的眼光陌生而複雜，那是一個信號，事後我才想起見面的第一秒鐘就蒙上了不祥的陰影。她身後站著英俊的皮特，一隻手那麼自然地挽在她肩膀上。我不得不承認，這兩個人看起來是那麼相配，亞利安種的男人高大強健，一身剪裁合身的阿美尼運動上裝，黝黑的皮膚和雪白的牙齒，笑容像香港的黃梅天一樣曖昧。嬌小的薛暖如藤似蔓的在他旁邊亭亭玉立，風擺楊柳，一件黑絲絨的旗袍勾勒得她曲線玲瓏，臉上永遠曬不黑的皮膚嬌豔欲滴，她嘴角輕牽，帶出一縷熟悉得不能再熟悉的笑意，杏形的大眼睛卻難藏憂鬱。而我，十二個小時的飛行使我滿臉的倦色，長髮過肩，身穿在香港地攤買來的美軍野戰服，我所有的行李只是一隻破舊的皮背囊，和一個硬皮紙箱。過於激動而不知所措地站在這一對漂亮男女的面前。

我跨前一步，薛暖的眼睛裡流露出遲疑。

皮特滿臉笑容，熱情地向我伸出手來：「歡迎來美國。」口氣聽來像是歡迎一個窮親戚上門拜訪。

我視而不見，聽而不聞，候機廳裡熙熙攘攘的人群幻為無物，我的眼裡只有我的薛暖。撥開皮特擋在我們中間的手臂，一把把她擁入懷裡，薛暖的身子微微顫抖，我捧起那張思念已久的臉龐，她雙目緊閉，乾燥的嘴唇瞬間變得濕潤，一聲深長的嘆息從她腹腔升起，她的呼吸帶有山間野花的芬芳。我不顧一切地吻住了那張嘴唇。

我們若無旁人長久地接吻，皮特則在一邊煩躁地踱來踱去，繃緊著臉，不停地看著手錶。在把簡單的行李扔進後車廂，皮特為薛暖打開乘客座的門，薛暖卻繞過他，鑽進後座，和我緊挨在一起。皮特愣了二秒鐘，很重地把車門摔上，一言不發地向三藩市駛去。薛暖和我無暇注意到他鐵青的臉色，我摟著她的肩膀，她則雙手環著我的腰，互相看個不夠，眼中滿是久別重逢的喜悅，她抬起手來，輕輕地撫摸我滿是鬍渣的臉，而我一把攢住那隻手，放到嘴邊狂吻。偶一抬頭，後視鏡裡皮特的眼光像冰一樣冷。

我很難用語言來描述剛到三藩市的心情，生命像張鼓滿的風帆，而前面是一望無際的碧海。自由的感覺像醇酒一樣地使人沉醉，再也沒有軍警在身後虎視眈眈，再也沒有人來對你發號施令，你想去哪兒就去哪兒，你想做什麼就做什麼，人們只會對你發出善意的笑容。三藩市又是個美妙的城市，看不完的景致，逛不完的畫廊和博物館，走不遍的大街小巷，最主要的，我有薛暖在身邊。

青春是被用來揮霍的，碰巧我又有幾個錢在手邊，我們倆興致勃勃地玩遍了每一個著名或不著名的角落，春天裡金門公園櫻花正盛，我們並排躺在草地上，風吹過，飄落的花瓣如雨。夜裡在金門橋上回望三藩市，燈光璀麗，城市如幻，橋下一艘巨輪駛過，悄然無聲，惡魔島上的燈塔閃耀。我們在深夜去唐人街吃宵夜，清粥小菜甘美無比。在漁人碼頭看墨西哥廚師把螃蟹肉從殼裡剝出來，嗜吃海鮮的薛暖吃得滿嘴是番茄醬。我們擠在卡斯楚街的咖啡館裡，興致勃勃地看同性戀大遊行。落日時在海灘散步，涼風襲來，我把薛暖裹進我的軍大衣裡。我們跟隨旅行團去優勝美地露營，在帳篷外面有狗熊覓食。我們不放過每一個機會親吻，在下雨的日子裡就一整天不起床，沒完沒了地享受我們的性愛，哦，年輕的軀體如水乳交融，亢奮和倦慵如日月互替，情慾一波波如潮而來，一個眼神，一聲呢喃，都可以挑起另一場狂風暴雨，在那張方寸之床上，沒有外部世界，沒有時間，只有兩個赤裸裸的男女，渴求著，索取著，翻江倒海。

再甜美的夢也有醒來的時刻，轉眼到了開學的日子，手中的錢已經被我花得所剩無幾，交了一部分學費之後。我只租得起一個地下室，就在學校附近。地下室裡光線昏暗，牆壁上有發黃的水跡，窗子開在和街道齊平的地方，可以看到各種各樣的腳在窗前走來走去。屋頂上佈滿各種水管，暖氣通道，洗澡要跑到地下室的另一頭去。薛暖站在空曠的地下室中央，臉露驚訝和不屑。我知道這個地方和女朋友尋歡作樂太過於簡陋，但我沒有選擇，我是個新來者，美國奉給我的功能表上還不包括豪宅靚車。對我說來，和自己所愛的女人在一起，任何地方都可以叫做天堂，帳篷裡的第一次，鄉間茅屋中的徹夜狂歡，沒有理由不能在簡陋的地下室繼續相親相愛。我太自信，沒有注意到薛暖微皺的眉頭，她小心翼翼地不去觸動蒙滿灰塵的傢俱，在我強烈地求歡下，她終於卸下衣衫，然而在滑入被褥之時眼中閃現一絲躊躇。我一無所覺，只是急於吻遍她全身雪白的肌膚，吮吸著她精巧的耳垂和乳頭，在昏暗的地下室的性愛一如既往地美好，至少我認為薛暖也同樣地享受。她臉色酡紅，汗濕的身體像弓一樣繃緊，嬌喘連連。事後我拉開窗簾，靜靜地躺著抽煙，月光斜照進來，慘白地映在枕頭上，薛暖伏在我的胸前，我一根一根地理順她紛亂的髮絲，耳中聽得她囈語般地喃喃道：「這個月亮和我們在武夷山中茅屋邊看到的是同一個月亮嗎？」

如何回答剛和你做完愛的女人？

我說我們的地球只擁有一個月亮，就如我只擁有薛暖一個新娘，照耀在武夷山間的銀白月色同樣照耀在藍色的三藩市灣上。薛暖聽了半晌不作聲，末了兩行眼淚從臉上潸潸而下。任我如何追問都不肯說一個字，最後，她沒頭沒腦地說了一句：「月滿則缺，水滿則溢，所有太美好的東西都不會生存太久。」

我愕然之際捂住她的嘴，熱戀中的人最聽不得這話。怎麼會有這樣的念頭？我們不是又在一起了嗎？我們前途無限，我們年輕，我們精力充沛，我們還要一起去旅行，一起享受生活。說這個有什麼意思呢？

薛暖沉默著，在一剎間我以為她會向我傾訴心中的疑惑，但她什麼也沒說，最後起身穿好衣服，堅持不讓我送她，說是想一個人散散步。帶上門獨自走了。

那時我太興奮，太自信，太沒經驗，忽略了這個小小的細節。

像瓷器上細微的裂紋一天天擴大，雖然薛暖和我還是常見面，但我還是感到一些不易察覺的變化；首先，她的眉宇之間多了挑剔少了歡笑，她的嘴唇緊抿，像是唇齒間緊咬著一個不能和我分享的秘密。她的身體語言一天天變得被動，臉上的表情變得晦澀難解。看著我的眼光閃出一絲苛求，常常莫名其妙地為一些小事發脾氣。心情在一輪性愛高潮之後會跌到谷底，眼淚在臉龐上無聲地滑下。漸漸地，我們之間的對話變得枯燥重複，再也難尋共同的話題，這時她會惡狠狠地賭咒一切，民主政治和風花雪月全都囊括其中。她拒絕在我的地下室過夜，來去如風。

我不是瞎子，我知道我們間有問題了，但我不願把問題往壞處多想。而是把這一切解釋成女人的喜怒無常，我不肯相信曾經那麼熱烈的愛情會冷卻下來，內心希望陰影會過去，陽光又重新普照大地。每當薛暖情緒波動時，我常常幾個禮拜見不到她。我獨自來到太平洋邊，坐在防波堤上抽煙，遠處天水迷茫，海鷗大聲鳴叫著從我身邊掠過。或是背了畫夾畫具到處晃蕩，在傍晚提著一張濕漉漉的油畫回到我的地下室。秋天來了，雨絲飛揚在三藩市延綿起伏的街道上，風從墨西哥灣吹來，落葉滿地。深夜，我從市場街破敗的電影院看完夜場電影回家，一個人顯顯而行，路燈把身影投在斑斑駁駁的牆上。我們已經很久沒一塊出遊過了，沒去參加派對，沒有去看電影，也沒有宵夜，我們還有性愛，但那往往是我一再要求之下，薛暖才來到我的地下室。曾經那麼美妙的性愛也變了味，像一種乞求來的施捨，像饑餓的人吞吃一塊隔夜的披薩。我自問：我們還相愛嗎？我不敢代薛暖回答，至少，我還是深愛她的，只是，現在這份愛情給我的苦澀多於了甜蜜，而我，對這一切的變化一籌莫展，完全束手無策。

攤牌的時刻在一個昏暗的下午來到我的地下室。

我們已經很久沒做愛了，在這次性愛中我感到薛暖還是對我的身體很有反應，我剛一親吻她的耳朵，她就全身軟了下來。在性交中她把我摟抱得很緊，在整個過程中她不斷地吻我。要知道，在前一陣的性愛中，她曾經拒絕吻我。這種感覺好極了，我的小鴿子又飛回來了。我當然使出渾身解數，就在我渾身大汗地趴在枕頭上時，身邊的薛暖仰面躺著，眼睛看著天花板，啞著嗓子道：「我有話跟你說。」

在我的驚愕中薛暖披衣坐起，在床頭櫃上取過我的香煙，我默默地用打火機給她點上。薛暖沉默著，幾次欲言還休，她在躊躇，同時被香煙嗆得咳嗽不停。她眼中為難的神情使得我於心不忍，溫柔地撫著她的背道：「你不想說就別說，或者，我們另找個時間好好地聊一聊……」薛暖躲開我的撫慰，盯住我道：「每次到這兒來就是上床，我們什麼時候好好地聊過？」我像被鞭子抽了一下，她眼睛裡的神情使我感到心寒，我鎮定一下自己，也點起一支煙，深吸了一口：「你想說什麼，就說吧。」

雖然我已有心理準備，但聽到她的嘴唇第一次吐出：「我的男朋友皮特……」我還是像被一道閃電擊中，耳朵不敢相信聽到的詞語，那張我吻過無數遍的嘴唇還在翕動著：「我的男朋友要我認真和你談一談，把這件使大家都不自在事早點做個了斷……」

我沒聽錯，她嘴裡的男朋友是那個叫皮特的美國佬，而不是自作多情的我。但是我還是不明白；這個角色是怎麼轉換過去的？如果我沒記錯，五分鐘之前，我們還在做最親密的男女之間才做的事，怎麼一下子又冒出一個男朋友來了呢。這一切真像一場雪崩，在你最無防範時突然發生，把你徹頭徹腳地淹沒。

薛暖臉色蒼白，挾煙的手指抖個不停，臉上表情混合著決絕和慌亂，語音急促，好像決堤般地傾瀉而下，有點語無論次的樣子，在我還沒聽明白之前就嘎然而止。我說薛暖你說的是真的？不是開玩笑吧。薛暖望著我不回答。我望進她的眼底，是真的，那眼睛裡清清楚楚寫著我不願看到的事實，寫著無可挽回的冷然，還寫著沒商量。

我腦子裡一團亂麻，世界奇怪地顛倒在我面前，這個裸體坐在我床上的陌生女人是誰？她口中的男朋友又是誰？誰要跟誰了斷？又是怎麼個了斷法？

看到我茫然的神色，薛暖的神色緩和了些，但她還覺得有必要重新複述一遍：「我們都要明智一點，在中國我們曾經很要好，但那一切都過去了。在這兒，每個人都得面對一個新世界。而這個現實世界的經緯是金錢和冷靜的頭腦所織成。你能夠在三藩市這個物價不斐的城市謀一份體面的生活嗎？不能。下個學期我就要進入史丹佛大學，我能指望你負擔得起我一年三萬塊錢的學雜費嗎？我可不想在咖啡館端盤子。你買得起八百美元一張歌劇院季票嗎？你能帶我在冬季去卡羅拉多去滑雪嗎？也許這些問題對你說來過於殘酷，可是歌劇和滑雪正成為我的生活內容的一部分。我們到美國來不就是謀求文明的生活方式嗎？

「你有權利選擇你想過的生活，但是你沒權利要我也過那種生活，來到美國，我懂得一個人的青春和選擇是多麼重要，我不想在底層掙扎，不想在地下室裡耗費掉我的青春。你甘之如飴的生活方式對我說來是一劑苦藥，每次來地下室你甚至不捨得為我叫輛計程車，我來這兒就是為了滿足你的性慾？你很會傷一個女人的自尊心，怎麼傷我的自尊心？我來你這兒就覺得自己像一個不收錢的妓女。不用解釋，你的解釋我不想聽。你一向妄自尊大，口出狂言。好像全世界都要拜倒在你腳下。但問問你自己，除了會畫幾筆劃你還能做什麼？你還看不起在漁人碼頭賣畫的畫家。你又高明在哪裡？你沒看出來在美國藝術家是一種可有可無的人物嗎？你沒看到市場街無數的失落者都宣稱自己是藝術家嗎？也許你比他們好一點，但又好到哪裡去？其實，自從你踏上三藩市，我就想提醒你，我自己和自己說，緩一緩，給他一個適應的階段。後來幾次跟你提出我們需要認真談一談，你總是打哈哈，你根本不給我任何的機會。是你的頑冥不靈使我們日益無話可談，是你使得我們的關係走進死胡同。不要扯上皮特，他跟整件事沒關係。對我，他一直在付出，一直保持著耐心，寬宏大量地等待著，像一個真正的紳士……」

我耳朵嗡嗡作響，好像被抽著猛烈的耳光。話已經講到這個地步，所有的臉皮和情義一起被剝下。事後想來在這種時刻我應該轉身就走，以保持僅剩的一點尊嚴。但我還是哆嗦著嘴唇，啞著嗓子問道：「這麼說，我在香港時你就和皮特搞上了？」

「話不要講得這麼難聽，什麼叫搞上了。」薛暖避開我的眼光：「這並不重要，重要的是現在你我之間找不出共同點，我們的愛情太幼稚……」

「……」

薛暖，薛暖，也許我敗在皮特手裡，也許更準確地說，我敗在金錢手裡。但妳不能否定我們的愛情。愛情也沒有幼稚不幼稚的問題。無論你怎麼說，我會永遠記得天安門廣場上的薛暖，我會永遠記得烏蓬船，記得武夷山中的月亮，記得八月流火的廣州城，記得在羅湖橋崗哨荷槍士兵的注視下我握住妳發抖的手心。至今我記得妳的月經經期，記得妳手中的紋路，記得妳乳房旁邊的紅痣，記得妳在性愛高潮來臨之後的尖叫和喘息，記得妳在月光底下的笑靨和淚痕，記得妳的柔軟的嘴唇，溫潤的舌尖，記得妳心甘情願張開的大腿，記得妳充滿汁液花芯中興奮的陰蒂，我記得妳所有的眼神，記得斷斷續續的海誓山盟，在愛情中我們年輕而成熟。在愛情中我們融合了血肉呼吸。愛情和金錢並不能等觀，有錢人的愛情並不比窮人的愛情更純粹。我也不在乎皮特說了什麼做了什麼，我在乎的是你，薛暖，而你背叛了我們的愛情，背叛了你自己，我還有什麼話好說呢……

地下室裡充滿使人窒息的沉寂，煙頭上的火星燃到我的手指，外面開始下雨了。薛暖站起身來穿衣服，我腦子裡一片空白，眼睜睜地看她在皮包裡取出鏡子整理鬢髮，塗上淡淡的口紅。再眼睜睜地看她走出去，帶上門，沒有回顧。

一座牆轟然倒塌，我的初戀隨之灰飛煙滅。

我的女孩消失在十一月的細雨紛紛中，關起門來，我一個人在陰暗的地下室舔我的傷口。

我只有回到我的藝術中去。

喬埃

喬埃畢業於西點軍校，在越南戰場上得過一枚紫心勳章，他在一場戰役中被俘，被關押在靠近中越邊境的戰俘營中，經受了難以忍受的酷刑。他尋了個機會，帶領四個士兵逃出越共的戰俘營，穿過中越邊境的大森林來到緬甸，一路上以四腳蜥蜴和田鼠充饑。但他千辛萬苦回到美國之後卻加入了反戰運動，與成千上萬的和平主義者和嬉皮士一起在白宮門前靜坐示威，華盛頓郵報上刊登著他被員警逮捕的大幅照片，標題曰：「越戰英雄？反戰英雄？」喬埃自己不作結論，只是輕描淡寫地說那是二十年前的事了，現在四十多歲的喬埃是我在三藩市藝術學院的同學。

這個六英尺高的漢子躲在人群後面，穿一件千創傷百孔的軍服，嘴上橫七豎八地咬滿畫筆，苦苦地跟一張二十乘十六英寸的小畫掙扎，台上面貌姣好的模特兒在他的畫布上呈現出母豬般的嘴臉。看到他滿頭是汗地一籌莫展，我忍不住好為人師的誘惑，簡單地指點了幾句，從此喬埃引我為知己。

二十年前喬埃一定是條精悍的漢子，如今頭髮禿掉了四分之三，剩下的在腦後紮了短短的一撮刷子，滿臉的絡腮鬍子，體重達到二百五十磅，肚子像個啤酒桶。笑起來聲如洪鐘，手掌像老虎鉗一樣，粗大的手指捏著細細的畫筆卻簌簌發抖，畫筆還不聽指揮，喬埃於是長嘆一聲：「要是我有丁托雷托的一半才華就好了。」

喬埃的祖籍是義大利人，據說那個在文藝復興時期的大畫家丁托雷托是他直系祖先，義大利人也相信龍生龍，鳳生鳳，老鼠的兒子會打洞那一套。他相信祖先的藝術天才流淌在他的血液裡，他所要做的只是在三藩市藝術學院學習最基本的繪畫技巧，巨大的才能就會被誘發出來，總有一天他的畫要進大都會博物館、華盛頓國家畫廊、芝加哥美術學院畫廊。至於三藩市美術館呢，就要看他們對待偉大的藝術家的態度了，態度不錯的話也許可以給他們幾幅小畫去掛掛。

我們聽了一笑，美國人天真可愛，藝術家的帽子滿天飛，而偉大兩個字呢？只要彎下腰去撿就是了，撿了還不用交稅。

但事與願違，苦苦磨練了三年，小小的一張肖像畫還是沒能讓可憐的喬埃過關，大畫家的後代開始認識到目標還是很遙遠，祖先的天分好像遺落在大洋彼岸了，但是牛皮還是掛在嘴上，喬埃說起他的雄心壯志來時還是一副氣吞山河的樣子：看著吧，總有一天，那些博物館，畫廊的傢伙排著隊上門來求我。

到目前為止，博物館畫廊來求畫的隊伍還沒出現，女人倒是有一長串。喬埃雖然年過四十，頭禿得像個電燈泡，但還是風流倜儻，魅力無邊。身邊的女孩子一個比一個年輕漂亮。我發覺其中一個因素是喬埃會做一手絕妙的義大利菜，在星期六他開了輛破卡車把我捎去他在斯汀生海灘的屋子，這幢占地半英畝的大屋座落在一大塊懸崖上，從客廳的落地大窗望出去一片無際的海洋，滿天的晚霞褪盡之後月亮悄悄地升起。明亮寬敞的廚房裝備著第一流廚具，緊鄰著廚房有個寬大的起居室，一座石砌的壁爐裡火光熊熊，屋子裡鶯聲燕語，黑頭髮的，金頭髮的和棕色頭髮的美女令人眼花繚亂。喬埃親手做的義大利蛤麵蒜香撲鼻，令人垂涎三尺，是講究節食女孩子的天敵，不知不覺之間就能吃下去兩大盤。還有烤得噴香的牛排，新鮮的鮭魚，各種各樣的乾酪，大量的美酒。在一號公路偏僻處有越南人在出售偷捕來的新鮮鮑魚，喬埃買來做成鮮美的羹湯招待客人。廚房裡擠滿了人，喬埃繫著一條印著裸女的圍裙，啜著杯中的紅酒。當眾美女要求道：「喬埃，來點精彩的玩意兒。」喬埃就從口袋拿出一個小紙包，把裡面的白粉倒在光滑的大理石桌面上，用刀片分割成一條條的，那些女郎依次走過來吸上一口，滿臉是滿足的表情。這時喬埃左手摟住這個美女的腰，右手在另一個美女豐滿的臀部輕拍一下。派對在晚上十二點過後進入高潮，空酒瓶子一箱一箱地拿出去。古柯鹼消耗的速度極快，整包地取出來，在塑膠口袋上劃個口子，請便，愛用多少用多少。很快一群癮君子就神志不清，男男女女先是互作按摩，然後就牽手掩進睡房裡去。更有心急的傢伙，當場在沙發上，大呼小叫就地正法，也不顧來往的賓客。主人並不阻止，客人也就看好戲。

喬埃嘴角上咬著一根粗大的雪茄，慢慢地轉動著手裡的酒杯，滿臉鬍子裡浮起一個恍惚的微笑，像個荒淫的古代羅馬皇帝。

在派對上我首先得對付盤中的食物，我的口袋和地下室的冰箱一樣空空如也，平時就吃速食麵和三明治，嘴裡都淡出鳥來了，有了這個美食當前的機會哪能輕易放過。義大利人和中國人一樣，都是天生的美食主義者。我在喬埃那裡學會分辯加州葡萄酒和法國葡萄酒的區別，真正的勃根地紅酒只出在法國某幾個村子裡。威士忌要加冰塊而白蘭地應該用手掌捂熱。T骨牛排和小牛肉有什麼不同，吃新鮮三文魚配的白葡萄酒為什麼不能配煙燻三文魚，蘆筍是哪個季節的最好，哪個農莊出的生蠔最嫩，做義大利麵的香料應該什麼時候放下去，而飯後的甜點應該加什麼牌子的蘭姆酒。

我吃得飽呃聲連連，眼睛從盤子上抬起來，飽暖之後當然是思淫慾了。一杯紅酒在手，看著女人們在餐桌邊展示著風情，蜜色的皮膚印著日光浴的灸痕，修長的大腿和高聳的乳房一覽無遺，眼波流轉，紅唇欲滴，胯間的比基尼繩結輕輕一扯就會打開，肉體的芬香，溫柔的陷阱，性的氣息飄蕩在這幢大房子的每一個角落裡，在軟綿綿的席夢思上，在浴室的漩渦澡缸裡，在地下室的撞球台上，以及在花木扶疏的後園小徑邊。不管白天黑夜，喬埃的大房子裡到處春情氾濫，到處風光無邊。

喬埃說：「性？跟愛是兩回事，在美國，愛是稀有動物，性卻是遍地俯拾皆是，在愛情中受了傷，在性中找回來。世界上只有一張達文西畫的蒙娜麗莎，卻有那麼多的複製品。去吧，找幾個漂亮的女孩上床，你很快就會恢復過來。」

我沉湎進去，很快地迷失了自己。今天張三明天李四地跟不同的女人上床，但心中一片冰山雪原。在我眼裡，這些只是乳房和大腿，是塗了指甲油的手指，戴著腳環的腳踝，美容院精心的髮型。我常常在床上把女人的名字叫錯，雖然她們很生氣，我還是分不清戴安娜和莎拉的區別，一樣的金髮，一樣的笑容，連叫床聲音都一模一樣。我只注意嬌美的臉容，只欣賞腰枝和臀部的比例，只管衝刺，只管發洩，而對象是誰就顧不了那麼多了。

我的床上功夫不錯，和女人交媾時能很長時間不射精，一小時，一個半小時，連身下的女人都詫異，問我是不是學了什麼中國功夫？我卻知道那是心不在焉的關係；只要不想到薛暖，我就能一直不懈地做下去。在和女人做愛時，我釋放了獸性而關閉了心靈，薛暖就像一隻在玻璃窗外的蜜蜂，不斷地撞擊著，卻沒法進入來。

我不知道我是否在性愛中恢復了過來？有時自以為看透了一切，有時又莫名地茫然若失。

在酒足飯飽縱情聲色之餘，一個很實際的問題浮上腦際，這些聚會所費不貲，喬埃平日穿一件破軍裝，開輛扔在馬路上都沒人要的舊卡車，也不見他有個什麼正當職業，他哪來錢開這種派對？還有那幢像電影裡才有的豪華大屋，據說窗前的海景就值得百萬美金？

我很快就明白了，喬埃是北加州最大，而且手眼通天的古柯鹼販子。

廚房料理台最左右面那個抽屜裡，排滿一包包用塑膠袋包好的哥倫比亞上等古柯鹼，每一包是四分之一公斤，市場面值二十五萬美金。來的客人用手提箱裝滿現款，倒在喬埃睡房的那張大床上，喬埃粗粗地清點一下，打開一個巨大的保險箱，把一捆捆鈔票扔進去。派對上客人享受美酒佳餚和漂亮女人，醉醺醺離去時一包雪白晶瑩的古柯鹼已經躺在他的手提箱裡。這些客人有的是好萊塢人士，有的是房地產大亨，有的是運動明星，還有個矮胖的傢伙據說是一個大城市的警政委員會主席。

我一直不明白喬埃為什麼款待我這樣一個窮學生；我既沒錢，而且對古柯鹼不感興趣，雖然在眾人的慫恿下嘗試過幾回，唯一的效果是使我半邊臉發燙。我太明白一旦上癮這輩子就完了。以我現在的身家財產，半公克古柯鹼就可以使我傾家蕩產。我還有太多的事要做，天安門前掙了一條命出來，我可不想再栽在古柯鹼的泥坑裡，政治和毒品在本質上相同，一不小心栽進去就很難自拔。雖然說在薛暖離開之後，我大可以自憐自哀，用古柯鹼、大麻、海洛因、鴉片來麻醉自己，一天到晚眼淚鼻涕哈欠連連。我想最高興看到我吸毒的慘狀大概會是皮特：「妳看，妳看，為什麼會有鴉片戰爭？這就是個絕好的例子；中國人天生的體質抗拒不了痲醉品。」皮特那張英俊的臉上含譏帶笑。而薛暖鬆了一口氣，用一種憐憫的眼色看著我：「這是你自己的選擇……」

對不起，俊男美女們，我不會讓你們這樣輕易地卸下心上的負擔的。

喬埃有時晚上帶了我出去送貨，喬埃並不屑做那些貧民窟的生意，他的客人都是既富而貴的有錢階層，或是著名樂團的歌手，或是年薪百萬的專業人士，或是家財萬貫而遊手好閒的公子哥們，都住在三藩市的高尚地區。我們常去的太平洋高地，那裡的酒吧裝修豪華，燈光幽暗，像英國風格的水彩畫。上流人士一個個衣冠楚楚，彬彬有禮，看來受過很好的教養。喬埃好像認識所有的酒保和酒客，而且是個很受歡迎的人物。在馬丁尼酒杯清脆的叮噹聲中，古柯鹼的交易在鋥亮的橡木吧台下轉手。一陣拍肩握手之後，西裝筆挺的紳士和穿著坦胸露背夜禮服的女士急不可待地借酒吧的洗手間開起了派對，小小的空間擠滿了人，機智的話語和銀鈴般的笑聲交織，古柯鹼裝在一個水晶缸裡，淑女們屁股翹得高高地俯在骯髒的洗手台上吸食。紳士們交換著雪茄和最新的股票行情。一個黑人侍者，托著各種飲料的盤子穿梭其間。吐魯斯•勞特雷克如果活在今天，他一定會像我一樣，坐在吧台上，面前一杯科涅克白蘭地，津津有味地觀察著，默記著這幅畫面。我們都喜歡那種病態而邪惡的美，對無趣的道德守則避之唯恐不及。畫家的職責就是冷眼觀看著醉生夢死的芸芸眾生，把五光十色的場景深印在腦海裡，再用絢麗的色彩表現在畫布上。

我不怕跟喬埃一起行走在犯罪的邊緣，但是我怕喬埃跟我大談他對藝術的看法，怕他的牛皮哄哄，怕他義大利祖傳的如簧之舌。幾杯烈性的馬丁尼下肚，他興致上來之後可以喋喋不休說上半天：

「美國人是不懂藝術的，兩百年前他們還是一群未開化的野蠻人、冒險家，剛從英國的監獄裡放出來。一百年之後進化成一群牛仔，只認識牛和女人的屁股。現在最多進化到蹩腳政治家和威尼斯商人的水平，離藝術家還遠著呢。你要學畫應該去歐洲的，法國人馬馬虎虎還算會畫幾筆，不過除了風花雪月之外別的就很難恭維了。德國人的線條就像普魯士軍隊的開步走，硬得蹦掉你的牙齒。西班牙出了一個委拉茲開斯之後就沒有一個真正意義上的畫家，哥雅是個神經不正常的人，畢卡索？老頑童一個罷了。米羅的那一套我七歲的小侄女也會。真正的藝術發源地是義大利，二百年前，你從街上的小鋪子拖個夥計出來，他都比當今任何一個大師畫得好。藝術的靈感深植在義大利人的血液裡，他們呼吸藝術，吃喝都離不開藝術，他們摟著藝術睡覺，藝術就是他們的一切，他們從頭到底浸淫在藝術裡，他們的一舉一動都跟藝術切切相關，他們是藝術女神的選民。所以文藝復興發生在義大利而不是另外一個國家，所以這個南歐民族產生了達文西、米開朗基羅和拉斐爾，還有，千萬不能忘記丁托雷托，他是最偉大的畫家之一，他的成就應該還在達文西之上。可惜世人的記憶淺短，平白讓這麼一個大畫家淹沒在眾多的平凡畫家之中。」

我說：「沒人忘記丁托雷托，在大學裡上西洋藝術史的課，提到丁托雷托是文藝復興的一員大將，他的畫不是被收藏在世界各地的博物館中的嗎？」

「那不夠。」喬埃噴了一股濃濃的雪茄煙氣，眼中放出光來：「像丁托雷托這樣一個大藝術家應該有個廟堂，一個專門收藏他一生事蹟的紀念館，世人來到那兒可以細讀他的生平，研究他藝術發展的軌跡，瞻仰他的作品。這個紀念館每年在丁托雷托誕辰之際召開紀念講座，發放以丁托雷托為名的獎學金，還可以發行某種紀念刊物，由世界著名學者發表對丁托雷托的研究文章⋯⋯」

「也許義大利政府有一天會想到吧。」我敷衍道。

「政府嗎？那是寄生蟲的萃集之地，腐化之源。永遠不要對它抱哪怕一丁點的期望。」喬埃嗤之以鼻。「我準備搞個丁托雷托紀念館，不靠政府，全憑私人努力。」喬埃的兩眼放出光來。

「聽起來不錯，但辦一個像你說的紀念館談何容易，他的作品都被收藏在各大博物館裡，誰肯捐出來？只怕你花錢都沒處買。另外，紀念館不能設在公寓裡，你得有一處像樣的房子，最好是跟丁托雷托有一定關係的……」

喬埃湊過身來，壓低嗓音：「丁托雷托的畫可以先臨摹，」喬埃用手中的雪茄指了指我：「多年來我一直在尋找一個對古典繪畫有所瞭解的人，你的繪畫技巧是實現我計畫的基本保證。請不要先搖頭，你是我的朋友，你不會使我失望的吧。這是一項二十世紀的文藝復興運動，我們的合作只是帶個頭。至於紀念館，二年前在那不勒斯附近我買下一處莊園，據說是丁托雷托出生的地方。」

我目瞪口呆說不出話來。至此我明白了那無數的牛排晚餐，一瓶瓶昂貴的陳年紅酒，一次次的無償性愛，都是有代價的，這代價是我得變成一架臨摹機器，為了一個古柯鹼毒販的異想天開，去臨摹一個四百年前我所不熟悉的畫家。

我從來對臨摹深痛惡絕。就算文藝復興時的作品也一樣使人不耐，畫面上那些老古董表情呆板，動作矯飾誇張，天使魔鬼到處亂飛。在地下室放久了，還散發著一股霉味，叫我臨摹我情願去油漆房子。

但我也不想從此與美酒，牛排無緣。

「我不知道我能不能做到。」我腦筋裡轉著一些推卻的理由：「丁托雷托的畫我看得不多，他的很多技法也失傳了。我只知道他的畫都是非常大幅的，我那個小小的地下室可能放不下，另外……」

喬埃把手一揮：「這不是問題，我那兒有印刷最好的丁托雷托畫冊，上面注明了每幅畫的尺寸，製作日期，連技法都巨細無遺地一一介紹。憑你的技術功力，我相信我們能畫出最接近原作的臨摹本來。至於繪畫的場地，偉大的畫幅怎麼可能產生在美國這個文化荒漠之中？我們要去那不勒斯，所有的畫幅都將在那裡完成。」

「我的綠卡是臨時的，出境會有麻煩。」我拋出最後一條想得出的理由。

「我馬上讓我的律師給你辦白皮書，這些都是小事，花個幾千塊錢就可以辦到的事，我要你在那兒畫畫時心無旁騖，這個紀念館已經在我腦中盤了二十年了。」

第二天律師的電話就來了，當我在他那位於美國銀行總部三十七樓鑲著胡桃木牆板的辦公室坐下後，律師自我介紹說叫湯姆，和喬埃是三十年的老朋友了，一起上的中學，一起追女孩子，一起入伍，在越南戰場上喬埃救了他的命，否則現在這把骨頭不知丟在哪個熱帶雨林發臭呢。

湯姆看起來至少有三百磅，嘟著嘴說話，肚皮上的肥肉一顫一顫的，那副尊容使我想起眼泡很大的金魚，臉孔像嬰兒一樣呈現粉紅色，坐下起身都氣喘吁吁，憑他這副身材，當年還能上戰場？

胖律師的工作效率倒是沒話說的，他把兩份電腦列印的合約放在我的面前，叫我仔細過目，我一看到那些法律條文就頭痛，推在一邊，要湯姆給我講個大概。

湯姆卻跟我拉起了家常，他說喬埃從越南戰場上回來就患上憂鬱症，他一下子失去了人生的目標，在越南的所見所聞的一切使他失望透頂，美國年輕人為了一個腐敗的民主政權而付出鮮血和生命。而回國之後參加的反戰運動又成為某些人往上爬的政治資本。好長一段時期喬埃潦倒頹廢，貧病交加。美國政府對退伍軍人又沒什麼照顧，很多人退伍之後就流落街頭。親友都為他著急，他曾經是那麼一個有作為的青年人。

一天他衣衫襤褸地跑來找我，那時我剛苦苦地讀完法學院，在一家小的律師事務所見習，我們在漢堡王卡座上喝咖啡吃漢堡，我看到喬埃兩眼放光，不禁擔心他的精神狀況。喬埃卻告訴我說他找到了新的人生目標，他要在義大利建立一個丁托雷托紀念館，使他祖先的藝術天才有一個廟堂，使世人有一個恆久膜拜瞻仰的藝術聖地。我只以為這念頭又是喬埃另一個奇想，心中不禁悲哀。但是自從那次會面以後，喬埃像變了個人，身心都振作起來，他開始努力工作賺錢，當然，這工作不是一般意義上的工作，有哪份工作能積聚起完成他目標所需要的金錢呢……二十年來，我看著他一步一步地走近他的紀念館，看著他一項一項籌備著紀念館的事宜，看著他計畫中的最後幾塊拼板湊在一起，兩年前我動身去那不勒斯，從眾多的競爭者的手中搶下了那個莊園，至此百分之九十的基本工作都已完成，剩下來的就要看你的了。

我心想還沒有簽字呢，你怎麼肯定我會接下這項工程。

湯姆好像看出我的心思：「喬埃是個非常仔細的人，他已經觀察了你好一段日子，他絕對相信你在技術上能完成這個任務，當然他也會盡力輔助你。另外，他對為他工作的人極其慷慨，在畫作完成之後，你會得到一筆數目可觀的基金，這筆基金可以保證你在十年之內不為謀生奔波而潛心創作，他還會無償送你一間位於三藩市漁人碼頭的工作室，硬木地板，帶有廚房廁所，面積在兩千平方尺左右……」

我心動了一下，老天，我看到過漁人碼頭那兒由倉庫改成的工作室，從地板到天花板的十六尺明亮大窗，望出去一覽無遺的三藩市海灣，寬闊的作畫空間，閣樓上的臥房，對一個畫家說來天堂也只不過如此。我還有十年自己的時間，想畫什麼就畫什麼，不用看畫商的臉色，不用為明天的麵包發愁，湯姆的描述美麗得像個童話。

我心底裡還有一層顧慮，清了清嗓子：「喬埃的錢好拿嗎？」

湯姆被我問得一怔，馬上明白了我的意思，沉吟了一下，淡淡一笑：

「我不知道你是道德的問題還是技術的問題。不妨先從道德的角度回答你的問題；你從中國逃出來，投奔一個自由社會，自由社會具體是什麼意思呢？就是每一種思想，每一種生活方式都有立足之地，而我們不事先把它們簡單地劃分為這是好的思想，好的生活方式，而那幾種是壞的。也就是說讓這種思想或生活方式去到社會中檢驗，自由社會另一個特徵是淘汰的機制，任何不適應這個社會的事物不可避免地會被拋棄，時間早晚而已。道德、法律等人為的教條救不了它們。古柯鹼買賣在美國由來已久，很大一個社會階層需要這種藥物，從所謂的上流社會到好勇鬥狠的幫派分子，很簡單的一種需求關係。這種買賣已經形成美國地下經濟的一個主要環節，美國政府一直在考慮開放這方面的市場，由聯邦來立法管理。但遭到各方面的反對，這種反對並不是基於道德的考慮而是基於經濟的考慮。為什麼？你想想如果古柯鹼在各個超級市場都有出售，價格會比香煙貴到哪兒去？話說回來，美國有多少人在這種需求關係中吃飯，最獲利的也就是那些在立法機構中把道德口號喊得最響的。喬埃只是這張供求關係大網中的一個，不好也不壞，他的鈔票跟別人口袋裡的比起來並不更乾淨也並不更骯髒。

至於技術性的問題；你將為一個丁托雷托基金會工作，基金會把你派到海外去完成一項藝術創作任務。你今後的經濟由基金會每三個月一次撥到你的銀行帳號上，工作室也由基金會把產權過戶給你，順便提一句，我是這個基金會的執行主席。你跟喬埃沒有任何經濟上的來往……還有什麼問題嗎？」

「我的名字應該簽在哪裡？」

兩個禮拜之後，我的信箱裡躺著一隻厚厚的馬尼拉信封，拆開來一看，是移民局掛號寄來的回美證，也就是所謂的白皮書，在簽證記錄那一欄，蓋著義大利領事館綠色的入境章。

金妮

我把自己賣給了丁托雷托基金會。

還賣了個好價錢，別否認，不是嗎？我們這批從天安門廣場逃出來的民運分子，到了國外都得賣，開始賣一些政治資本，很快發覺這筆生意不好做，美國人很現實，風波一過看到那個政權還穩穩地站在那兒，而且在很多世界事務上還要和那個政權合作，漸漸地就不買菁英分子們的帳了。本來在華人社會中還可以施展點拳腳的，但是民運分子們誰也不服誰，內部鬥來鬥去沒停過，華文媒體上一天出來一個新的民主聯合會，把那些金山阿伯台山阿媽搞得糊裡糊塗的，日子一久收不到捐款也就散了夥。大家各施所能推銷自己，賣得最好的是拿了台灣的錢去讀書，像老吾這種讀不進書的就把自己賣給飯店，姿色還過得去的女菁英把自己賣給美國中年男人，管他是大學教授還是肉店老闆，站定腳跟再說，大不了過了這一關再換。相比之下，我這單生意做得還不算太壞，至少十年裡吃穿不愁可以畫畫，十年之後嗎？這話也虧你問得出口，一條漢子，十年還沒有作為，找根繩子上吊算了。

學校裡我已經不怎麼去了，那些小兒科課程只是浪費時間罷了。

喬埃的計畫是我們自己駕船過去，我們從邁阿密出發，橫越大西洋，到達摩洛哥，再穿過直布陀羅海峽進入地中海，沿著義大利西海岸南下到達那不勒斯，整個行程費時一個半月。我從來沒航過海，也想不通喬埃為什麼要捨棄便利快捷的飛機而採用這種緩慢的交通工具。但這不是我需要操心的事，如果喬埃喜歡游泳過去，我大概也得奉陪。

我到處收集關於丁托雷托的書籍、畫冊，和所有能弄到手的資料，丁托雷托真是一個被眾人遺忘的大師，他的畫風雄健深厚，尺幅巨大，大塊陰影和亮處的豐富色彩有一種戲劇性的效果，他的人物不像提香那麼肥厚沉重，也不像拉斐爾那麼嬌媚嫻靜，他的男人有一種鞍馬征戰的粗獷，筋肉結實，眼光陰沉，濃密鬍鬚裡的嘴角牽著一絲冷笑。我更喜歡他畫裡的女人，帶有一種宿命的認知，臉上的表情祥和安靜，身體的動作卻堅定沉穩，又流露出肉慾的渴望。可惜有關他的資料在美國不多，有一點使我大惑不解，書上及資料上稱他是威尼斯畫派的主將，但喬埃卻說他是那不勒斯人，這是怎麼回事？也許是丁托雷托出生在義大利南部，後來在威尼斯發展成名的吧。不去管他了，反正我按照合約完成我的畫，掛在哪裡是喬埃跟湯姆的事。

最後一個月就在各種各樣的派對中溜走，喬埃已經在邁阿密接洽買船事宜，我有什麼需要的話跟湯姆聯繫，他開出一張接一張的支票，我買了各種大大小小的畫筆，英國出產的油畫顏料，調色油，裝了滿滿的兩大箱。

在啟程前一個禮拜，湯姆把我叫到他的辦公室，坐下後突然問我會不會開車？我以前在中國開過北京二一二吉普，是沒有駕照的。來了三藩市之後根本買不起車，從沒動過這方面的腦筋。湯姆說你趕快去考個筆試，我安排個教練帶你兩天，這次你要開車去邁阿密。

我大吃一驚；兩天怎麼夠？美國的高速公路四通八達而錯綜複雜，要一個從來沒在美國開過車的人，學了兩天之後就橫貫美洲大陸，這不是趕鴨子上架嗎？湯姆皺著眉頭道：「不要忘記你跟基金會簽了合約，現在你是為基金會工作，需要你開車去邁阿密是工作的一部分。而且，在美國開車是件很簡單的事，我兒子在高中時學了四個小時就上高速公路了。每條路上的路標都清清楚楚的，你擔心什麼？」

我很容易地在車輛管理所取得了實習駕照，考卷上問的都是些邏輯性的問題，我周圍竟然還有美國人一考再考的。湯姆給我找來的駕駛教練是個中年女人叫愛頗爾，塊頭很大，沉默寡言的，坐在身邊發出一個一個簡短明確的指令，向左，再向左，向右，走直線。一圈下來我自己的感覺很好，美國車的自動排檔很好開，踩住油門就往前走，踩住剎車就停下。不用手忙腳亂地注意離合器的配合。愛頗爾卻覺得我開車太油了；每次在該停的路口像蜻蜓點水似地停一下又迫不及待地加油門。「你必須完完全全地停下，看清兩面沒有來車，才可以過去。」我耐著性子儘量照她的吩咐做，耳邊卻聽得嘀咕不斷，不是嫌我起步太快，就是嫌我沒有完全停穩。弄得我心頭火起，回了一句：「男人開車的風格和女人不同。」她不動聲色地回敬一句：「男人開車撞死的更多。」我回嘴道：「我以前沒駕照開車滿北京轉也沒出過問題。」她看了我好久，說：「小夥子，我十五歲開車，擁有從摩托車一直到商業飛機的駕駛執照，但我不敢說那句話。」

第二天愛頗爾帶我上了海邊的一號公路，這是一條沿著海岸線而建的高速公路，一面臨海，一面是高高的峭壁，很多地方只有兩條對行線。我們從三藩市南端的海洋公園上了三十五號公路，在帕薩非加切進一號。右手邊是浩瀚的大海，水氣瀰漫，一望無際。汽車從四十五度的山坡上直瀉而下，就像要衝進大海裡去似的。我昨天開了一天，今天已經基本上掌握了這輛車的性能，開得穩得多，愛頗爾也沒有像昨天那樣老挑我的毛病，只是安安靜靜地坐在教練位置上，由我自己駕駛。

我開的這輛紅色的教練車是豐田的可樂娜，只有一百匹馬力左右，在平坦的路面跑起來還可以，但上坡角度大點就顯得吃力。我發覺如果要保持上坡時有足夠的爬坡力，必須在即將上坡的平坦路面時就踩足油門，讓車子一鼓作氣地衝上坡。我這樣上上下下地練習了幾次，逐漸掌握了要領，愛頗爾在一邊也沒說什麼，我甚至忘了她這個人。

風從半開的車窗裡吹進來，前面是一號公路上著名的「魔鬼峽」，四線公路在這兒變成兩條狹窄的對向車道，左邊的峭壁像是朝公路傾斜過來，右面的大海在車輪下遠遠地伸展出去，我加大油門上了坡之後，目光被水天一色的大海吸引住，卻不防對面峭壁後面轉出來一輛跑車，車速很快地向我駛來，好像馬上要切進我的行車線撞上。一瞬間我腦子一片空白，想不出到底要向左還是向右閃避，說時遲那時快，坐在旁邊的愛頗爾把一隻堅定的手放在我的方向盤上，輕輕一扭，車頭避過那輛壓過線來的跑車，兩車擦身而過，我在恍惚中卻瞥到對方的駕駛是個年輕的女孩子，一頭金髮隨風揚起，嘴裡好像還嚼著口香糖。一副滿不在乎的神情。

過去之後我發覺背上全是冷汗，踩在油門上的腳也是軟綿綿的。那個女孩如果再切進來三英寸，兩車一定相撞，我是貼著海岸而行，下面是萬丈深淵，豐田車又沒什麼份量。結果可想而知。人的生死只在一線之間，我在天安門廣場上第一次領略了這一點，來美國這些日子差不多忘得精光，今天那個長髮飄飄的女孩又跟我復習了一遍。再轉頭看看愛頗爾，好像什麼事也沒發生過，一句責備抱怨的話也沒有，兩眼平靜地注視著前方。

車停下加油時，我買了兩杯咖啡，送了杯給愛頗爾，她看了看錶說，一過早上十一點鐘她就不喝咖啡，要保證晚上的睡眠。我說現在才十點五十分。她笑了笑接過咖啡杯抿了一口，我說謝謝妳了，她揚起一邊的眉毛做出一個詢問的表情。我說剛才多虧妳校正一下方向盤，否則我可能等在那兒讓跑車撞上來。愛頗爾聳聳肩說這是天天都碰到的事。開車時不管聽音樂或看風景，一隻眼睛永遠要盯住你周圍的車輛，公路上什麼人都有，喝酒磕藥的，心臟病突然發作的，連打個噴嚏都可能出車禍，更不要提那些十七八歲剛拿駕照的小年輕，憑著血性橫衝直撞，看到他們就應該避遠點，這叫防禦性駕駛。

上完了課，愛頗爾把我送到家門口，說：「湯姆說你要駕車橫貫美國，我已經盡了我最大的努力把基本的駕車要素教給你了。記住，駕長途和短途沒什麼不同，一坐上駕駛座最主要的是專心，專心，再專心。不要讓任何情緒影響你，不要讓別的駕車人的行為影響你，不要疲勞駕駛，如果你能做到這幾點，我看你駕車橫越美國是沒什麼問題的。祝你有個很愉快的旅程。」

我謝了她，她教我的那些駕車守則直到今天還受用。

在離去前的黃昏，駕著湯姆為我租來的水星牌轎車來到金門橋另一端的山麓上，金門橋在腳下伸展，從這兒可以眺望整個灣景，這個城市對我說來具有一份特殊的情愫，她既是我愛情的嚮往地，也是我愛情的埋葬地。我會記得妳的墓園裡淒淒芳草在秋雨的浸淫下一片碧綠，我會記得妳飄零而下的落葉像疲倦的情慾棲息在行人的肩上，我會記得妳乳白色的冬季大霧像憂傷的面紗懸掛，我會記得遠方天際升起紫色的雲，最後的霞光映得海面上一片金色。我知道這一切都已逝去，暮色蒼茫，玫瑰凋零。

我的離去是為了重新回來尋找妳，為了帶著新的激情親吻妳，我把愛情的骨灰盒寄存在妳這兒，好好地替我保管，三藩市，好好地呵護她，直到一天我帶回一顆新的心臟，一對柔軟的嘴唇，我會好好地再一次吻妳，吻我新鮮的，美得不可方物的愛情。

湯姆隨意地對我說捎件東西去邁阿密，我大吃一驚地看到那件東西是個妙齡女郎，湯姆把她領到車邊，介紹說這是金妮：「兩個人開車有個伴，在高速公路上不會打瞌睡。」他朝我眨了眨眼睛：「特別是和金妮這樣漂亮的一個女孩子。」

跟湯姆幾個月打交道下來我學會一件事；不該問的問題不要開口。照他的說法；在這種特殊行業裡，知道太多對你沒有好處。你只管做好你自己的事，別的事情有它自己的來龍去脈，你纏進去只是給自己找麻煩。我相信他的話對我這樣一個檻外人是句忠言，我自己也不想知道太多的內幕而找來麻煩。

高挑的金妮是個冰美人，她上了車之後四個小時內跟我一言不發，只是不停地擺弄車上的收音機，任何電台她聽了不到十分鐘就不耐煩地換頻道。我用眼角餘光審視著這個年輕姑娘，她最多不超過十九歲，棕色頭髮和淡褐色的眼睛，飽滿的嘴唇，皮膚出奇地蒼白，含有一種跟年齡不相稱的疲倦感。她穿著帶毛邊的牛仔短褲，修長的大腿搭在駕駛台上，很是妨礙我觀看右邊的後視鏡，我提了幾次請她把腿放下來，她卻充耳不聞。而且，她還拒絕綁上安全帶，那副神情就像我是個開車的機器人一樣。

金妮抽煙抽得厲害，一根接一根，車上的煙缸很快就滿了，我這個抽煙者都被燻得頭昏腦漲，實在受不了打開車窗，風灌了進來，揚起金妮的長髮，一剎那間我覺得她和那個在一號公路上駕著跑車橫衝直撞的女孩那麼相像，只是頭髮的顏色不同，都有著一副滿不在乎的神情，都有冷冷的眼神，別人的生命和自己的一樣不放在心上，滿臉寫著「活夠了」三個大字。湯姆哪裡幫我找了個伴。說放了一袋冰塊在我車上還差不多。

晚上到了拉斯維加斯，在米高美大旅館開了兩個房間，我開了一天車，整整十四個小時，累得夠嗆，胡亂吃了點東西，沖了個淋浴就先睡了。正睡得迷糊時被一陣敲門聲驚醒，開門一看金妮站在門口，伸手問我要錢，我離開三藩市時湯姆給了我六千塊錢，說足夠我們倆在路上用了。我順手抽出兩張百元大鈔遞給金妮，她卻站在那兒不動，說這點錢不夠她玩二十分鐘的。我說如果錢都在賭桌上輸掉那我們怎麼去邁阿密？金妮一臉不耐煩地說只要一個電話，湯姆會匯錢過來。我可不敢保證這一點，搖了搖頭準備回房再睡。

只聽得背後金妮一聲尖叫：「給我錢，你這個該死的中國佬。」

我站定腳步，轉回身去，冷冷地瞥視了她一眼，把門「砰」地摔上。

只聽得外面金妮用拳頭擂著門，帶著哭聲叫道：「給我錢，給我錢……」

我不想引來旅館裡來來往往的人注意，突然把門打開，金妮不防，一頭栽了進來，我把她摁到床邊坐下，劈手給了她一個耳光：「搞搞清楚，金妮，誰是這次旅行的BOSS？妳如果再這樣高聲尖叫的話，我馬上打電話叫湯姆領妳回去。」

金妮好像清醒了點，眼淚從她臉上潸然而下，嘴裡還嘟囔著：「我為什麼不能拿我的那份錢。」

我反問一句：「妳憑什麼說那是妳的錢？」

金妮瞥了我一眼，又把目光掉開去。我逼到她面前，握住她的下巴把她的臉轉過來面向我，我今天一定要治住妳這個臭丫頭，我可不想一路受氣受到邁阿密：「說呀，妳憑什麼說那是妳的錢？」

金妮的臉在我的掌握中一下子顯得楚楚可憐，那雙眼睛似曾熟悉。她慢慢地合上眼皮，答非所問地輕聲道：

「喬埃是我爸爸。」

我震驚地鬆開手，仔細看去，面前這個女孩的棕色頭髮，她的五官，她的眼神，使我不能懷疑她是喬埃的女兒。但我從來沒聽說過喬埃有這樣一個女兒，湯姆也從沒有告訴過我。她現在就實實在在地坐在我的面前，臉色蒼白梨花帶雨。我們倆誰也不看誰，沉默良久，我轉身取出裝錢的信封，數出三千塊錢，一言不發地扔在她面前。

金妮抬頭看了看我，好像在想要不要拿，最後下了決心，收起放在面前的鈔票，塞在牛仔褲的口袋裡，掩上門走了出去。

我又躺下，卻無論如何也睡不著了。我去過喬埃那所房子多次，從來沒發覺有家人的跡象，喬埃在平日言談中也從來沒提過他有子女，雖然大部分美國人注重個人隱私，卻也不會絕口不提兒女的事。現在憑空冒出來個女兒，還被我狠狠地甩了一巴掌。

想到喬埃的女兒口袋揣著三千塊錢在底下的大廳裡遊蕩，我一骨碌地從床上跳將起來，我不希望有什麼意外，而一個口袋裡塞著三千塊錢的單身女孩是歹徒絕好的目標。我匆匆地穿起衣服，胡亂洗了把臉。鎖上房門，到樓下大廳裡尋找金妮。

才出電梯，耳中就聽得錢幣掉落的叮咚之聲不絕，大廳裡燈火輝煌，人頭浮動。一排排的老虎機前坐滿了老頭老太太，一把一把地抓起面前的鎳幣投進虎口，好多的中國老人臉色飛舞，拉槓桿的手堅定有力，而這些手在中國城的小菜市場翻弄半天才下定決心買一小把臭魚爛蝦。二十一點賭桌旁圍滿了人群，身著超短裙的女招待托著酒水在人群中穿梭。我在大廳裡巡視了兩圈之後才找到金妮，她坐在一百塊一注的桌旁，手邊一杯血腥瑪麗，玻璃缸裡煙頭狼藉，面前的籌碼只剩下不到一千塊。我站在她身後看了一陣，那個發牌的荷官滿臉橫肉，手指上戴著粗大的金戒指，每次牌翻出來他總是贏金妮一二點，開始是金妮還二百三百地下注，很快她只有不到五百塊的本錢了，三千塊也真不夠她玩的。

一輪牌發下來，金妮拿到兩張愛斯，莊家打開的是張老K，她正猶豫是不是要再叫牌，我取出一千塊錢，分成五百一攤押在分開來的兩張牌上，揮手叫荷官再來兩張牌，第一張愛斯得到十點，這就保證我們不會賠，第二張愛斯先來了兩點，再來了四點，我揮手叫停。滿臉橫肉的傢伙看了看我，慢慢地掀開那張暗牌，是張梅花五，再補一張，是黑桃Q。我們一下子贏回一千二百五十塊。我拖著金妮換了張桌子，看準時機連贏了幾把，我估計被金妮輸掉的應該差不多回來了。

我起身去吧台上點了杯白蘭地，讓一天緊張的情緒放鬆一下，喝酒的時候跟一個坐在高腳凳上的漂亮女人調了下情，我說她看起來像戴安娜王妃再世，她說她真的跟英國王室有點遠親關係。大概三分之二的美國白種人都這麼認為。本來還想把她弄到我房間去的，一下子沒了胃口。我告訴她說李小龍是我的外婆的表弟的女婿的嬸嬸的娘家舅舅。這個傻女人皺著漂亮的眉頭怎麼也搞不清這層關係。我一口喝乾杯中的酒，說聲拜拜，留下她一個人去冥思苦想。

再次來到金妮的身後，正看到她在數著籌碼，把一百元一個的籌碼疊成一堆，推到桌子中間，她面前兩張牌都是老K，莊家面前翻開的是張紅桃七，她朝我望望，我總感到有點不對，但也不能說什麼了。那個荷官的嘴角牽動一下，手腕一動，兩張牌飛到金妮面前，打開一張是七，另一張是九。我搖頭表示不能再要了。輪到莊家翻牌，他慢條斯理地翻開暗牌，是張二，再翻一張，也是二，我的心都到了喉嚨口，再來一張人頭我們就完蛋了。再一張，是張四，莊家現在是十五點，按規則，莊家不到十六點就得繼續叫牌。

金妮捏緊拳頭，低低地叫道：「人頭，人頭。」

偏偏莊家翻出來的是張方塊五。二十點，通吃金妮兩副牌。金妮兩眼一翻，做出一副極端失望的樣子。我覺得那個荷官發牌有些貓膩，哪有每副牌正好押住別人一點，從概率上說不通。但他手法毫無破綻，拿不到他把柄也無話可說。我拉著金妮起身，來到大廳裡的咖啡店坐下。

叫了兩杯咖啡，我問金妮還剩下多少錢？她掏出褲袋裡所有揉成一團的錢放在桌上。我數了數不到兩百塊錢，就是說我喝一杯白蘭地的時間她又輸進去差不多三千塊錢。我勸她別玩了吧，今天牌運不在妳這邊。金妮一臉興奮混合著疲憊的神情，說可以用這兩百塊錢翻本。我說妳需要休息一下，回房間去睡兩個鐘頭，精神疲倦會影響妳的判斷力。匆匆地喝完咖啡，我把金妮送回她的房間，看她睡下之後才回到自己的房裡。

已經過了十二點，白蘭地和咖啡在我神經裡攪成一團，我一夜沒睡安穩，恍惚中丁托雷托穿著鑲金邊的古典服裝，坐在荷官的位置上發牌，我總是輸，每一把牌他都贏我一點。而金妮穿著女招待的超短裙，光裸的大腿在我身邊擦來擦去。突然間，我發覺沒錢了，褲袋裡有一個洞，錢都從那兒流走了。心裡一急，就醒了過來。

陽光從厚厚的窗簾縫隙中鑽進來，房間裡靜悄悄的，我躺在被單凌亂的大床上，迷迷糊糊地回想究竟身在何處？好一會才想起我們在去邁阿密的途中，驚跳起來，匆匆梳洗之後出門去找金妮。

我在樓下的咖啡廳裡找到金妮，她坐在卡座上喝咖啡，手上挾著香煙，一盤沒動過的早餐放在面前。看到我很高興地打了個招呼，跟昨天的態度判如二人。我滑進她對面的卡座，叫了咖啡之後點上香煙，金妮今天看來神清氣爽，剛洗完的頭髮還沒有乾透，抿在耳後，露出寬闊的前額，一剎間我在她臉上看到年輕的喬埃的影子。

我伸手在她的早餐盤裡挑了塊火腿，就著咖啡吃了下去，只覺得嘴裡發苦，火腿的味道像木頭。我說應該離開這個鬼地方了，再待下去我保不准那剩下的三千塊錢也會進賭場的口袋，除非妳願意在這兒找個洗碗的工作。金妮今天像個聽話的小女孩，喝完了咖啡就去收拾行李。

我們在門口等車僮把車送過來時，金妮說她去上個洗手間。一去就半個多鐘頭不回來。我坐在發動的車裡等得不耐煩，好容易看到她出現在停車場上，我把車滑過去，她打開車門鑽了進來。看她一臉興奮的神色，我問道：「是不是在洗手間撿到鑽石戒指了？」她說經過二十一點賭桌忍不住又玩了一把。「贏了？」我問道。她什麼也沒說，只把兩隻褲袋拉出來讓我看，空空如也。

上了九十三號公路向東駛去，道路兩邊遍地的黃沙，從後視鏡中望出去，山腳下沙漠裡的拉斯維加斯像張巨大的蜘蛛網，街道像網上細細的涎線，在太陽底下閃閃發光，米高美大酒店的乳白色建築則像隻蜘蛛般地蜷伏在網中。

我們取道九十三號公路換四十號東去聖他菲，我知道那兒有個喬琪亞・歐姬芙的紀念館，我一直對這個充滿傳奇的藝術家好奇，這次順便路過，想去參觀一下。

金妮像是變了個人，從坐上車就滔滔不絕，她自動告訴我喬埃在華盛頓參加反戰運動時認識她母親，但從來沒跟她母親正式結婚，她小的時候與母親在佛羅里達的邁爾斯堡，喬埃從不給她們寄錢，她們住在外祖父母的地下室裡，日子過得很苦。

邁爾斯堡？我搖搖頭，沒聽說過這個地方。

「那兒是鳥的世界，鋪天蓋地的鳥，有水裡的鳥，水上的鳥，和陸地上的鳥，小時候母親常常帶我去海邊看鳥，幾千萬隻鳥從海灘上斜斜地飛起來，遮住了天空和海面。有時候又突然一下子隱入蘆葦叢不見了。我小時候總覺得我是那千千萬萬鳥中的一隻，將來還會變回鳥兒去。嗨，你相信人有前生的嗎？」

這個問題來得突然，我正想著如何回答，金妮又自言自語地接下去：

「我很小的時候就相信人有前生，我總是覺得有一隻鳥住在我身體裡面，六歲的時候我突然覺得我會飛，就從二樓的窗口跳了出去，結果摔在下面的花叢裡，雖然只摔斷一條手臂，心中的創傷卻一直揮之不去；原來做了人就不能飛了。而我是多麼地想飛啊。」

金妮取出香煙，點上火。我朝她看，她用眼睛問我要不要來一支？我點點頭，她就把那支燃著香煙放進我的嘴唇，自己又點上一支。

「後來大了一點的時候，我就知道做人只是做鳥的一個插曲，我總有一天會回到做鳥的生命中去，我身體裡的那隻鳥這樣告訴我。我不再從窗口往下跳了，但那種飛翔的感覺老是在我腦中盤旋不去，喝醉了有一種飛翔的感覺，抽大麻時有一種飛翔的感覺，賭錢時有一種飛翔的感覺，做愛有高潮時有一種飛翔的感覺……」

我不想跟喬埃的女兒談論高潮的事，岔開話題問道：「後來喬埃怎麼找到妳們了？」

「我十一歲時他突然出現在外祖父母的家裡，說要帶我去三藩市，我母親那時沒有工作，天天在家裡和不同的男朋友吵架。外祖父母都很老了，顧不上來管我，喬埃就帶著我飛到西海岸。算起來離開佛羅里達已經八年了。」

「我在喬埃家裡從沒見過妳。」

「我從十三歲起就沒再住在那幢房子裡，我換了六個學校，有一段時期還住在一個機構裡……」

「什麼樣的機構？」我隨口問道，大概是那種寄宿學校吧。

金妮沒有回答我這個問題，沉默了一陣又開口道：「八年了，我從沒有當面叫過喬埃『爸爸』，他也從來沒要求過我。在這個世界上他是我最親的人了，幾次『爸爸』聲已到口邊，就是叫不出來。而母親，好像已經離我好遠好遠，她的面貌已經在我腦中模糊了。多年來她沒跟我打過一個電話，我甚至不知道外祖父母是否還活在世上。」

金妮陷入一片感傷的沉默。

我安慰她道：「這次妳很快就會見到他們，只怕妳長大的樣子他們認不出來了。」

金妮搖頭道：「這次的計畫並沒有去探望他們，喬埃要帶我去義大利，他的媽媽，也就是我的祖母已經七十八歲了，從來沒見過面，一直嘀咕著要見我。湯姆一個禮拜前把我從機構裡接了出來，送到你的車上。」

「邁爾斯堡離邁阿密遠不遠？」

「我不知道，邁阿密在佛羅里達最南部，而邁爾斯堡在佛羅里達半島的西面，開車需要五六個小時吧，你為什麼問這個？」

「如果妳想見妳母親和外祖父母的話，我們可以在到邁阿密之前先繞道去探望他們。我們又不趕時間，喬埃總會在邁阿密港口等我們。妳突然地出現在外祖父母的門口，給他們一個驚喜。」

金妮不置可否，她轉過頭來望著我：「你也要去義大利？」

我點點頭：「我是個畫家，受丁托雷托基金會的委託，去那不勒斯完成丁托雷托紀念館的繪畫工作。」我轉向她道：「有幸與妳同行，金妮小姐。」

「湯姆說喬埃找到一個助手，紀念館終於可以開工了，那你就是那個助手了。」

我的天，我是助手？喬埃可真會自抬身價的，我，當那麼一個繪畫小學生都不夠格的人的助手？當初合約上說畫作完成之後不能簽上我的名字，看在錢的面上我同意了，反正是臨摹的作品。現在我反而變成了助手？可怎麼跟這個小女孩解釋她爸爸給我做助手我都不要？不去管它了，反正到了那不勒斯一動工就知道誰是誰的助手了。

我一本正經地點頭道：「不錯，我正是那個助手。」

晚上到了聖他菲，找了個汽車旅館，櫃檯職員說只有一間房了，我剛想出門去另找旅館。金妮阻止了我，轉身問那職員：「房間裡有幾張床？」那人說有兩張床。金妮說我們就住這兒吧，天已經晚了下來。

進了房間金妮先去洗澡，我在走廊裡抽了支煙，回來看到金妮穿了一件寬大的襯衫，頭上包著毛巾，坐在床上塗指甲油。我很快地沖了個澡，回房躺下準備睡覺。

金妮塗完了指甲油，把房裡的電視機開得震天響，還不停地換頻道，吵得人根本不能入睡。我索性從床上坐起，拿出速寫薄，畫下金妮側面的頭像。畫完之後她湊過來看了看，說：「還不錯，喬埃從沒給我畫過肖像。」

我真累了，不管電視機的聲音噪雜，眼皮不由自主地合上，沉沉睡去。

睡到半夜，迷迷糊糊感到金妮上了我的床，我下意識地往床邊上讓了讓，她卻挨過來摟著我的脖子，我拍拍她的屁股，咕噥了一句：「好好睡。」

半睡半醒中我感到金妮吻著我的耳朵，她的手在我的身上游走，我不喜歡這樣，把她的手撥開，她卻沒有因此而停下來，當她的手再一次地從我小腹往下伸去時，我一把攥住那隻不老實的手，騰地坐起，扭亮床邊的檯燈。

燈光下金妮臉色蒼白，把手放在眼睛上遮住燈光，我儘量保持克制的語調：「看，金妮，我並不是個清教徒，但是我知道妳是喬埃的女兒之後我們之間就不可能有什麼。妳這樣使得我很難受，我明天還要開車，需要足夠的睡眠。妳要麼好好地睡在這裡，要麼睡回妳自己的床上去。」

金妮閉著眼睛一聲不響，過了一會爬起身來躺回自己的床。我在朦朧睡去之際，聽到她打火點煙的聲音。

第二天在參觀喬琪亞・歐姬芙的紀念館時我一點也沒發覺金妮有什麼異樣，大部分時間她很沉默地跟在講解員後面，有點恍惚的神情。最後在紀念館的銷售處她買了一本厚厚的歐姬芙畫冊，上車之後開了很長一段路之後她突然問道：

「你說歐姬芙的畫特別在什麼地方？」

「自然，」我眼睛注視著前方，隨口答道：「別的畫家都著力描繪現代人的彷徨，苦悶，錯亂。而歐姬芙卻住在遠離人群的荒漠中，心平氣和地對著一副牛的頭蓋骨，幾隻瓦罐，一捧花。簡簡單單的靜物畫卻透出豐富的生命感……」

「你不覺得她畫的花像女人的陰戶嗎？」

我默然，我在觀看畫展時也有這個感覺，那種細緻描繪的花蕊，那種含苞欲放的羞澀，那種滋潤柔軟，那種抑止不住開放性地誘惑，使人很容易聯想到優美的女性生殖器，但是我不想跟金妮討論這個問題。

「每個人看一件藝術品的感覺都不同，有人感到蓬勃的生命力，有人感到藝術的五彩繽紛，有人感到性感和誘惑，取決於你從哪個角度去看，這就是歐姬芙的藝術魅力所在。」

「但是我走進展覽館第一個印象就是滿牆掛著五彩繽紛，形狀不同，或開或合的陰戶，無一不向你展示著她們的嬌嫩，她們的舒展，她們的渴望，她們的想被誘惑。我敢說；喬琪亞・歐姬芙一定是個女權主義者，至少是個女性主義者。說不定還是個女同性戀，你看她的畫都是一張張女性陰戶美的讚歌。」

「別瞎說，妳沒注意到她有些畫都是年紀很大時畫的嗎？」

金妮哼了一聲：「女人的陰道情結從她在繈褓時就意識到了，這種強烈的自我意識會貫穿她的一生。不管是五六歲還是七八十歲，陰道永遠是女人關注的中心。我在很小的時候就會爬上洗手台，從鏡子裡觀看自己的陰部，遠在月經來潮之前，也就是人家說天真未鑿之時，我卻滿心想著如何向人展示我的陰部，很早的時候我就學會了手淫，在十三歲時因為自己還是處女而滿心焦躁，以為這個世界上沒人會要我了。你幹嘛這樣看我？也許你心裡認為我是個淫蕩的女人，但我告訴你的是個事實；女人就是這麼一種動物，不管她的出身，不管她的教養，不管是學齡稚童還是像喬琪亞・歐姬芙那樣滿頭華髮一臉深思的著名藝術家，陰道情結和情慾永遠在她心中湧動，可以說，陰道是女人的第二生命。」

「原始人也有生殖器崇拜的，我在印度的宗教畫上看到過男女生殖器的圖騰，也看過非洲人的木雕上巨大的陽具，但作為一個現代人，應該學會控制自己，當然，像喬琪亞・歐姬芙用藝術表現原始的情緒又當別論。」

金妮輕蔑地看了我一眼：「我知道你為什麼是個助手了，你的速寫比喬埃畫得好，我想你的繪畫基本功也比他好。但是，畫得好又怎麼樣呢？你不瞭解生命的衝動，你不瞭解藝術就是把心中的情緒釋放出來，像喬埃，丁托雷托紀念館是他生命的衝動，他不擇手段地要把這股衝動發洩出來。從開始構想，積聚必須的資金，到找到房子動工，你能說這不是一張人生的畫卷嗎……」

我無語，金妮的話在我心中觸動了一下，她的話雖然邏輯混亂，但指明了某些我一直在思索卻還沒有摸著頭緒的東西。一種藝術和生命過程的關係，一種向內審視自己的挖掘，一種不以一張畫一座雕塑來評判藝術家的長程思考。也許，我可以在航向那不勒斯的途中好好地想一下這個問題。

到達阿拉巴馬的蒙哥瑪裡準備向南轉去佛羅里達時，我發現金妮好像有問題了，從前一天起她就表現出行為怪異，整晚不睡覺在旅館的房間裡走來走去，嘴裡自言自語地說一些聽不懂的單詞。她把我的速寫薄拿去，在上面畫了一個又一個的陰戶，嘴裡不停地說：「我也是藝術家。我也是藝術家。」越畫越快，到最後她畫的陰戶都變成一個個圓圈，她的動作也越來越神經質，把畫完的紙從本子上撕下，用鉛筆猛戳了一陣又撕得粉碎，撒在滿床滿地都是，又重新開始畫另一張。

我不敢睡得太死，在半夜裡突然醒來，看到金妮把檯燈放在地上，光線從下面照上去，金妮一動不動地盤腿坐在床上，像打坐一樣。我嚇了一跳，起身來到她的床前，看到她臉色蒼白，牙關緊咬，整個人在微微地顫抖。

我大吃一驚，搖著她的肩膀：「金妮，妳怎麼啦？快醒醒。」

她張開茫然的眼睛望了我一下，好像根本不認識我的表情，我輕輕推了她一下，金妮就倒在床上，我摸摸她額頭，並沒有發燒，只摸到一手的冷汗。去浴室擰了把手巾替她擦了臉，金妮好像一下睡著了。到凌晨時我睡不安穩又醒了過來，赫然發現金妮又一動不動地端坐在床上，嘴裡輕聲地念念有詞。

一夜的折騰，第二天開車時我頭昏腦脹，路上不時停下來休息，到了蒙哥瑪里已經很晚了，匆匆洗過澡之後我就睡下了。不知睡了多久，我被一陣猛烈的拍門聲驚醒，打開門就看到兩個員警堵在門口，他們身後紅藍兩色的警燈在車頂上閃耀，一個員警問我金妮是不是住在這兒？我說是的，同時回顧一下室內卻不見她人影。員警又問我是她什麼人？我說她父親是我的朋友，要我便車捎她去佛羅里達。員警懷疑地看了我一陣，最後告訴我金妮只披了一條毛巾就赤身露體跑出去買香煙，超級市場的夜班職員報了警，於是警車就把她送回旅館來了。「你確定她沒有喝酒？或是抽大麻？」一個年老的黑人員警問我。我搖搖頭。兩個員警嘰咕了一陣子後問我能不能保證不再發生這種事，我連忙點頭，警車門一開，金妮披著一條毯子走了出來，看都不看我們，逕直進房間去了。年老的員警把我拉到一旁：「小夥子，我看這個女孩的精神狀態不對，你應該趕快跟她父母聯繫一下。」我千恩萬謝地把員警送走之後，回轉身來看金妮。

金妮好像沒事人一樣，披著毯子坐在那兒看電視。跟她談話前言不搭後語。而且眼光越過我看進我身後不可知的空間。我被她這種眼光弄得害怕起來，那個老員警的話語又在耳邊迴響：這個女孩的精神狀態不對。現在怎麼辦？離邁阿密大概還有兩天的路程，也許明天起來金妮就什麼事也沒有了，但也保不准她再闖出點什麼禍來，把我們耽擱在個鳥不生蛋的小地方。要不要給湯姆打電話？也許喬埃能從邁阿密過來一趟。

湯姆在電話裡聽我敘述了金妮的狀態之後長嘆了一口氣，他什麼也沒解釋，只問了我的旅館名稱和所在地，說他第二天乘第一班飛機過來，要我看好金妮。

當晚金妮又是盤腿坐在床上念念有詞。我也不敢入睡，生怕她趁我睡熟之際又跑出去，到天亮時我實在撐不住了，和衣倒在床上假眠了一下，醒來時卻看到金妮穿得整整齊齊，坐在床邊看著我。我坐起身來：「金妮妳要去哪兒？時間還早啊。」

金妮答非所問道：「我聽見你跟湯姆打電話了，他會把我送回那個機構去，我逃也逃不了，我的翅膀已經沒有了，索性準備好在這兒等他。」

我突然明白金妮所指的機構是什麼樣的一個場所了，那種悲慘的暗無天日的場所，那種生命的罐車和廢品倉庫。金妮才十九歲不到，她年輕的歲月就這樣被消耗在蒼白的床單，各種各樣扼殺心智的藥物，以及數不盡慘無人道的約束和管制之中？剛剛盛開的花朵一瞬間就凋謝在鐵鏈深鎖的大門之後？我震驚之餘不禁想有沒有辦法可以避免這個局面。也許我可以向湯姆解釋事情並沒有我說的那麼嚴重，也許金妮好好地休息一陣情緒就會平穩下來，我們差不多已經到了佛羅里達，也許她見了喬埃或她祖母一切都會好起來。她才十九歲，什麼奇蹟都是可能的，就是不要把她送回那個可怕的機構裡去。

早晨下著淅瀝細雨，天色晦暗，金妮今天格外地聽話，格外地溫順，乖乖由我帶她吃了早餐，回到房間裡，我坐在床上摟著她的肩頭，她則把頭伏在我的胸前，電視機裡播放著無聊的搞笑肥皂劇，我們心無所思地，默默地在被單凌亂的床上坐了整整一個早晨，等待即將來臨的命運。

湯姆是午飯時分到的，帶了女秘書和一個護士，他留下兩個女人看護金妮，和我來到旅館的咖啡室坐下。湯姆臉色疲憊，在聽我敘述了這一個禮拜金妮的狀態之後，悶聲說道：「事情本來就在預料中的，但是人都抱著一絲希望，希望事情向好的方面轉變。但往往落空。」他告訴我說金妮從十三歲起進進出出精神病院好多次了，醫院的診斷是遺傳性精神分裂加上過度的妄想症。時好時壞，有一次基本正常了，結果坐了一次飛機又復發。所以這次想駕車去佛羅里達以避免這個問題。他在三藩市沒有一天不提心吊膽的，一個禮拜過去了，剛剛放下點心來，又接到我的電話。

我說：「也許是我反應過度了，金妮其實沒做什麼大不了的事，最多也就是披了條毛巾去超級市場買了包香煙，這小地方人少見多怪，後來員警不是也沒事嗎？也許到了佛羅里達，她見了喬埃就會好了起來。」

湯姆顯得滿腹心事，錯把煙灰抖進正在喝的咖啡杯裡：「我何嘗不希望這樣？但你沒有見過她真發作起來的可怕情景，幾個人都按不住。而你說的她徹夜不睡正是發作的前兆，我要趁早把她送回醫院去，晚了的話我們大家都得耽擱在路上。」

我還不死心：「醫院不是沒什麼用嗎？我們何不試試別的辦法，比如說：儘量不刺激她，比如說：去義大利換個環境，也許她就……」

湯姆的金魚臉上現出一種冷酷，他盯住我半天，最後說：「不可能，船到義大利要航行一個多月，那時有什麼事叫天不應，叫地不靈。小夥子你別亂出主意了。」過了一會，他用比較緩和的口氣說：「我接到你電話後跟喬埃通了個電話，他雖然失望，但吩咐儘快把金妮送回醫院，他不想在紀念館上馬之時為別的事情分心……」

我站在旅館的停車場上目送兩個女人把金妮帶上租來的凱迪拉克轎車，金妮臉色蒼白，行動機械，深色的長髮像折翼的翅膀垂掛在臉龐兩邊，我走近車旁，深黑色的窗子無聲地滑下，我在後座看到金妮眼神閃耀，野性而無助，像關在籠裡的鳥。湯姆跟我握手之後坐上駕駛座，自動窗緩緩地升起，在薄暮中，巨大的黑色車身像艘潛水艇般滑出停車場，尾燈一閃，一個轉彎就消失在我的視線中。

索妮婭

我懷著灰暗的心情走完了餘下的兩天路程。

邁阿密的海藍得不真實似的，高高的棕櫚樹搖曳生姿，陽光普照的海灘上擠滿了遊客，年輕的女郎穿著細細一線的比基尼在沙灘上打排球，古銅色的胸脯和大腿塗了防曬油閃閃發亮，空氣中瀰漫著一種忘記一切的狂歡的氣氛。青春的記憶是短暫的，人生途中有那麼多的峭壁和險灘，那麼多的陰霾風浪，何不乘此時此日盡情享受？這兒崇尚頭腦簡單四肢發達，這兒的女人賣弄豐乳肥臀，隨時準備叉開大腿，這兒的男人眼睛像探照燈般地掃射，恨不得用陰莖代替大腦。邁阿密是北美洲的嘉年華，是有錢人的銷金窯，一天二十四小時都沉浸在聲色光影和醉生夢死之中。

我坐在白色的遮陽傘下抽煙，面前是一瓶冰涼的海尼根啤酒，喬埃要我在這兒等他，我們會一起去港灣裡看他那艘剛下水的船——文藝復興號。

比基尼女郎們踩著高跟鞋在我眼前來來去去，健美的胴體，淡金色的頭髮在微風中揚起，修長的手臂大腿，比基尼嵌在股溝裡，露出整個渾圓的臀部，乳房隨著步伐一步一顫，像一匹匹發情的母馬昂首挺胸地行進在被太陽曬得發燙的人行道上。

我眼前卻浮起金妮那無助的眼神，像鳥一樣望著外面碧藍的天空而振翅無力。我好像看見她被湯姆們送進那個像冰窟般的醫院，頭髮被剪得短短的，換上囚衣似的病人服，面無表情地被逼著吞下一把又一把的化學藥物，我好像看到她在醫院的視窗徘徊不去，幻想如何從高處一躍而出，一雙天使的翅膀穩穩地將她托住。這兩天我內心一直責備自己，在整個旅途中我應該對她更溫柔一些，像最後那個早晨，金妮是那麼地柔順平靜。而我卻為了點小事而驚慌失措地去打電話給湯姆，使得她又被關進那個該死的籠子裡去。她真應該跟我們一塊去義大利，去到她年老的祖母身邊，到那山谷環抱的古老城市中去休生養息，她會一點一點好起來，重新拾起她的花樣年華，而把過去的噩夢留在三藩市。老天，我做了什麼樣的蠢事啊。

神思恍惚中一回頭，看見喬埃站在我的身邊，他穿著大塊鮮豔色彩的襯衫和黑色絲綢短褲，頸項上粗大的金項鏈在陽光下閃閃發亮。他熱情地跟我大力握手，我囁嚅地抱歉沒能把金妮帶過來，喬埃的眼中閃過一抹憂傷的神色，但很快地隱去，他面無表情地聳聳肩說：「天主會保佑她，湯姆會很好地照顧她，我們只能為她禱告。我想不起其他事我們可以做的。」他很快地在胸前劃了個十字。把我帶到一輛敞篷跑車邊上，拉開車門：「現在去看看我的新女朋友，在接下去兩個月裡，她將日日夜夜地陪伴我們飄洋過海，去到那不勒斯完成我的夢想。」

沿著海濱公路，我們來到一個泊滿遊艇的港灣，望過去桅檣林立，一陣輕風而過，船上的索具叮噹聲一片，我們走下一條長長的甬道，甬道盡頭處有一扇鐵門，喬埃取出鑰匙打開門鎖。沿著浮橋來到遊艇區的最盡頭，我看見了「文藝復興」號流線型的船身。

這是一艘七十英尺長的大型遊艇，船身漆成乳白色，船頭上用花體字漆出Renaissance的船名。一個彪悍的男人赤裸著上身，正用一條水管在沖洗甲板。我們踏著跳板上船，喬埃介紹那叫哈尼的漢子說他是船長，哈尼伸出手來歡迎我，他的掌心滿是老繭，像銼刀一樣。從他體型上看來還很年輕，肩膀上全是壘壘的肌肉，但胸口上的胸毛全白了。近看那張臉上刻著縱橫的皺紋，像個鐵鑄的胡桃，一口牙齒倒是雪白。哈尼講起英文來有很重的口音，喬埃說他是葡萄牙人，跑了三十多年船。我們橫渡大西洋就全靠這個老水手了。

我跟在喬埃的後面參觀了這艘藍白相間的船，船上到處被哈尼收拾得一塵不染，所有的金屬部件在陽光下閃閃發亮，鑲木板的船艙散發著松節油的氣味，在前甲板上的駕駛室配備著最新式的導航儀，自動駕駛器，無線電對講機，甚至一部小型的雷達。在駕駛台上方，供奉著一尊聖母瑪麗婭的塑像。哈尼打開引擎，對喬埃說他剛試測過改裝的發動機：「你聽聽聲音是多麼地平順。」喬埃告訴我說這艘船有兩部發動機，也可以像傳統的遊艇升起船帆靠風力航行。我們沿著狹窄的舷梯下到船艙下面，靠後面是引擎房和儲物間，走道旁邊是個小小的洗浴設備，靠走道前半部是個較大的船艙，有個用電爐的小廚房，吃飯的桌子固定在地板上。我問喬埃我們睡在哪裡？喬埃打開儲物櫃上的一塊木板，露出一個像棺材那麼大的空間，鋪著一條軟墊：「這就是我們的總統級套房。」哈尼說我們還需要一個水手，晚上輪班掌舵，所以這小小的空間要擠四個人了。

接下去幾天我幫著哈尼採購航海的必需品，我們的儲物室塞滿各種各樣的蔬菜罐頭，大瓶大瓶的瓶裝水，一大堆粗粗細細的繩索，用巨大塑膠桶裝的備用柴油和潤滑油，一個冷凍櫃裝著凍得像石頭一樣的牛排和三文魚。前艙大大小小的櫃子裡藏著紅葡萄酒、香煙和醫藥用品。喬埃把櫃子仔細地上鎖，鑰匙則只有他和哈尼才有。

在啟航前三天哈尼找到了他的助手，一個滿頭紅發的澳大利亞人，膀大腰粗的橫蠻傢伙，臉上滿是雀斑，身上佈滿刺青，一條巨大醜惡的龍從脖子一直繞過胸膛盤到腰際，名叫尼爾，講一口粗魯難懂的澳大利亞英文。哈尼對他並不是十分滿意，說他的經驗還不夠，但是啟航在即，沒辦法再挑揀下去，尼爾成了我們遠征軍的第四個成員。

臨行前一天，喬埃請來了個天主教神父做彌撒，為Renaissance遠行祝福。那個神父穿著紫金二色的道袍，嘴裡念念有詞，把手中的聖水灑向船的每個角落：「天父保佑船頭，使她能避開萬傾波濤，順利航向目的地。天父保佑船尾，使她能產生足夠的動力。天父保佑風帆，使她乘風破浪。天父也保佑船上每一個乘客，使他們身體平安，愉快地完成航行。阿們。」喬埃和哈尼都低著頭，用手在胸前劃著十字。尼爾避得遠遠的，我則嘴裡含糊不清地咕嚕一句，心不甘情不願地在胸前飛快地做了個手勢。

預定是第二天早上十點起航，哈尼在九點就發動引擎暖機，但十點十分還不見喬埃的人影。好不容易在十點半時一輛計程車在岸邊停下，鑽出車廂卻不只是喬埃一個人，另外還有個黑頭髮女人，提著一個小提箱。上了船之後喬埃簡短地向大家介紹：「這是索妮婭，她搭我們的船去那不勒斯。」

我真希望當初沒答應喬埃乘船去義大利，我從不知道自己會暈船暈得那麼厲害，一出海兩個小時我就睡倒了，五臟六腑像兜了個底，吐了無數次。哈尼給了我一個大塑膠袋，讓我吐在袋裡。胃裡的東西都吐光了，就吐清水。小小的鋪位像個水泥攪拌機，躺在上面直覺得天旋地轉，渾身冷汗。每一陣顛簸都使得我胃裡翻騰不已，捧著酸臭的塑膠袋直嘔，到最後連清水都吐不出來了。

哈尼弄了兩片藥丸讓我吞下，說：「沒關係，初次出海的人都是這樣，三天之後你就滿甲板跑了。」我服下藥之後蒙頭大睡，天昏地黑地好像要一路睡到世界盡頭。亂夢連連中那個天主教神父一臉獰笑：「你對天父敷衍了事，天父也對你敷衍了事，你吃的苦頭是自找的。」我想我日後對天主教的反感就是被這個夢裡氣量狹小的神父逼出來的。

昏頭昏腦不知睡了多久，哈尼跑來一把把我拖出鋪位：「夠了，你這樣睡下去會起不來的，總要學著慢慢適應，去甲板上透透氣，人都發霉了。」我拗不過他，勉強爬起身來，高一腳低一腳地爬上舷梯，來到甲板上。

觸目所見的是一片藍色，藍得使人暈旋，天空低低的，像張深藍色的網罩在萬傾碧波之上。遠方的海面上泛著一片耀眼的銀光，近處的水面上卻波濤洶湧，藍色的浪頭一波一波湧來，在船舷邊拍出很響的聲音。船上的馬達平穩地運轉，在船後拖著一條白色浪花，幾隻海鳥跟隨著船上下飛舞。

極目望去，一點陸地的影蹤也看不見，也不見一片帆影。天地間就我們的船像個雞蛋殼一樣漂浮在無邊的洋面上。引擎聲單調而繼續地鳴響，感覺上船卻像凝固在海上一動不動。我突然有個錯覺

──船上的推進器失靈，我們要困在這茫茫無際的大海中了。直到船後的浪花濺到我臉上，才從怔忡中醒轉過來。

我彎下腰，小心地扶著船舷的欄杆，向前甲板走去，路過駕駛艙時，看見紅頭髮的尼爾戴了一副很大的太陽眼鏡，嘴上叼著一截香煙屁股，專心致志地在掌舵，喬埃、哈尼都不知所蹤。

我背靠駕駛台坐下，耀眼的陽光使得我閉上眼睛，身上暖烘烘的，自己都聞得到胳肢窩裡騰起的酸氣，上船之前哈尼就告誡我們要節約用水，一個星期只能洗一次澡，不知能不能想辦法先去洗一次？這樣滿身臭味自己聞了也想吐，怎麼走到人前去。

伸出手來，我看見自己的手指肚都癟下去了，嘔吐使人脫水。人虛弱之極，眼前還是金星飛舞。我摸了摸口袋，掏出包擠得扁扁的香煙，挑了根還算完整點的點上火，深深地吸了一口，辛辣的煙氣直衝腦門。看看手中那包不成形的香煙，隨手往船舷外一扔。

一個黑色的身影一閃，身手敏捷地接住半空中的香煙，我定睛一看，是喬埃臨開船時帶上來的那個女人，這兩天暈得糊裡糊塗的，根本忘了船上還有這個人存在。

她把香煙放在鼻子下聞了聞，又扔回給我：「你不知道什麼時候也許需要這包香煙，不要忘記我們現在在海上。」說完徑直走到船頭坐下，把個背影對著我。

從背後看過去這女人瘦瘦的，腰和臀部的線條還不錯。很難說出她的年齡，大概三十多歲，黑色的長髮垂到腰際。據我的記憶，她長得不算難看但也說不上好看，完全不是喬埃平日所交往的那種頭腦簡單的美女，她在啟程最後一刻上船，看來連哈尼也不知道我們會有一個女人同行。那麼她在船上是怎麼樣一個角色呢？喬埃的義大利親戚？搭順風船的旅客？走私人口？廚娘？或者乾脆是喬埃在邁阿密找來的古巴妓女，以解決長途航程中的寂寞？她叫什麼來著？

正在我苦苦回想這女人的名字時，她回過頭來，嘴上叼著一支沒點燃的香煙，我彎腰把我手中的香煙遞上，她接了過去，對上火，點了點頭又轉身回去。我在她遞回香煙一剎那時看到她的眼睛，那是一副使人迷惑的眼睛，深黑色的瞳仁，在瞳仁的深處閃著一股冷冷的光芒，冷得使人覺得不像是活人的眼光，而像一個古老的幽靈，隔著時空在遠處窺視你，不但窺視你的外表，連你的內心都被她看得一清二楚。我沒來由地突然打了個寒噤，一個名字躍入我腦際——「索妮婭」。

我幾天來第一次坐到那張小小餐桌邊，晚餐是喬埃烤的牛腰肉和土豆泥，加上罐頭蔬菜。每人發一瓶礦泉水，葡萄酒卻隨便喝。尼爾在上面掌舵，喬埃和哈尼討論一切順利的話，還有一個禮拜我們可以通過直布羅陀海峽，索妮婭坐在我的對面，靜靜地低著頭吃盤中的食物。偶爾抬起頭來，不等我捕捉到她的眼光又垂下頭去，帶著一副謎一樣的表情。

喬埃坐在她的身邊，我仔細看了看他的瞳孔，雖然也是深色的，但喬埃的眼珠在光線下呈現棕褐色，還透著一絲灰中帶綠。相比之下，索妮婭的眼珠是帶著煤黑色的褐色，像口井一樣深不可測。她的眼皮厚重，鼻子稍微帶點鷹勾，臉上骨架分明，基本上不參與喬埃和哈尼的談話，間或目光一閃像探照燈穿透帷幕似的。

喬埃和哈尼都對她彬彬有禮，沒有任何的狎戲的舉動或言語上的輕薄。但也沒有和她有任何交流，仿佛她根本是個買票上船不相干的乘客而已，用完餐之後我拿著紙盤子去扔掉，看到她在後甲板上抽煙，一雙眼睛炯炯發亮，像黑暗中的貓頭鷹一樣。

我漸漸地適應終日搖晃的生活，暈船不那麼不可忍受了，在風平浪靜時我來到上甲板抽煙曬太陽。眯著眼睛看遠遠的海面，一片單調的藍色。為了打發大把的時間，有時和喬埃，尼爾和索妮婭玩紙牌，索妮婭老是贏，沒人是她的對手，那雙黑眼睛好像能看穿你手中的每一張牌。尼爾輸得最多，欠了索妮婭不少錢。不打牌時我為哈尼和尼爾畫頭像速寫，索妮婭在一旁頗有興趣地看著，叫她坐下來卻無論如何不肯。

一個禮拜過去了，連陸地的影子都沒看到，喬埃用詢問的眼光看著哈尼，哈尼含含糊糊地不敢肯定他的航線是否正確了，所有的儀器都指出離大西洋東岸還有一千二百多海浬，走了一天一夜之後還是一千二百海浬，哈尼把資料讀了一遍又一遍，臉上顯示出一股迷惘的神情。喬埃緊張地問他怎麼了？哈尼說航線應該沒問題，太陽每天早上從船頭的右舷升起，晚上又落入船尾的左面。我們是朝著東北方向航行，這條路線我以前也走過，不知為什麼這次像鬼打牆一樣。

船上大家都緊張起來，喬埃宣佈為了預防萬一，每人每天三瓶食用水減少為一瓶半，並且取消洗澡，平時的食物份量也顯得少了。哈尼一天到晚憂心忡忡，手上拿了把航尺規在海圖上量來量去，嘴裡不斷喃喃自語。喬埃一遍一遍地檢查儲存的食品，開飯時分到每人盤子裡的東西精確得不能再精確。尼爾，平時一直沉默寡言的，現在卻活躍起來，有一天他跑到我的鋪位上，低聲說道：「中國人，你知道為什麼我們會困在這裡？」

我謂然地望著他：「為什麼？」

尼爾左右看看沒有人，把手往天花板上一指：「因為我們船上載了個巫婆。」

「你是指索妮婭？」

尼爾點點頭：「不是她還有誰，打牌的時候我就覺得這個女人有問題，所有的牌都像被她透視過似的。只有吉普塞女人有這個本領，而吉普塞女人十個有十個是女巫。」

我腦中石光電火地一閃：索妮婭是吉普塞人？沒錯，她那黑得不可測的眼睛，鷹勾鼻子，黑頭髮，顴骨突出的側影。還有那像千百年精靈一樣的眼光。被尼爾一提，全部活靈活現地浮上我眼前，除了吉普塞人，還有哪種民族使人這樣捉摸不透的呢。

尼爾說：「古時候的水手都迷信女人上船會帶來壞運氣，更不用說有個女巫在船上了，當初如果知道有女人在船上，出再大的工錢我都不會上船。」

我記起臨開船時喬埃匆匆帶她上船的情景：「哈尼怎麼說？」

「他能說什麼？他只是個雇工，跟我一樣是為了幾個錢賣命的。」

我沒作聲，尼爾用拳頭敲著自己的腦袋：「我們要死在這大海上了，我在雪梨還有老婆孩子啊。我女兒上個禮拜才過了三歲的生日啊。」

我安慰尼爾道：「事情也許沒有我們想像得那麼嚴重，也許我們只是偏離了航道，也許我們的儀器出了毛病，也許我們過幾天就看到陸地……」

尼爾打斷我：「也許我們都會被餓死，渴死。或者淹死。我可不想把命送在這兒。」

「那你準備怎麼辦？」

尼爾陰沉著臉，嘴裡哼了一聲，什麼也沒說，轉身大踏步地走上甲板去了。

晚飯時大家都沒有什麼胃口，一股大難臨頭的高氣壓灌滿在船艙裡，我胡亂吃了幾口就上甲板去抽煙，天色還沒有黑透，深紫色的雲層壓得很低，海面上波平如鏡，左後舷的天邊一線桔紅色的霞光。神奇又詭譎，平靜得不真實似的。世界好像變得很遙遠，我眼前突然浮起在天安門廣場上的夜晚，到處是人群，無數隻腳踩過粘乎乎帶血的地面，焦躁的人們像被潮水裹著，湧過來湧過去。衝鋒槍的聲音柔和動聽，曳光彈像節日的焰火一樣在黑色的天空劃過，薛暖緊緊地挨在身邊，在恐懼中卻感到莫名的興奮，死亡隨時可以降臨，溫柔地裹挾著年輕的生命而去。

在激情中薛暖非常有可能懷上我們的孩子，下一分鐘年輕的準父母就在槍林彈雨中四處尋找掩蔽物。生與死靠得那麼相近，你不知道一顆鉛彈和你向同一個座標飛奔而去，在相互擁抱時鮮血四濺，意識化成一道輕煙。也許你被一個倒下的軀體絆了一下，在彎腰時正好與死神交臂而過。那時你已經不是一個人，你不是一個有著自主意識的生物，你只是輪盤賭台上的一枚骰子，由不可知的命運之手撥弄。身不由己地落在或紅或黑的格子裡，生存和死亡，就在於偶然一線之間。

在茫茫的大西洋海面上，死亡以另一種面貌出現，死亡隱藏在滿天絢麗的霞光中，隱藏在深不可測的水波中，隱藏在萬籟俱寂的寂靜中，隱藏在一絲一絲消逝的時間中。這兒沒有爆豆般的槍聲，沒有如蝗的彈雨，這兒見不到鮮血橫流，聽不到淒厲的呼痛聲。但在寂靜無邊中不知不覺中繩索一點一點地收緊，希望一點一點萎靡下去，恐懼爬上每一支神經末梢，無數個可能在腦中一遍一遍翻騰，最後的總結卻是死亡不可避免。

一個黑影滑到我面前，定睛一看是尼爾，他小聲而詭秘地湊近我說：「今天我要把事情作個了結，你看到什麼事不要大驚小怪，或者，回到艙房睡你的覺去。」

我不解地望著他。「什麼了結？」

尼爾做了個在脖子上一抹的手勢：「等那個巫婆來到甲板上抽煙時，我會不經意地撞她一下，那一下會把她撞得飛起來，掉進水裡。在這種深手不見五指的黑夜裡，一分鐘就解決問題。到時候你聽到什麼動靜不要大呼小叫的。」

我一把拖住尼爾的衣袖：「你是在開玩笑吧。」

尼爾陰沉地盯了我一眼：「我才不會把我的生命開玩笑呢。擺在我們面前兩條路，一條是困在這兒等死，水和食品在七八天之內就會告罄，那時一個人都跑不了。二是乘著不太晚的時候把這個巫婆扔到海裡去，我們大家找一條活路……」

「你發神經了，尼爾，任何時候都有船在海上迷航的事，像你這種迷信做法我卻第一次聽見，你會把我們都牽涉進謀殺案裡去的。趁早打消這個念頭吧。」

「你說我迷信？我講件邪門的事情你聽聽，從我們船十來天迷航以來，你在目力所及，看到過任何一條經過的船隻沒有？」

我回想了一下，搖搖頭。

「哈尼早就覺得奇怪，在邁阿密測試得好好的航海儀，一下子沒了定位功能，雷達打不開，無線電對講機沒信號。而且我們好像走進一片超越時空的海域，連船影也不見一艘，要知道這是北美洲和歐洲大陸的主要水上通道，來來往往的船隻是很多的啊。」

我被他講得渾身起了雞皮疙瘩，很多奇奇怪怪的事情在眼前一閃而過，喬埃在最後一分鐘帶她上船，她那有催眠功能的眼光，她在你不察覺時突然出現在你的面前，還有，我突然想起：當初上船時只有四個鋪位，平時就寢時她就好像消失了，她晚上睡在哪裡？

但是所有這一切並不構成索妮婭是女巫的證據，她就是女巫我們也沒有權利對她處於私刑，現在不是中世紀了，我不會參加這種被狂熱或恐懼煽動起來的行動。我盯著尼爾的眼睛，堅決地說：「不，尼爾，你最好忘了你剛才所說的一切，無論如何，我是不會做你的同謀的，也不會眼看著你殺人而不作聲的。」

尼爾一把揪住我的領子，一張混合著憤怒和恐懼而扭曲的臉逼近我，從牙縫裡擠出嘶嘶聲：「你最好放明白點，中國佬，你如果敢吐露一個字，你的下場會跟那巫婆一樣，實話告訴你，老子在澳大利亞就背了兩條人命，不在乎再多添上一雙……」他突然抬起頭來，望著我的身後，怔了一下。摔開我的領口，在甲板上狠狠地吐了口唾沫，走下舷梯去了。我朝後望去，只見索妮婭穿了一身黑衣服站在陰影中，手上拿了一支燃著的香煙。

最後一線晚霞的餘光從天邊映來，嫋嫋上升的淡藍色煙霧中顯出索妮婭的臉，那種被古老精靈注視的感覺又一下子攫取了我，我正在想她聽到多少我們的談話。索妮婭平靜地開口道：「暴風雨馬上就要來了。」

暴風雨是半夜時分來臨的，狂風像成千上萬的軍隊在暗空中大踏步地走過，嗚嗚的聲音聽得人撕心裂肺。船身不由自主地顫抖起來，像個醉漢般的頭重腳輕。浪頭一波一波地撲上甲板，可以感覺到船身被壓的往下一沉，然後甲板上的水像退潮一樣，船身又往上一躍，繼續在急風驟浪中巔波。

我第一個躺下，耳朵裡嗡嗡直響，天旋地轉，五臟六腑都要吐出來似的，剛出航時的暈船經歷跟這次比起來像小巫見大巫。隨著哐的一聲巨響，放食品雜物的櫥櫃被撞開了，各種各樣的罐頭，酒瓶，碗盤在艙內亂飛。我幾次被劇烈的搖晃拋出鋪位，頭昏眼花地又掙扎著爬回去，眼角的餘光看到尼爾抱著一根桌腿，埋著頭大口大口地嘔吐，整個船艙裡瀰漫著一股刺鼻的腥臭，喬埃用繩子把自己綁在床上，嘴裡緊咬著一塊床單。

船不但左右搖晃，時而又被高高地拋起，在半空中停留一下，又筆直地落下來。我緊閉著雙眼，等待著船底撞上谷底那一聲「喀嚓」之聲，我的靈魂像是一下子被震出體內，恍恍悠悠好久回不去。心裡只有一個念頭：這次大概死定了。

只聽到「喀啦」一聲巨響，船尾被什麼東西重重地砸了一下，艙裡的燈閃了幾下，一下滅了。黑暗中只聽到浪頭重擊在船身上的「啪」「轟」之聲，船架不住地發出「嘰呀」聲，馬達有氣無力地空轉著。散架是早晚的事，萬噸巨輪在這種風浪中也會沉沒，更不用說我們這艘薄如蛋殼的遊艇了。到時候船上的人都會被拋進大海，在滔天的巨浪中掙扎，然後是筆直地下沉。

哪一種死亡比較有尊嚴些？泡漲的軀體漂浮在破碎的船板之間？還是背上被槍彈打出一個大洞躺在血泊裡？抑或生命走到耄耋白首而困在病床上，身上被插滿各種各樣的管子，無可奈何地等待死亡來臨？如果死亡是一道沉重的黑色大幕，那我們像蚍蜉般的生命又有什麼意義？尊嚴又有什麼意義？在生與死之間我們並沒有選擇，我們身不由主地進入人生，我們身不由主地告別世界，遺留在我們記憶裡只是那麼蒼白的一瞬間。

但是這一瞬間卻是我們所擁有的一切，這一瞬間記錄了我們人生中所有的定格，從牙牙學語開始，我們滿懷著好奇觸摸這個世界，我們輕易地找到了愛情，卻眼睜睜地看著她在指縫中流失。我們尋找自由，但沒有一個人解釋得清自由的定義。我們尋找自我，自我卻像影子一樣跟我們捉迷藏。直至我們突然站在死亡的大幕之前，我們才知道人生的意義就在那「終結」的兩個大字之間。

薛暖的臉龐在暈眩中浮起，嬌媚如花。在我生命的最後關頭，這個曾經背叛我的女人從光明中款款走來。陽光穿過雲層，遠處的三藩市隱藏在薄霧之中，她蘭花般纖細的手指插進我頭髮中，她的杏眼流轉，紅唇欲滴，腰枝像風擺楊柳，一股如蘭如麝氣息撲面而來，使得我不禁神搖心馳。一道熱流湧進我的腹間，下面騰地勃起，生命的慾望直到最後關頭還在蠢蠢欲動。在一片暈眩的虛無之中，我緊緊地摟住薛暖，摟住我短促人生中唯一的蒼白記憶，一遍又一遍地做愛。在天安門廣場上，在鄉間的茅屋中，在三藩市昏暗的地下室裡，在攪成一團的現實和想像中，我們揮汗如雨地喘息，聳動腰身重複著一遍一遍的動作。藉以忘卻來抵禦著對死亡的恐懼，藉以我們螻蟻般的生存本能，在大浪滅頂之前唱一首生的讚歌。

在我再次睜開眼睛後，發覺不知什麼時候風浪平靜下去了，舷窗透進了淡青色，艙內一片狼藉，到處都是打碎的杯盤和酒瓶，尼爾躺在他自己吐出的穢物中呼呼大睡。我們還活著？仔細一聽，馬達聲還在突突地響著，我一個魚躍而起，三腳兩步登上舷梯，來到甲板上。

清晨的天光已經照亮海面，一片平靜。海水的顏色變成深綠。那支中央主桅已經折斷，駕駛室的玻璃一塊不剩，掌舵的哈尼一夜之間好像蒼老了十年，喬埃咬著雪茄站在他的身邊，兩人一言不發地眺望著遠方。

在水天相連的地方，在薄雲的盡頭，一線淡紫色的是陸地。

我猛回頭，撞上索妮婭如魔如幻的目光，她站在船尾，依舊是一身黑衣，手中挾著一支燃著的香煙。

莊園

我不敢肯定此生還願意再一次地在海上航行，並不是完全是顛簸之苦使我卻步，更因為是那一日一日望不見陸地而引起的內在張力。分分秒秒地被磨得如剃刀般地鋒利，懸在繃緊的神經上晃悠，哈尼講過有不少水手因為長年孤寂的海上生活而引起神經錯亂。在遼闊的海天一色之下，人像隻螞蟻般地爬在火柴盒似的船上，完全把自己交給不可知的命運去擺佈。只有在經歷了海上的風浪之後，人才會明白，我們的生命是怎樣的一種偶然。

我們在摩洛哥的坦奇拉作了短期的停留，補充船上的給養，做了必要的修理。隨後沿著歐洲南部海岸線，途經尼斯和科西嘉島，在地中海上航行了一千七百海浬，再往南進入亞得里亞海，一個禮拜之間我們航過比薩和羅馬，喬埃沒有容許靠岸，反而吩咐哈尼扯起風帆，日夜兼程地來到義大利南部第一大港——那不勒斯。

這是個美麗的海濱城市，非常非常地古老，城市裡新舊建築混雜，鋼筋水泥的辦公樓建在老城牆的旁邊，一輛鮮紅色的法拉利跑車停在綠蔭匝地的小巷裡，觀感卻極和諧。沿海岸有大批老舊房屋，街道走下去幾步就是海灘，大批的小孩子在沙灘上玩。遠處有人垂釣。淡淡的身影映在海天一色之間，天荒地老似的。每個人都好像無所事事，酒館裡人聲喧天，咖啡館的露天座位上兩個老頭對弈副棋，眼睛卻瞟著路過的亮麗少婦。這兒的女人才叫做女人，你絕對見不到穿西裝的辦公室女士，走在街上的都是長髮披肩，身穿連衣長裙，豐乳細腰翹臀，步子搖曳生姿。手上挽著一個大草籃，內盛五顏六色的蔬菜水果，籃沿是一束鮮花。此景在記憶中是很遠的事了，重新浮上眼前卻是風韻萬種。我坐在沿街的咖啡館裡，身後的石牆總有上千年了，好像隨時會倒塌下來，沒人緊張，沒人當它回事。我在那兒一坐就是整天，眼睛盯著行人、少女、婦人和穿黑衣包頭巾的老婦如水流過，咖啡館的男侍個個英俊挺拔，到好萊塢去保定挑頭牌，卻窩在桌椅的方寸之間，殷勤地為你送上一小杯濃得像柏油樣的義大利咖啡。

靠岸之後索妮婭就像影子般地消失了，沒人再提起她，就如這個人從來不存在似的。喬埃辭退了尼爾，留下哈尼修理守護遊艇。我們乘上租來的車子直奔內陸。

車子沿著A－16號公路向上蜿蜒而去，大海在我們的身後閃閃一線。喬埃說義大利南部沿海在以前都是活火山，噴瀉而出的溶岩帶著火山灰順著山體傾下海中，沿途沉積下來的一塊塊平原就是我們今天所見的城市。我們在三十號公路上的瑙拉停了一下，然後又拐上十六號公路，在傍晚時到了我們的目的地，一個八千人口的小城——勃蘭諾。

這兒是喬埃祖輩生長的地方，一個遍地葡萄藤的山間小鎮，顏色介於綠和灰褐之間。青石板鋪就的街道蜿蜒曲折，石灰岩砌起的房子錯落有致地擠在一起，窗戶又小又深，門楣卻精雕細刻，小小的院落裡放著陶質的大花壇，開滿腥紅色的瓜葉菊。屋後一座石砌的樓梯，又窄又陡，通往頂著赭紅色的屋瓦，染滿年月的滄桑。喬埃七十八歲的老母親，至今還住在離鎮上五公里遠的鄉下，在那幢石頭砌成的老房子裡一個人生活。喬埃還有一個姐姐住在附近，有時會過來看望老太太。

老婦人緊緊地擁抱著禿了頂的兒子，喬埃則雙膝跪在地上，一遍一遍地親吻老母親滿是皺紋的臉龐，三藩市最大的古柯鹼毒販變成了一個孝順的兒子，攙著巍巍顫顫的老母親在各個房間裡走來走去。老人指著一架蒙著布套的電視機說是為了你回來才買的。又突然想起烤箱裡的牛舌烤過了火候，又忙著張羅讓我去客房裡洗澡，由於興奮把話說得飛快，一面做手勢加強語氣。

我洗了個痛快澡，客房小而整潔，漆成藍白二色，紅色的地磚上鋪著草編的席子，牆上掛著耶穌受難的十字架，一個陶質的瓦罐裡插著一大捧金黃色的向日葵。屋裡瀰漫著大蒜和茴香的味道，餐桌上擺滿了食品，引入食指大動，除了烤牛舌之外還有一種拌著茄子的義大利麵、炸烏賊、羊乳酪，以及一種很鹹的魚湯。喬告訴我說這些都是他童年愛吃的菜肴，雖然在美國遍地是義大利菜館，但沒有一家做得出他母親的口味。老太太還特地爬下地窖拿來一瓶一九七六年份的聖海倫娜紅酒。把我們的酒杯斟滿，不停地在我們的盤子裡添加各種菜肴，自己卻並不怎麼動刀叉，只是端了半杯紅酒，坐在桌邊注視著我們用，臉上始終掛著慈祥的笑容。

這頓晚餐吃得我飽呃連連，自從海上風暴之後我第一次胃口大開，在用完喬埃母親自己烤的提拉米蘇布丁之後，我的眼皮不由自主地沉重起來，耳邊只聽到講得飛快的義大利語抑揚挫頓，如泉水般地流淌，也如泉水般地催眠。我實在支援不住了，向老太太和喬埃告了辭，先回客房休息了。

睡到半夜後卻驚醒過來，身下的小床好像還在波濤上起伏搖晃，推門來到外面抽煙，遠處的鎮上一片靜寂，山坡上的橄欖樹林在月光下呈現似灰似銀的色澤。夜涼如水，空氣中有一種植物被露水浸潤的清香。我一連抽了五六支煙，腦中一無所有，廚房的窗口亮起燭光，老婦人摸摸索索地開始忙碌，天邊透出第一線淡青色，不知名的鳥兒開始在橄欖樹林裡鳴叫。

早餐之後喬埃和我去莊園，從這兒過去還要半公里左右，一條碎石鋪成的小路年久失修，那輛租來的飛雅特開在上面顛簸不已。沿途寥寥幾幢房子掩在松林後面，四周杳無人跡。一隻野兔在草叢裡驚起，快速地橫過路面隱沒在樹林裡。

飛雅特開過一段傾圮的圍牆，在一扇鐵門前停下，喬埃取出鑰匙打開鎖，沿著一排高大的橡樹間的車道，我們來到了莊園的主屋。

這是一幢巨宅，在清晨的陽光下，高聳的廊柱間顯示出一種凋零的滄桑之美。白色大理石砌成的台階已經傾斜，青藤漫了上來，門廊上精美的浮雕也已經殘破，但石紋經過歲月的浸潤呈現出一股溫潤如象牙般的色澤。推門進去，呈現在眼前的是個天井，天井裡有好幾十棵巨大的老橡樹，樹幹上生滿淺綠色的苔衣，枝椏彎曲盤橫，遮住了滿院的陽光，在遍地的落葉和雜草之間，有一池乾涸的噴泉，噴泉旁邊豎著一尊牧羊女的青銅雕像，細小的藤蔓已經爬上雕像的衣裾。天井的四周是一圈穹形迴廊，迴廊牆上殘留著褪色的壁畫，喬埃打開一扇厚重的木門，一股久不住人老房子的灰塵味道撲面而來，嗆得我連打幾個噴嚏。高高的天花板椽柱之間結了一層層蛛網，光線從開得很高的窗口射進來，光柱中有細細的塵埃浮動。大廳中間是一座巨大的，精雕細琢的大理石壁爐，被燻得烏黑。牆上透出被水浸過的痕跡，好多灰泥已經剝落，窗龕的底部竟有爬山虎的枝葉鑽了進來。地上鋪的是一方一方的紅色陶磚，很多已經碎裂。在牆角上竟然還長出一叢蘑菇。

我跟在喬埃的後面參觀了整幢房子，一共有十六個大房間，六個盥洗室，廚房能準備四十個人的食物。喬埃告訴我這房子以前作過修道院，從第二次世界大戰之後僧人流失，房子就荒蕪下來。沿著鑄鐵的樓梯扶手來到二樓，走過一間間蒙滿灰塵的睡房，有些房間裡還遺留著床架和燭台。壁爐架上擱著一本打開的聖經，紙頁已發黃變脆。沿牆擺放缺腿的靠背椅露出棕絮。一間用白色磁磚砌成的盥洗室裡，我看見在水槽裡有一團乾結的大便。廚房的一個屋頂塌了下來，可以看見外面天井裡的橡樹枝葉和一方藍色的天空。料理台上撒滿鴿子糞，架子上一排年代久遠的番茄醬罐頭鏽跡斑斑，喬艾拉開碗櫥的門，我們發現一窩剛出生的小老鼠，眼睛都還沒有睜開，擠在瓶瓶罐罐之間簌簌發抖。再過去樓梯盡頭是一架旋轉鐵梯，通到高聳在房子前面的鐘樓，銅鐘已經不知去向，卻空出了一方小小的平台，看出去近處是一片參差不齊的桔紅色屋瓦，瓦槽中長滿一球球蒲公英，遠方則是一線蔚藍色的地中海岸。

我曾在三藩市和邁阿密無數次地想像過：我將為它畫畫的丁托雷托紀念館是幢什麼樣的建築？我曾想像過線條簡潔的現代建築，也想像過廊柱高聳的宮殿式建築，就是沒想到喬埃嘴上如此神聖的紀念館將設在這麼破敗失修的修道院裡。雖然說這地方有一種淒涼的美，但遠離城市和交通。再說，住慣了美術館高樓敞廳的丁托雷托老先生肯回到這個野兔出沒傾圮的老房子來嗎？

喬埃好像看出我的心思：「這個地方需要大量的修葺工作，我的計畫是繪畫和修葺同時進行，我已經在米蘭找了一家建築事務所，專門修復中古時期的建築物。藍圖已經出來了，下個禮拜我就要過去跟他們討論。你呢，先在這兒住下來，熟悉一下環境，感染一下丁托雷托家族生長的地方，這對你臨摹他的畫會有幫助的。我希望當紀念館修理完工時，你的畫也畫得差不多了，如果能在丁托雷托四百年誕辰之際開幕就太好了。」

那時就是我的自由之日，我會回到三藩市，在漁人碼頭的工作室裡畫我自己想畫的畫。在這個世界上，什麼東西都要付代價，不是嗎？我們為了自由在天安門付出了鮮血的代價。薛暖為了在美國一帆風順地生活下去付出了愛情的代價。金妮為了飛翔的夢想付出了摔斷手臂的代價。我為了能自由自在畫畫而付出了賣身為奴的代價。就是喬埃也不是為了他的丁托雷托紀念館走上販毒的道路嗎。明白了就好，可以像囚犯一樣在鐵窗後數著刑滿釋放的日子。說到底，我們都是這個世界的囚犯，背負著生命架在我們肩上的枷鎖。

我打量了一下滿目的頹敗，問喬埃：「我在哪裡畫畫？」

喬埃手一揮：「你願意在哪個房間畫就在哪個房間畫，整幢房子都是你的畫室。但是，這兒水電都已切斷，不能住人。你跟我來。」

我們繞過主屋，來到後院的一座小屋，我注意到門窗都換了新的。喬埃打開門，我走進前廳，聞到一股新鮮刺鼻的油漆味道。喬埃在旁邊說為了我來畫畫，他找人先修理了這套居所，他帶我去看了浴室，一個很大的石製水槽，旁邊有個泵浦，每次要用水先得用泵浦把水泵到水槽裡。房子裡裝了新的電燈，我試了一下開關，燈不亮。喬埃有點尷尬地聳聳肩：「我已經關照過了，怎麼還是沒電。這兒是義大利，你不能指望有美國的效率。你先湊合著用蠟燭吧。」

我就這樣開始了我的隱居生活，在喬埃去米蘭的日子，他吩咐他母親每兩三天給我準備一大罐湯，一長截硬硬的乾臘腸，一罐子煮好的義大利麵條，由一個年老的牧羊人送過來，放在我小屋的台階上。第一個週末我走下山去，在勃蘭諾鎮公所廣場上有個露天集市，我買了新鮮的麵包，一大堆無花果，一公斤杏仁，一塊帶著藍紋的乾酪。又在一個賣舊貨的攤子上花了五千里拉買了一輛六十年代的藍羚自行車，一路搖搖晃晃騎上山來。

我住的那幢小房子以前大概是園丁的居所，建築也相當考究，厚厚的石砌外牆和主屋一個風格，裡面是一房一廳，廳裡的落地窗外是個有石雕欄杆的陽台，爬滿帶刺的覆盆子，酸酸甜甜的氣味從打開的窗口浸進房來。在陽台上可以望見鄰居的後院，那兒有個游泳池，藍色的池水映著天上的雲彩，池邊散落幾具躺椅。

廳裡有個可以生火的壁爐，廳後面分成兩層，下面是廚房和廁所，樓上是間睡房，一張油漆剝落的老式鐵床，光裸的地板上空無一物，一盞古色古香的鐵製燭台蹲在一把硬木靠背椅子上縮在牆角。大窗外樹影婆娑。晚上坐在窗台上抽煙，夜霧飄蕩，月光透過彎彎曲曲的枝椏灑下來，一片寂靜，遠處那不勒斯的燈火細細一線，我突然寂寞得想哭出來。

我唯一見到的是那個上了年紀的牧羊人，他每天趕著一群羊上山去，為我帶來喬埃母親準備的食品。我跟他語言不通，只能打手勢表達意思。他看上去有六十多歲，瘸了一條腿，但在崎嶇不平的山間小道上行走如飛。早年大概得過什麼病，半邊臉龐歪扭痙攣，眼睛成鬥雞眼狀，笑起來露出一口疏落發黃的牙齒。有一次我表示想喝牛奶，他不知怎麼懂了，第二天早上一罐帶著餘溫的新鮮羊奶放在小屋的台階上，羊奶喝起來帶點膻味，但純淨濃郁，喝了幾次之後我就喜歡上了那股自然的山野氣息。

我沒事就到處逛，修道院裡有個一人高的地下室，堆滿了舊傢俱，一次無意的巡視中我發現一扇小門通往一個地窖，壯膽下去，在地窖裡找到意想不到的好東西，一大批酒，酒瓶上蒙滿灰塵的標記都是一九四七，四八年的，差不多半個世紀了。喬埃大概也不知道這批酒的存在。我拿了三四瓶回到住所，用瑞士軍刀打開瓶塞，一股陳年酒香撲鼻而來，傾倒在玻璃杯裡的酒液顏色深紅，在杯中晃動顯得像油一樣醇厚。我平時在畫室裡的零食是杏仁和羊奶，而我的晚飯就是新鮮麵包夾著灌腸和乾酪，一碗老太太煮的蔬菜湯，再就是一大杯瑪瑙般的紅酒，喝完了把空瓶子送回去，再拿幾瓶回小屋裡享用。

我的第一個訪客是隻黑貓，牠在一個晴朗的黃昏從陽台上沒關好的門進來，喵了一聲坐在壁爐前靜靜地看著我吃晚飯，我撕下一片灌腸扔過去，牠先是疑惑地聞了聞，眼睛一線朝我看了看，低頭很快地吃了下去。我又扔給牠一片，當我挨近想撫摸一下牠那黑得發亮的皮毛時，牠卻一閃身從我手底溜走。我吃完晚飯，把湯碗放在地上，牠走了過去，伸出粉紅色的小舌頭舔著碗裡剩下的湯汁，舔完之後坐在那裡用前爪洗臉。我撳動打火機點煙，牠馬上警惕地弓起身子，我朝牠噴了一口濃煙，牠馬上快速地繞出門，躍上陽台，跳進花園裡的黑暗中去了。

我按照丁托雷托的畫冊上的尺寸，繃好畫布，刷上乳膠，用沙石仔細打磨，再塗上一層淺棕黃的底色，乾了之後用幻燈機把原作投射到畫布上，炭筆勾出人物的輪廓，然後上油彩，丁托雷托用的顏色種類不多，主要是深紅、墨綠、大量的棕色、土紅和金土黃，但他的構圖佈局用了大束大束強烈的光線，使得畫面的色彩效果非常具有戲劇性。他的用筆也不像提香那麼細膩，很多地方用粗大的筆觸帶過。可以感到這是一個在文藝復興時期眾多畫家中很有個人風格的畫家，粗獷，強悍，而且技術純熟。

喬埃也許有他的道理，在義大利畫畫的感覺與在美國不一樣，這兒沒有隨時會響起的電話鈴聲，沒有電視上ＮＢＡ緊張激烈的籃球比賽，沒有縱情聲色的派對，沒有報紙，沒有信差，沒有訪客，除了那隻黑貓。我每天早上六點起床，喝過羊奶之後就去大房子畫畫，花園小徑上浮著藍色的晨曦，初升的陽光穿過橡樹林斜斜地照過來，樹冠間鳥鳴一片，滿院的覆盆子枝葉上露水閃耀。推開迴廊上的大門，一股混合著松節油和亞麻仁油的氣息撲面而來。我拖過一把路易十六式的椅子，在昨日完成的畫面前坐下，點上香煙，瞇著眼睛審視畫面的效果，考慮著今天應該著手畫哪些細節。扔掉第二支煙頭之後，我拿起浸在水罐裡的畫筆，擦乾淨，在調色板上擠出顏料，很快就沉到工作中去。由於沒有打擾，我的臨摹進行得很快，只要光線允許，我可以一天工作十二個小時以上。我把幾幅色調相近的畫並列起來一起畫，這樣就能在第一張顏料未乾的時候畫第二張。半個多月下來已經有三幅畫靠在壁爐架上，就等最後的修飾工作完成之後就可以上光了。

喬埃過來兩次，為我帶來整條的香煙和巧克力，他瞇著眼睛打量我差不多完成的畫幅：「不錯，真的不錯。不過，顏色看起來太新了一點，你有沒有辦法使畫面看起來舊一點？」

我告訴他我辦不到，第一，丁托雷托當時用的顏料和我現在用的不一樣，他們那個時代所有的顏料都是手工研磨出來的，而我們用的是化工廠出品的化工顏料。第二，每一張我們看到的古典繪畫都不是當初畫家完成的那個樣子，隨著時間的推移，顏料中的化學成分產生不可分析，也不可臨摹的變化。換句話說：上帝又畫了一遍。我不能做上帝的工作。

喬埃搖搖頭道：「一定有辦法的，市面上有很多畫是現代人複製的，看起來跟古畫毫無區別。」我聳聳肩說那已經不是我的領域了。喬埃又開話題，問我需要什麼？生活得如何？我告訴他一切都還不錯，就是太寂寞了。喬埃做了個恍然大悟的表情，說下次給我帶點娛樂的玩藝兒過來。

下次他再過來時帶了四喇叭的收音機，一些流行的音樂唱帶，一大堆義大利版的花花公子雜誌，告訴我這次可能要離開久一點，金妮的情況不好，他要趕回三藩市料理一下。他掏出厚厚一疊鈔票，說這兩千萬里拉應該夠你開銷了，有什麼事到老太太那兒打電話給湯姆，他總能找到我的。

我在休息時翻閱著那些散發著香水味的成人雜誌，義大利女人不再像提香或魯本斯筆下那麼厚重豐腴，道林紙上呈現出來的身材頎長細瘦，肩胛方正，鎖骨平直，大腿修長，小小的乳房盈盈一握，渾身上下沒有一絲多餘的脂肪。唯一相同的是那雙眼睛，燃燒著一股黑色的熱情。美國女人不穿衣服面對鏡頭時眼光太清醒，太肯定。而義大利女人則把人帶進迷離的夢幻中去。

我常在黃昏時出去散步，沿著莊園那座傾圮的圍牆向山下走去，夕陽斜照過來，古老斑駁的牆面泛出蒼黃的色澤，石縫中生著暗綠色的苔蘚。角落裡的羊齒植物開著花，像一枚枚散落在草叢裡的古羅馬錢幣。再過去那座松林的樹幹被夕照染得一片金紅，烏黑的樹冠間鳥雀穿梭盤橫，紫色的天幕上蝙蝠劃著弧形的圈子。從松林後面繞過去，可以走到一座懸崖邊上，眺望在暮色中蒼蒼茫茫的大平原，阿平寧山脈在天邊深藍一線，浸在玫瑰色的落日餘光之中，山腳下大片大片的橄欖樹林在晚風中搖曳，閃著深綠和碎銀般的光澤。

在寧靜中，薛暖的身影浮起，心裡就突然刺痛了一下，沉潛多時的激情依然暗流洶湧，像雪崩般地瀉入平靜的湖泊。薛暖，妳是我心上永不癒合的傷口，在風暴驟起的海洋上，在沉睡的山間小道上，在夜色籠罩的谷地中，妳的面容妳的眼神追隨著我，風中有妳銀鈴般的絮語，橄欖樹下我聞到妳髮際的清香。在孤寂的月光下我心軟弱，我只記得妳如花的笑靨，只記得妳溫柔的撫摸，只記得妳在天安門廣場上長裙飄飄。時光流淌，連妳的背叛都帶給我一種苦澀的甜蜜，我願意忘記一切，但是我知道妳已經回不來了。

在孤寂中，我的神經還是繃得如一根琴弦，這種時候我會自己手淫，這是使我厭惡但又抑制不住的一種衝動。花花公子畫報上那些裸體女人能使我塵根勃起，但不能使我心靈舒緩。我只有閉上眼睛，回憶起薛暖的裸體，才能暢快地射精。過後卻充滿自責，感覺自己是個姦屍者。這種肉體上的軟弱和心理上的自責使我情緒低沉，而且身體機能也出了問題，這個問題今後在很長的一段日子裡一直困擾著我。

我常常徘徊到天色完全暗下來，才慢慢地走回莊園，經過松林時得小心不讓盤根錯節的樹根所絆倒。我在上床之前總是坐在陽台上抽三四支煙，看著月亮升上來，四周傳來一陣陣夏季的蟲鳴，周圍是一片深沉的夜色。一天，我非常驚奇地望見鄰近房子亮起了燈光，以前我一直以為那房子是空置的。看來那家人是度假回來了，一個多月住下來，越來越有置身荒島的感覺了，四周任何動靜都引起我的注意。

窺視鄰居的後院變成我空閒時的癖好，那是幢很大的房子，看來和修道院是同一種建築風格，紅瓦白牆，碧綠的草坪保養得很好。天氣好的日子，常常有人在游泳池邊曬太陽。從枝葉扶疏中望過去可以分辯出一個男人和一個女人，裸體，戴著太陽眼鏡在躺椅上一動不動。可惜距離實在太遠了，又有樹枝擋著，印象中那個女人的體型不錯。

有一次在天色將暗未暗時，我從畫室回來，無意間往窗外一瞥，看到鄰居夫婦竟然在露天性交，夕陽裡兩個人影疊在一起，一上一下地聳動著。那女人的兩條大腿舉向空中，而男人居高臨下地像個打樁機。看得我臉熱心跳，腎上腺素上湧，眼巴巴地看著一條精赤的肉身一點點隱沒在黑暗中。

還有一次我看到倆人吵架，那個男人做著手勢很大的動作，女的背對著他，男的不停地揮舞著手臂，突然，女人把手上一件物體扔向他，男人一下子僵在那裡，女人走進屋子時把門很響地摔上。男人愣了一會，也衝進屋子裡去，摔門的聲音驚天動地。

不知不覺兩個多月過去了，我在勃蘭諾完成了五張畫，吃掉無數的家製灌腸，抽掉大量的煙捲，喝紅酒上了癮。唯一的消遣是躲在窗簾之後觀看脾氣火爆的義大利鄰居上演的家庭雜劇，男人和女人之間的糾纏和表演。此外，一無所成，一無所獲。

安娜

夏天差不多已近尾聲，偶爾還會有一兩天暑熱難當，秋風漸起，夜間會有雨，白天就涼快多了。一天黃昏時我照例出去散步，可以看到山間的葡萄園裡鄉民在收割葡萄。田間枝葉狼藉，一些籮筐還散落在小路邊上。那隻曾拜訪過我的黑貓，一動不動地踞坐在小路中間，昂頭看著我。我蹲下伸出手去，突然一個聲音響起：「那是我的貓。」

我愣了二秒鐘，才反應過來那是一句英語。差不多兩個月沒與任何人交談，難怪我的語言機能變得遲鈍。

我抬頭望去，鄰家的門扉打開，一個女孩站在門洞裡，光線從她身後照過來，映出白裙子裡兩條瘦長的腿，光腳上穿了一雙日本式夾腳趾的拖鞋，滿是塵土，圓圓的腳指甲上殘留著紅色的指甲油。我的眼光向上望去，看見一張很年輕的臉，暗金色的頭髮在腦後紮成把馬尾，薄薄的耳廓在斜陽光線下殷紅一片，那雙眼睛是淡綠色的，瞳孔細細一線，像貓。

我第一個反應這是那個在後院中做愛的女人，但馬上否定了，這女孩年紀太小。

女孩撩起裙子在我身邊蹲下來，白色的內褲一閃。

「你確定是你的貓嗎？」

「當然。」女孩道。

「我還以為是沒人要的野貓了。」我注意到女孩有個翹鼻子，上面有淡淡幾點雀斑。「妳的貓常跑來我家作客，牠吃了我好幾頓飯，牠特別喜歡灌腸和藍乾酪。」

「我們出門去了，園丁老婆應該照顧牠的，但她扭傷了腳，咪咪沒人餵牠了只好跑到你那兒。」女孩撫摸著黑貓背上光滑的皮毛。「可憐的小東西。」

那隻黑貓豎起尾巴，在我們的手下腿間蹭來蹭去，「喵喵」地撒著嬌。

「美國人？」

「紐約客。」女孩點點頭說，「你從什麼地方來？」

我來義大利之後就沒刮過臉，從下巴到腮邊一片亂蓬蓬的鬍子，頭髮還是隨便在腦後用橡皮筋一紮，猛一看像墨西哥人或菲律賓人。我逗這女孩道：「猜猜看。」

女孩很認真地湊到我身邊，使勁抽了抽鼻子：「中國人。」她肯定道。

我大吃一驚：「妳怎麼知道的？」

「你身上的味道，跟中國館子的聞起來一模一樣。」老天。我至少有三四個月沒進過中國飯館或吃過中國菜了，我自己都聞到出汗時的大蒜味，那是喬埃母親大量用在麵條和灌腸的烹飪中的。這女孩卻說我身上有中國館子的味道。看來人種是貼有標籤的，美國人應該是電影明星，開著大馬力的新汽車。黑人呢？是重量級拳王和搶劫犯的混合體。穿黑西裝戴墨鏡的義大利人當然是黑手黨了。而中國人則是腦後拖根辮子在餐館裡炒雜碎，他媽的我還自認是藝術家，但在別人眼裡，只要你是黃皮膚，就怎麼也擺脫不了跟盤子裡菜肴的聯想。

真是個鬼精靈的女孩，我站起身來，女孩蹲在地上，昂起臉好奇地問道：「你住在那幢破房子裡做什麼？」

「我在那兒畫畫，畫一些很大的畫。」

「那你是個畫家？」女孩跳起身來，偏著頭打量了我一陣：「有點像，那我可不可以過來看你畫？」

「什麼叫有點像？」我被她說話的口氣逗笑了：「剛才不是說我身上有中國飯館的氣味，再過來聞一聞，我身上有沒有顏料的氣味？」

女孩綻出一個調皮的笑容：「我又不是狗，再說，油漆工身上也有顏料的氣味。」

「我看妳的鼻子比狗還靈。」我伸手作刮她鼻子的姿態。

女孩一閃身躲過，笑著說：「中國人，你讓我來看你的畫，我就帶你去吃春捲。」

春捲？這鬼地方哪來的春捲。看到我詢問的神色，女孩朝山下一指：「勃蘭諾鎮上有家中國餐館，你去過沒有？」

我搖搖頭，女孩如數家珍地說：「那兒有賣春捲、鍋貼、酸辣湯、甜酸肉，還有幸運餅，我母親曾帶我去過，就在教堂後面那條街上。」

我的饞蟲一下子被勾了上來，雖然女孩說的都是最普通的中國吃食，但我三四個禮拜來一直是吃煮成一鍋粥的蔬菜湯和拌著番茄醬的麵條，很想來一大碗中國的鹹菜肉絲麵，再配上煎得脆脆的春捲，蘸著醋和辣醬。或者是一碗滾燙的餛飩，湯裡有蝦皮和紫菜，滴幾滴上好的麻油，再撒上很多的白胡椒粉。我嚥了口垂涎，喉嚨裡很響地咕了一聲。

女孩在身上摸索，掏出一張一萬里拉的鈔票，伸平了舉在我眼前：「我有錢，我是說真的，如果你帶我去鎮上，我就買春捲請你吃。」

在物價奇貴的義大利一萬里拉大概能買四分之三根春捲。這女孩還沒有錢的概念，她臉上那種孩童渴望糖果的神情使人不忍拒絕。我說：「好吧。哪一天我們去吃春捲。」

女孩興奮地伸出小手指，跟我勾了勾：「一言為定。」突然又想起什麼：「中國人，那我可以跟你去看畫了嗎？」

「現在？」

女孩一本正經地點頭。

「現在不行，我那兒沒電，妳看天差不多黑了下來，什麼也看不到。找個白天吧。」

那個牧羊老人提了一隻剝了皮的兔子，趕了一群滿身塵土的羊從我們身邊經過，揚起一陣黃色的灰塵，那隻黑貓皺了皺鼻子，打了一個噴嚏，轉身向門洞裡竄去，女孩朝我揮揮手，拔腳追了過去。

我突然想起還沒問她的名字。於是揚聲問道：「妳叫什麼？」

「安娜。」門洞裡傳來一聲遠去的回答。

一輛汽車在莊園的車道上停下，車門打開走下來一個女人，背影看起來有點熟悉，我正在納悶，那個女人轉過身來，一道黑色的眼光使我不禁打了個寒噤，是索妮婭。她怎麼會來這兒？沒等我反應過來，索妮婭已經來到我面前，一掃在船上冰冷的面貌，出乎我意料之外地作了一個擁抱的姿勢，我彎下腰和她象徵性地擁抱一下。她身上有一種奇怪的香味，使我想起中國廟宇裡燃著的線香。索妮婭見到我好像很高興，說：「喬埃說你在這兒畫畫，所以我過來看看，你的畫室在哪兒？」我一面引她走上台階，心中詫異喬埃並沒有告訴過我索妮婭或任何人會來訪。索妮婭好像看出我的心思，淡淡一笑：「老太太是我的教母，我常常來探望她。大家都很關心喬埃的紀念館。」我們來到畫室裡，索妮婭在我完成的畫作前凝視長久，微微頷首，不發一言。我在旁邊清理凌亂的畫具，把乾結在調色板上的顏料鏟去，心想這禮節性的拜訪不會太久吧，我可沒時間接待好奇的三親六友。耳中卻聽得索妮婭說道：「喬埃說你不知道怎麼把畫做舊。也許我們可以想些什麼辦法。」我剛想反對，但在索妮婭催眠般的眼光之下，身不由主地接過她遞給我的一包黃色的粉末，在她的指示下倒進碗裡，摻上亞麻仁油，用筆均勻地刷在一張完成的畫幅上。索妮婭把畫拿到一間空屋裡，又找了一個火盆，用橡樹的樹枝升起了火，放在房間裡燻。三個多小時之後我們打開門進去，我仔細觀察畫面，只見整個畫面上蒙上一層似黃非黃的暈光，細看之下畫面還現出細細的裂紋，如果不是我親筆畫出來的，無論如何也不相信面前這張渾樸的古畫是一個半月之前才完成的。我轉過頭來，碰上索妮婭如蛇髮女妖般的目光，她嘴唇動了一下：「就這麼簡單。」

我自己又試了幾次，時間的距離在索妮婭黃色的藥粉之下奇蹟般地消失了，燻上一個小時可以縮短一百年，燻上三四個小時之後不但畫面出現時間的滄桑感，連亞麻質的畫布質地都變黃變脆，學校裡可從來沒教過這個。我環顧了一下空蕩蕩的大房子，水手尼爾的話在耳邊響起：「這是個女巫，女巫……」脊樑骨突然發冷。連忙把這個念頭揮開去。

我作畫時把音樂放得很大聲，以免那些鬼魅般的思緒來困擾，修道院地處幽靜的世外桃源，老房子卻像是有精靈附體，使你莫名奇妙地頭皮發麻。比如說，畫畫時突然聽到有人敲門，打開門卻不見人影，一隻啄木鳥「哇」地大叫一聲飛去。有時樓上突然傳來腳步聲，我出門查看時一顆松果落下，兩隻松鼠在枝葉間跳躍而去。有時大門「嘰呀」一聲，好似乎有人推門而入，結果浣熊的花臉在窗台上一閃而過。還有一次，壁爐裡飛進來一隻鳥，卡在那兒，不時地搧動幾下翅膀。使我神經緊張了好幾天。我自認並不膽小，再驚險的場面都經歷過來了。但自從索妮婭來過之後，我變得疑神疑鬼，老覺得這房子裡有什麼鬼魅，還有很多隱身的住客，我這個闖入者時時刻刻在它們的窺視下，並不時弄出些響聲提醒我，誰才是這幢大房子真正的主人。

安娜進來時我沒聽到一點響動，所以當一雙軟軟的手從後面蒙住我眼睛時，我真的全身汗毛都豎了起來。直到聽見清脆促狹的笑聲在耳邊響起時，我那顆急跳的心才放下來。我抓住那雙手說：「安娜，別鬧。」

安娜笑得彎了腰：「嚇死你了吧。我進來很久了，你卻搖頭晃腦地看也不看我……」

「我在聽音樂……」

「那你怎麼知道是我？」

「除了妳這個小鬼還會有誰？我這兒平時從沒人來，更沒有人惡作劇。妳是怎麼進來的？我記得大門應該是上了鎖的。」

「我翻圍牆過來，倒楣，被荊棘劃了一下，膝蓋都破了。」安娜把腿擱在椅子上，撩起裙子讓我看她腿上的傷口。

那膝蓋的形狀絕對優美，連接著細長的，弧形的脛骨，大腿內側柔嫩的皮膚，使我有伸手去摸撫的衝動。

我抑制著這不合時宜的想頭，說：「活該，誰讓妳不走正道的。」

安娜嘟起嘴唇，幽怨地看著我：「你自己講話不算數，說好讓我來看你的畫，然後去勃蘭諾吃春捲。我來過幾次，大門都叫不開，那只好翻圍牆過來，受了傷你卻一點同情心也沒有。」

我伸出手指，蘸了點口水塗在膝蓋傷口上：「來，消一下毒。」

安娜閃了一下，大驚小怪地叫道：「就用你的口水消毒。中國人，你可夠噁心的了。」

「妳沒看到自然界所有小的動物受了傷，牠媽媽都為牠舔阿舔個不停，這就是口水消毒，沒有任何化學藥品比得上口水。另外，我這兒也沒有別的消毒藥水。」

「呸，你不是我媽媽。」安娜在膝蓋上吹了口氣，把腿放下來。好奇地在房間裡悠轉：「這些畫都是你畫的？」

我點點頭：「當然，我告訴過妳我是個畫家。」

安娜「嘖」了一聲：「我希望我也能畫出這樣的畫。可是我連個雞蛋都畫不好。」

我注視著她的臉，青春年少自有一種光輝，安娜的鼻子短而直，人中，嘴唇，和下巴形成一條好看的弧線，脖子上的皮膚雪白，眉毛淡淡地而睫毛很長，講話一撲閃充滿少女的嬌媚。我說：「安娜，妳不需要畫什麼畫，妳自己本身就是一幅畫。像俄國畫家賽羅夫的畫。也許哪天妳坐下來讓我替妳畫張畫？」

安娜搖搖頭：「我坐不住的，聽說畫一張畫要畫四年。腰都要坐斷了。」

我知道她是指達文西畫的「蒙娜麗莎」。存心逗逗她：「四年？那遠遠不夠。妳看看我這兒的畫，每張都畫了三四百年了。」

女孩把鼻子湊到那些做舊的畫面前，再抬起頭來滿臉疑惑：「你真的畫了那麼久嗎？這些畫看起來很大年紀了。」

我一笑沒有回答：「安娜，妳多大了？」

「下個禮拜我就十四歲了。」

我注意到安娜作為一個十三歲的女孩已經是發育得很成熟了，彈性的皮膚富有光澤，胸脯隆起，肩膀平展，大腿修長，微微翹起的臀部和脊柱形成很漂亮的弧線。只是她的動作表情都還是單純清明，像一棵青翠的小樹。

「妳上學嗎？」

小姑娘搖搖頭：「我不喜歡學校。」

這倒跟我有同感，我一向認為學校是個無聊的地方，人生最好的年華扔在學校裡太不值得了，我自己就把從學校學的東西全還給老師了。

「太捧了，我也不喜歡學校。」

「沒人喜歡學校。」

「可別告訴我你不識字。」

「我在紐約時上九年級，來這兒之後馬里奧教我義大利文，但他常常出去旅行，艾莉加教我一點代數幾何，問題是她出的題目自己也不會做。」

「誰是艾莉加？」

「艾莉加是我母親的男朋友的女朋友。你猜她是誰？」

小姑娘挺有幽默感的。

我又問道：「妳怎麼打發日子？」

「做的事可多了，我幫咪咪洗澡、游泳、曬太陽、睡懶覺、聽音樂，我有一箱子的唱帶。瑪丹娜、薩林、第昂、邁可、喬治，還有凡乃莎•第奧。你要聽嗎？有的時候我還要幫園丁太太收拾花園，對了，我還要修剪我的指甲，昨天剛修過，你看多漂亮。」

安娜把一隻手伸到我鼻子底下，一定要我看她那些塗得花花綠綠的指甲油。

我攥著她的纖纖十指，裝著仔細欣賞她的指甲：「你還說妳不會畫畫？這些五顏六色的指甲哪怕是大畫家都畫不出來。什麼時候幫我也畫一下？」

安娜說不行，因為她母親和馬里奧去羅馬了，她才可以偷用母親的指甲油，在他們回來之前得洗掉，母親對她的化妝品看得像性命一樣。

「他們去羅馬多久？」

「三個禮拜？一個月？我不知道。反正在這兒他們也不太管我，有的時候早上起來，客廳裡一大堆行李，那就是他們回來了。不在這兒也好，馬里奧老是跟我母親吵架。」

「那誰照顧妳？」

安娜聳聳肩：「我就十四歲了，不要人照顧。園丁太太會帶麵包和雞蛋過來，我自己會煎蛋。有時會有一點水果。她自己也有四個孩子。」

老天，這種做家長可真夠省心的，把孩子像隻貓一樣扔在家裡，自己滿世界地走。十四歲的女孩子就能自己照顧自己嗎？如果生病了呢？發生了意外呢？一個孩子孤零零待在那房子裡不寂寞嗎？還有，天天吃千篇一律的麵包雞蛋不會倒盡胃口嗎？我明白安娜為什麼饞春捲了，春捲代表了外出用餐，春捲代表了新奇事物，春捲還代表了有人關懷，可憐的小姑娘。

我打定主意要帶安娜去鎮上中國館子大吃一頓。

「我還以為馬里奧是妳父親，你爸爸在哪兒？」

安娜黯然地搖頭：「他不是，他只是我母親的男朋友。我父親喝酒，喝很多的酒，自從九歲之後就很少看到我的父親，他常住在戒酒所或是小旅館裡。」安娜的臉上顯出一股迷茫的神色：「在紐約時至少他會在我生日時帶我出去吃飯，來了義大利之後，我一次也沒見過他。有時晚上做夢，夢見父親在前面走，我大喊大叫地追上去拖住他的衣袖，回過頭來卻是一張空白的臉……」

安娜轉過身去，我看到有淚光在她眼睛裡閃耀。我放下畫筆，繞到她面前，伸手托住她的下巴，輕輕地把她的臉抬起來。在畫室的光線下，呈現在我眼前是一張孤寂少年的臉，蒼白透明的前額，皮膚底下淡藍色的血管清晰可見，安娜搧動著鼻翼，嘴唇緊抿，眼睫毛由於強忍淚水而不住地抖動。我那已變得很硬的心突然痛了一下，我輕輕地放下她的臉，扶著安娜的肩膀，說：「別去想了，我們都要儘快長大，下個禮拜不是妳的生日嗎？我們要好好地慶祝一下。去勃蘭諾吃春捲。」

安娜什麼也沒說，軟軟地靠過來，把頭靠在我的肩膀上。

我以為喬埃回美國去了，但他在一個晚上突然來訪，說有點事在威尼斯耽擱了。我們點著蠟燭，在大房子裡看我做舊的畫，喬埃顯得非常滿意。我說索妮婭來過，這是她教我的辦法，喬埃什麼也沒說，只是點點頭。我們來到我的住處，從窗口可以看見隔壁房子的燈光。我抱怨在這裡兩個月了還沒有接上電，晚上什麼事情都不能做，你不能從隔壁拉條電線過來嗎？喬埃說就是那房子的主人在作祟，不讓電力公司電線通過他的產業，所以耽擱至今。又說那人當初也對這幢房子競價，卻敗在湯姆的手下，所以刁難電力公司來報復。我說這好像是個脾氣很大的傢伙，常常看到他和同居的女人吵架。喬埃撇了撇嘴，說那女人以前是個好萊塢的演員，而那男人在美國欠了一屁股債務，逃來義大利。喬埃很輕蔑地說道：「你最好不要跟他們接近，我不想別人對莊園亂加揣測。那男的是個屁眼，特別自以為是的屁眼。而那女人總有一天會受不了他的。大家會有好戲看。」

我很少看到喬埃對人有這種恨意。

喬埃臨去時帶走一張做舊的畫，說要去裝配最好的鏡框。

我那輛在集市上買來的藍羚自行車的鏈條老是掉下來，所以一直被扔在屋簷下沒怎麼騎過。今天早上我把鏈條上了點橄欖油，希望它好歹能把我們帶到勃蘭諾去。

說好十點鐘出發的，安娜九點不到就來了。小姑娘盼了好幾天，換上洗得乾乾淨淨的亞麻質連衫裙。穿了一雙半高跟的鏤空皮涼鞋，看起來有點過大，也許是她母親的鞋。頭髮梳的整整齊齊，在腦後用緞帶綁好。像隻花蝴蝶似地在我畫架前晃來晃去，弄得我一筆也畫不下去。只好關了畫室的門提早出門。

我那輛自行車沒有後支架，所以只能讓安娜坐在前桿上，我雙手扶著車把，安娜把臉頰湊過來：「吻我。」她語帶命令：「今天是我生日。」

我在那嫩嫩的臉蛋上輕輕地啄了兩下。「Happy Birthday」儀式過後我要安娜把腿收起來，小心不要讓自行車的鏈條把她的裙子捲進去。「還有，安娜，不要亂動，我好久沒騎自行車了，我可不想翻到溝裡去。」

路的兩邊都是收割過的葡萄園，陽光從山坡上斜照過來，開始泛黃的葡萄葉迎風飛舞。我們的自行車磕磕蹦蹦地沿坡而下，那條柏油路大概造好之後就沒有修過，變成土路、碎石子路和柏油路的混合體，路中間佈滿了大大小小的坑洞，你繞過一個但第二個更大的坑等著你，前輪一陷入下去像飛機著地似的，我們被震得牙齒打架，渾身的骨頭都散架了。安娜更是大驚小怪地尖叫，我被她叫得慌了神，明明可以繞過去的大坑卻一頭栽了進去。自行車像擰麻花似地抖了半天，好容易剎住閘，才沒有翻到葡萄田裡去。

我扶住車把說：「安娜，妳再像青蛙一樣亂叫我們非摔跤不可，牙齒摔掉了還怎麼吃春捲？好好地坐著，不要死勁扳住我的車龍頭。妳看前面來了一輛小貨車，鑽到車輪底下去可不是玩的。」

安娜聽話地往後靠了靠，半倚在我的懷裡，我聞到少女頭髮的清香，如蜜混合著松葉的味道，風撩起她前額的髮絲，在我臉上拂來拂去。我背上開始出汗，自行車的鏈條匡當匡當響著，好像隨時會掉下來。我們就蹦蹦跳跳地騎著這輛老古董，按著鈴鐺，順著山路而下，經過喬埃母親的房子，來到勃蘭諾鎮上。

我們來得太早了，小鎮靜悄悄的，大部分店鋪還沒有開門。孤單的遊客在小巷子裡探頭探腦，小鎮好像從中世紀沉睡到今天還沒醒來，房子一幢緊挨著一幢，過街樓橫跨窄窄的巷道，小教堂的鐘樓沒有一根線條是筆直的，石頭砌成的牆縫裡生著苔蘚，門窗都小小的，漆成粉綠色。青石板鋪陳的小道蜿蜒向上沿伸而去，淡淡的陽光下居民後院晾曬的衣物迎風飄揚，地上攤著曬得半乾的番茄。狗臥在門口，伸出舌頭喘氣，瞪眼看著我們走過，又懶洋洋地一翻身躺倒，閉著眼睛睡去。

我在鎮上唯一的超級市場給安娜買了瓶可樂，給自己買了包義大利香煙，先找到那座十四世紀的教堂，在一個小小的廣場旁邊，繞過廣場就是商業區了，賣義大利灌腸的店裡掛著一串串圓滾滾的肉腸。散發著一股油脂和煙燻的味道。隔壁禮品店門口放在架子上的明信片都褪了色。再過去是家咖啡館，寥寥地沒什麼顧客，兩個戴花格子帽老頭在角落裡下西洋棋。理髮鋪子門前紅藍白三色的燈寂寞地轉著，櫥窗用英文寫著「兼營刺青藝術」，理髮師自己坐在理髮椅子上看報。靠近轉角就是那家中國飯店，門面漆了幾個歪歪扭扭的中國字「青城飯店」，屋簷下掛著兩盞破舊的紅紗宮燈，宮燈底下的流蘇都已經被雨水浸得發黑。店堂裡暗洞洞的還沒有開門，門上寫著十二點才營業。我和安娜又繞回廣場上，找了塊蔭涼地方坐下。

胖胖的神父穿著深棕色的道袍，站在教堂石階上和兩個老婦人談話，老婦人提著草編的籃子，敞口處露出番茄和新鮮雞蛋。一群鴿子在台階上覓食，神父作了個轟趕的手勢，鴿子們斜飛起來，在廣場中間的噴水池沿停下。

噴水池有些年代了，砌成池沿的大理石帶著暗棕黃色，雕刻的花紋被手摸得像鏡面一樣光滑，噴泉中是個面目模糊的少女雕塑，頭上糊滿白花花的鴿子糞，一側的手臂已經斷掉，另一手扶著肩上的水罐，一股細細的水流從水罐裡傾出來。水池中的水面上漂著空的塑膠瓶，還有一個避孕套，池底有一些各個國家的分幣。

安娜把頭靠在我的膝蓋上，差不多睡著了。卻不住地呢喃問我幾點了？我抽著煙絲發黑的義大利香煙，不時地看手錶，時間過的可真慢。神父還在跟老婦人絮語，鴿子在噴水池沿咕咕地叫著，一輛小貨車艱難地開進小巷，卻堵在那兒，司機從駕駛室裡探出半個身子小心翼翼倒車。理髮師跑出鋪子來指揮……

安娜頸後的茸毛細柔捲曲，脖子上的膚色像蜜一樣細膩透明，精緻的耳輪上有個穿過的耳洞，我伸手捏了一下柔軟的耳垂，她怕癢似地聳起肩膀，在我腿上輕輕地咬了一口，然後把臉頰在我膝蓋上蹭來蹭去。

正午的鐘聲響了，噴水池畔驚飛起一群鴿子，神父與老婦人低頭在胸口畫著十字，安娜從我懷裡一躍而起：「午飯時間到了，我的肚子餓死了。」

青城飯店空蕩蕩的，我們是唯一的一桌顧客，老闆是浙江青田人，精瘦。一看來了東方客人，探頭探腦地從廚房裡跑出來跟我搭訕，知道我是中國人之後，乾脆拉開椅子坐了下來，訴苦的話滔滔不絕。這小地方常年見不到一個中國人，他又不會半句義大利文，憋都憋死了。他說四年前從蘇聯經羅馬尼亞再經希臘偷渡過來，先在佛羅倫斯打工，再盤下這家店，後面大廚洗碗打雜都是他一個人，晚上前面請個本地女人照料店堂。幾個月都不開口講一句話。我說你幹嘛不去羅馬或米蘭那種大城市？中國人多，生意也比這地方強。老闆苦著臉說青田人都希望自己做老闆，一聽到有開店的機會，生怕有人搶，看都沒看就出了五億里拉盤了下來，哪知道是窩在這個鳥不生蛋的地方，現在是夏天旅遊季節，平時也就小貓兩三隻。一到冬天，有時兩三天都沒一桌客人上門。守下去吧，人都孵出豆芽來了，走吧，五億里拉就泡湯了。老闆搖搖頭，一副腸子都悔青了的神情。

安娜等得不耐煩了，在桌子底下踢我的腿。我說老闆我們這兩隻小貓跑進店來就是因為肚子餓了。他老兄恍然大悟地「噢」了一聲想起生意還是要做的，接過他遞上的功能表，都是些最普通的家常菜肴，青田人看來是個半途出家的。我先點了春捲和酸辣湯，再想想，自從離開三藩市就沒好好的吃過一頓中國飯，於是又點了一個乾烹雞，一個糖醋魚塊，再一個螞蟻上樹加上米飯。廚房裡一陣鏟砧板的聲響，飄出久違的油煙氣味。安娜大概餓過頭了，用筷子蘸了醬油放在嘴裡吮吸。我阻止了她，抬頭打量店裡的裝潢，牆上並排掛著中國的大阿福年畫和達文西的最後晚餐的複製品，都蒙滿了油煙，天花板上有一攤發黃的水跡，飯店角落裡放著幾盆半死不活的萬年青，陳年隔宿的紅緞帶上寫著「祝賀開張」之類的賀詞。活脫一家溫州小縣城的鄉下飯店。

等了半個多小時，春捲終於上來了，像手指頭那麼粗的六根，拌著一碟番茄醬，我嚐了一根，餡子裡好像只吃得出捲心菜的味道，騙外國人的東西。安娜早已吃完她那一份，眼巴巴地盯著盤裡剩下的兩根春捲。我說妳全吃了吧，既然妳饞了這麼多時候。她瞪著眼睛說你當真？還沒等我點頭，她就風捲殘雲地把剩下的春捲吃下肚去。

老闆親自把菜端上桌來，乾烹雞和糖醋魚塊都不怎麼樣，跟中央美院食堂的水平差不多。酸辣湯放了太多的白醋，豆腐放得太久，吃在嘴裡也怪怪的。只有那盤螞蟻上樹還不錯，粉條裡放了點辣，被吊起了胃口，我吃了兩大碗米飯。

帳單送上來時真把我嚇了一跳，本來我就對歐洲的物價之貴心裡有個準備，但這麼普通的一頓午飯竟然開價一百八十萬里拉，在三藩市夠吃一大桌海鮮了。看來青田人非但沒有念同胞之情，反而把我當作冤大頭狠砍了一刀。

安娜吃飽了，小丫頭一個人吃了五根春捲，一大碗米飯，七八支雞翅膀，差不多全部的糖醋魚塊，再加一碗酸辣湯。胃口之大連我都自嘆不如，這時像隻吃飽乳酪的貓一樣地心滿意足。還值，總算完了小姑娘的心願。

老闆滿面笑容地送客出門，請我一定再次光顧，說有空要請我喝酒。走到街上安娜挽著我的胳膊，不住地說吃得太飽了，路都走不動了。我點著她腦門道：「誰讓妳那麼狼吞虎嚥的，差點連店裡的桌子都被妳吃下去。吃撐了不是？趕快散散步去。」

我們推著自行車，沿著小鎮晃，每家店鋪都好奇地進去逛一圈，熟食店裡大胖子掌櫃，用柳葉刀把生火腿一片一片切下來，像紙般的薄。在櫃檯上放了個盤子，一小塊一小塊的甜瓜用薄火腿片裹著，插著牙籤。掌櫃作了個手勢要我品嚐。我看著火腿上白花花的肥肉，心想這生的肉可怎麼吃。掌櫃自己示範先吃了一塊，我掂了一小塊放在嘴裡，唇齒間有種燻肉的鮮香。於是掏錢買了半公斤。掌櫃用上了臘的油紙包好遞給我，咕噥了一大篇義大利話，安娜翻譯說沒見過世面的中國人可不要拿去煮湯，這種生火腿是義大利食品的精華，叫帕西多，用來配新鮮麵包和乾酪最好。

我們又去逛了鎮上的橄欖油作坊，油坊設在一座陰暗的窯洞裡，地牢般的房間裡瀰漫著一股植物的清香，靠牆的架子上排著幾百個木桶，橄欖油有不同的色彩，淡綠色的，金黃色的，淺棕色的，桔紅色的，琳琅滿目。在作坊後部有一台古老的冷軋機，工人轉動著巨大的木輪，混濁的油從油槽裡流出來，反覆過濾澄清工序，然後裝瓶上市。據說這種純手工榨出來的橄欖油銷路特別好，價格也比機器榨出來的油貴好多。

勃蘭諾就這麼點地方，一到兩點多，街上就沒有人影，連狗都躲進門廊裡去了，家家戶戶都拉上百頁窗，麵包鋪已經上了門板，只剩下一家賣舊書和舊地圖的店還開門營業。小鎮在燠熱的午後昏昏欲睡。我和安娜百無聊賴地逛遍每一個角落，坐在穿堂的蔭影中歇息，安娜的鞋子不合腳，脫下來提在手上，光腳踩在石板路上。我們推開虛掩的教堂大門，穹頂高聳，杳無人跡，只由聖像前一排搖曳的蠟燭。安娜走過去，抬頭望著聖像，取了一支蠟燭，我在香火箱裡放了幾個銅板，問她為誰點的蠟燭？小姑娘搖頭不說。再問，她說為一個叫斯各特的人點的，我問斯各特是誰？安娜閉了嘴不做聲，我也沒追問。

我們在教堂裡兜了一圈，發現胖神父躺在一間小房間的行軍床上，鼾聲大作。我們也有點累了，於是坐在祭台上歇了一會，看著牆上斑駁脫落的宗教壁畫，差不多也要睡過去了。一個怔忡醒過來，趕快起身，拖上安娜。出門時看見一座古色古香的樓梯，又起了好奇心，順著樓梯兩人躡手躡腳地爬上鐘樓，一排鴿子在屋簷上打盹。從鐘樓上可以俯瞰盤旋錯綜的街道和高低參差的紅瓦屋頂，遠處是那不勒斯港口的海面，天邊聚起了厚重的烏雲，陽光穿透下來，在灰色的海面上投下光斑，可以感到起風了。

回莊園的路是上坡，又頂著風。我載著安娜，繞著S型吃力地向上騎去。沒騎多久就氣喘吁吁，青田人做的菜裡放了太多的味精，口渴難忍，又找不到水，兩邊都是沒有人跡的葡萄園。再騎了一陣，我實在精疲力竭，下車來坐在田埂旁休息。眼看著烏雲從海岸邊席捲過來，遮蔽了陽光，天一下子陰了下來。平地突然起了一陣旋風，吹得滿地落葉飛揚。我扶起自行車，催促安娜：「快走，要下暴雨了。」

我們急步往山上走去，因為騎車還沒有走路快。安娜的裙子被風吹得緊緊地貼在身上，倒退著一步一步往上走，空氣中飽含著腥咸的海洋氣息，遠方的阿平寧山脈已經隱在一片灰色的霧靄之中。

隨著第一滴雨「啪」地打在額頭上，暴雨轉眼間傾倒下來，又急又猛的雨點瞬間把我們淋了個濕透。天色完全暗了，氣溫急速下降，身上不禁起了一陣寒顫。我們倆站在這上不著天下不著地的路中，周圍是一片葡萄田，沒有一點可以遮擋的地方，連樹都沒有一棵。安娜的頭髮被雨淋得一綹綹地掛在臉上，嘴唇發白，雙手抱著肩膀不住地發抖。我放下自行車，伸手把她摟進懷裡，希望能為她擋去一些寒氣。安娜雙手環在我的腰間，臉埋在我的肩窩。聽到她牙齒得得地打顫，我轉了個身，背對著風狂雨驟的那面。

天地間灰茫茫的一片，耳中只聽到急雨打在葡萄葉子上刷刷的聲音，田埂裡的水漫了上來，聚成一股渾濁的水流向山下淌去。雨水從我的脖子裡灌了下去，冰涼地爬過背脊，連內褲都濕透了，粘在股溝間非常地不舒服。

我們相擁著在大雨中站了半個多小時，直等到雨停了，天空的顏色顯出一片青黛，才繼續往上走去。站了太久，腳都麻掉了，鞋裡又灌滿了水，走起路來「嘰嘰」地響。雨水把路面都泡軟了，自行車的輪圈上粘滿了泥巴，推幾步就要停下來清理，我最後只得放棄，把自行車放在一叢灌木中。拉著安娜高一步低一腳地向莊園走去。

站在莊園的台階上，天色已經全黑了，遠處天邊有一條檸檬黃的暮光。我進門第一件事就在壁爐裡生火，弄了一房間的白煙。爐火最後總算旺了起來，我用一個大銅鍋盛滿了水放在爐架上，準備燒水洗澡。

安娜的連衫裙粘在身上，瘦削的肩胛突了出來，兩隻腳丫子上還沾滿了星星點點的泥巴。我們倆都又累又冷，衣服都粘在身上，我倒了兩杯酒，遞給安娜一杯，她眼睛裡現出訊問的神色，我說當藥喝了吧，我可不願意看到你明天生病。安娜說我母親知道你給我喝酒一定會去報警。我說如果把我抓去就沒人給你過生日了。安娜把酒杯放到鼻子底下聞了聞，喝了一口，吐了吐舌頭，然後再一口，很快那杯酒喝完了，她的頭也垂了下來。

安娜伏在沙發上睡著了，這一天下來連我都累得夠嗆，希望趕快爬上床去。可是，小姑娘一點也沒有回去的意思，今天是她生日，也許還在等待我會給她一份驚喜，小孩子總是把生日看成一件大事，可以無盡頭地過下去。我去找找廚房裡還有沒有乾酪，也許可以變點花樣出來。

水開了，我小心地把熱水端下爐架，傾倒在浴缸裡，又用泵浦兌了點冷水，搖醒安娜讓她先去洗澡。她哈欠連天地站起身來，掛在我身上不肯挪動腳步，我把她連推帶搡地塞進浴室，把門掩上。

我拖著疲憊的步子來到陽台上，雨後的空氣濕潤，混合著壁爐裡飄出來的木材燃燒的氣味。我疲憊地靠牆坐下，點上香煙，昂頭看著煙霧嫋嫋地向上飄去，天幕呈暗紅色，有一架夜航的飛機閃著燈飛過。四周靜悄悄的，幾聲蟲鳴，可以聽到雨水往山下流淌的淙淙聲響。葡萄園裡水氣瀰漫，蒸騰著一股泥土的腥味。

坐在無邊無際的黑暗中，突然有一種茫然莫名襲來，我是誰？我怎麼會來到這個地中海邊小山莊的？真的像喬埃說的會有個紀念館在這兒建立起來嗎？還有，在屋裡的那個女孩子又是誰？我在兩個禮拜之前還不知道有這麼個女孩存在。而剛才她那麼緊地貼在我胸前，鼻息裡還存有她頭髮上的味道。一牆之隔，她就在那兒，在我的浴室裡一絲不掛地洗滌年輕的身體。

煙快燒到手指頭了，我用食指一彈，暗紅色的煙頭成弧形向黑夜的花園中飛去。安娜在房裡叫我，站起身來伸了個懶腰，只聽到全身骨節啪啪作響，渾身散發著一股汗酸氣味。我身上每一寸皮膚都渴望浸在熱水裡，然後是暖和的床鋪，我太累了。

安娜從浴室的門後伸出頭來，像個水妖似的，濕淋淋的頭髮往下滴著水珠：「我要借你的一件衣服，我的裙子不能穿了。」安娜把門關上，又高聲叫道：「不要忘記帶條毛巾過來。」

我在箱子裡一陣好找，我沒有帶很多的衣服來那不勒斯，翻來翻去只有一件白襯衫還算乾淨，原來準備在正式場合穿的，一次也沒上過身。我拿了襯衫和鋪在床上的枕巾，隔著浴室的門遞給安娜。

我在火爐上放上水，希望能趕快洗個熱水澡，安娜卻在浴室裡摸索了好久，最後門開了，她穿著長到膝蓋的白襯衫，挽著袖子，頭上包著枕巾走出來：「洗個澡真舒服。不過，中國人，你的毛巾太臭了。」

我端著熱水走進浴室看到安娜的連衫裙掛在窗台上，旁邊還掛著她的三角短褲，這就是說，她在那件白襯衫之下什麼也沒有穿，我把熱水倒進浴缸，對上冷水。我脫下半濕的衣裳跨進熱水中躺下，眼光卻始終被那件連衫裙所牽著，一股曖昧的慾望慢慢地潛入我的丹田，在這間水霧蒸騰的浴室，我半閉著眼睛躺在熱水中，跟薛暖在廣場上做愛的情景在眼前浮起，女性的胴體凹凸起伏，玲瓏有致。半明半暗中的一瞥，耳邊火熱的喘息，如蛇的舌頭在全身遊走。薛暖慢慢抬起頭來，她的面孔突然幻為安娜，暗金色的頭髮向後抿去，小小的耳輪，光滑的鎖骨，修長的手臂大腿，還有那剛剛開始發育的胸脯……

我猛然剎住我的綺想，過分了。安娜還是個孩子，一個剛滿十四歲天真未鑿的孩子，她是那麼信任我。任何猥褻念頭都是一種罪過，一種天理不容的罪過。

我迷迷糊糊地在熱水中躺了很久，直到感覺水溫涼了，才匆匆起來穿上衣服。想起安娜生日的驚喜還沒有製造出來，就從廚房裡找出一塊麵包，切成圓形，鋪上乾酪和下午買來的帕西多，再插上一根蠟燭，權充生日蛋糕準備給她一個驚喜。但安娜不在客廳裡，陽台上也沒她的人影。我三腳兩步上樓，推開睡房的門，房間裡點著一支蠟燭，在昏黃的光線下，我看到安娜躺在我的床上，已經睡著了。她的嘴唇微微張開，一絲細細的口涎掛了下來。

我推了推她的肩膀：「安娜，起來，看我給妳準備了什麼……」

小姑娘含著很濃的睡意咕噥了幾聲，往裡一轉身又睡著了。身上那件白襯衫捲了起來，露出兩條光裸的大腿和小半個屁股。

我坐在床沿上，那具年輕的身體就在伸手可及之處，光潔的皮膚在蠟燭光下呈現金黃的色澤，纖細的腰枝連接著圓圓的小屁股，優美的線條從大腿延伸下去，經過柔嫩的膝彎，鹿一樣的小腿和腳踵。我摒氣凝神，抑制著伸出手去撫摸的衝動。

所有的畫家都為女人體著迷，魏拉茲開治畫過對鏡的維納斯，起伏的線條蘊含著驚心動魄的美。提香一輩子描繪了無數豐滿的女人體，雷諾瓦筆下的浴女風情萬種，而殘廢的勞特累克面冷心熱，用他怪異的筆觸和構圖為我們展示了被摧殘的花朵。上帝藉著各種各樣的女人體，給我們揭示了生命的無限的可能，在圓潤和諧的線條下，我們感到生命的慾望，感到從腳底升起的震顫，感到造物主不可方物的美妙手法，我們被這種美所俘虜，血液洶湧地在血管裡湧動著，飈風掠過神經，我們身不由主地想占有這種美，把自己溶入這種美，像一片雪花溶進無邊的原野。

安娜微微地動了動，手伸到小腿處抓了抓癢，舒展了一下身體，然後繼續酣睡。一點也沒有起來的意思，怎麼辦？看來今天我只能在客廳裡睡沙發了，我站起身來，吹熄了蠟燭，把門輕輕地帶上，來到樓下的客廳裡。

爐火即將燃盡，火堆裡不時爆起聲響，火星四濺。我打開窗戶，讓煙氣出去。月亮出來了，冷冷的月光穿過橡樹的枝椏灑在窗台上，我又點了支煙，在長沙發上躺下。

人很疲倦，一躺下就睡著了，卻睡得極不安穩，各種夢境飄然而至，首先是我乘著獨木舟在一望無際的海面上漂浮，口渴難忍，四周除了水還是水，我卻不能喝上一口。天上佈滿了烏雲，我仰頭向天，雨卻久久地不落下來，我眼看著獨木舟在極度的乾裂之下發出爆響，船頭上騰起一朵火花，沿著船身向我燃燒過來，火焰溫暖地舔炙我的衣服，爬上我的肩膀，慢慢地鎖住我的咽喉。索妮婭的目光從雲層穿透過來，火焰瞬間熄滅，小船已成灰燼，而我坐在船形的灰燼上隨波逐流。

好像天濛濛亮時，我又回到天安門廣場，坦克把所有的出路都堵死了，正在漸漸地縮小包圍圈。車頂上的蓋子打開，冒出一個戴鋼盔的士兵，他微笑著舉槍向我瞄準，子彈一發接一發地打進我的身體，發出啵啵的聲音，像打在海綿上一樣。一個念頭叫我快走，快走。遊戲已經結束，反抗已經失敗。每個人都會被殺掉，像剝了皮的兔子般地掛在天安門城樓上。我從一排排剝掉皮的人形上認出王丹、吾爾開希及柴玲。再過去擁抱在一起的那對男女，不就是我和薛暖嗎？

可是腳下一步也移動不了，只見坦克越來越近，履帶上和著鮮血的碎肉清晰可見。那個年輕的士兵彎下腰來，近距離地向我射擊，我眼睜睜地看著槍口像子宮似的一擠，擠出一顆子彈，軟軟地飛向我的面門。我轉過頭去，看到喬琪亞・歐姬芙拿著畫筆，雙手交叉地抱在胸前，冷眼旁觀地看著這一切。

我在驚懼中猛然醒來，想不通喬琪亞・歐姬芙怎麼會出現在天安門廣場上？睜開眼睛卻看見安娜站在我的床前，身上還穿著那件過大的白襯衫，清晨的陽光從她身後映照過來，透明的襯衫裡纖細的身體輪廓一覽無遺。小姑娘看到我醒了，做了個鬼臉，一扭身坐在沙發沿上，雙手撐在我的兩邊，低頭俯視著我，那雙像貓一樣的淡綠色的眼睛滿含笑意。

我伸手攬住她的腰枝，她低下頭來，用鼻子摩娑著我的鼻子：「早上好，中國人。」她把臉蛋側過來讓我親吻。她的襯衫上有幾顆鈕扣沒扣上，我從敞開的領口望進去，少女的胸脯微微地隆起，一對淡粉紅色的乳頭像初生的鳥兒一樣柔嫩。我心跳砰然，瞥了一眼趕快轉過頭去，生怕自己會把握不住，安娜卻渾然不覺，依然笑靨如花地盯視著我。

我趕快親了下她光滑的臉蛋，順勢坐起身來，伸手去拿煙。安娜劈手一把奪了過去：「又抽煙，早上我起來看你時，你手上還挾著煙蒂，我替你拿掉你都沒醒來。臉上咬牙切齒的，是不是在夢中和人打架？」

我搖搖頭，苦笑了一下，安娜，妳不能想像這個世界有多殘忍，我很難向妳描述某些生命像蚍蜉一樣轉瞬即逝，和妳我一樣年輕的軀體轉眼化為一堆血肉，我不能跟妳解釋為什麼人和人之間要兵戎相殘。妳是屬於另外一個世界，童話裡的綠樹和溪流圍繞著妳的成長，妳的田野裡鮮花璨爛。我希望我所經歷的一切永遠不要出現在妳的夢境中。

安娜看到我出神，推了推我，我抬起頭來，看見一副清澈的瞳仁滿含著詢問。安娜說：「你不高興了？怪我占了你的床？昨天實在太累，想小睡一下，哪知道一睡就睡了整個晚上。」

我說妳一晚沒回家沒人找妳嗎？

安娜搖搖頭：「誰會來管我？馬里奧和我母親在米蘭，園丁的老婆三四天才來一次，也許我的貓會想我，昨天那麼大的雨牠一定嚇破膽了。」

我伸手輕輕地刮了一下她的鼻子：「我為妳做了個蛋糕，但妳睡得那麼死。叫都叫不醒，我只好一個人把它吃了。」

安娜賴在我懷裡撒起嬌來：「噢不，我不要，那是我的生日，我要我的蛋糕……」她肆意地在我身上打滾，兩條腿不住地踢蹬，把手伸進我的胳肢窩來呵癢。

安娜天真無邪，但我是個有血有肉的年輕男人，哪禁得住她這樣貼身地廝磨，我們差不多都光著身子，她只穿了一件襯衫，而我身上也就是薄薄的一條汗衫。她裸露的大腿貼在我的大腿上，在掙扎中我的手肘挨著她軟軟的胸脯。她身上的氣息一陣陣衝進我的鼻孔，我只覺得全身的血液湧進丹田。下面一下子漲了起來。

「別鬧，別鬧，安娜。」我曲起手臂隔開她挨近來的身體：「蛋糕還在廚房裡，妳自己去看。我要起來去畫畫了，昨天一天沒工作，今天得補上。聽話，去把衣服換了，得回家了，妳的貓還在家裡等妳呢。」

安娜不情願地站起身來，嘟著嘴，臉上帶著沒有玩夠的表情，突然，她把手伸到襯衫領口上，眼神調皮地盯著我，慢慢地解掉鈕扣，慢慢地把襯衫脫下。我目瞪口呆地看著她像花一樣鮮豔的裸體呈現在面前。雪白的脖子和肩膀，細而長的手臂，胸脯圓潤，小小的粉紅色乳頭剛開始顯形。盈盈一握的腰枝，平滑光潔的腹部，腹部下的陰影中閃現淺淺的金黃色的茸毛。安娜的大腿修長細嫩，圓圓的膝蓋上有一條紅色的疤痕，那是她上次翻牆劃傷留下的……

我目迷神醉，喉嚨發緊。安娜手一揚，那件襯衫飛過來罩在我的頭上，我坐在那兒一動不動，透過薄薄的織物，我看見安娜輕笑了一下，轉身向浴室走去。

我扯下襯衫，點上香煙，深吸了一口。藉以平息湧蕩的情緒，身為一個畫家，我看見過無數的裸體，教室裡豐胸隆臀的模特兒擺出任何你想要的姿勢，喬埃派對上縱情聲色的女郎，三藩市有的是脫衣舞戲院，舞娘們露骨地向觀眾展現她們最隱密的部位。我欣賞過大師們精心繪製的人體，魯本斯描繪豐腴的肉體在劇烈的運動中起伏跌宕，蒙克畫的清瘦憂鬱的裸體女孩孤寂地坐在陰影中，那個活了二十八歲的奧地利畫家艾貢・席勒，對女人體表現出一種不可仰止的迷戀，他筆下的女人表情迷惑，身體卻被渴望所扭曲。還有羅丹那些燃燒著激情的雕塑，馬奈冷豔的《奧林比亞》，哥雅畫的《裸體的馬哈》斜躺在床上，腿微微地張開，而眼神充滿了挑逗……

我的心底裡還存留著薛暖的記憶，第一次性愛的經驗像蝕刻般地印在我的心版上。穿白裙子的薛暖常會觸痛我暴露的神經，因為我知道那條白裙子下什麼掩蔽物都沒有，母性的花朵無意識地等待著澆灌。想到這兒，傷口會無緣無故地裂開。雖然喬埃說在愛情中受了傷可以在性愛中討回來。在我看來，這句話有似是而非的意味。不管是性還是愛，都像一把出鞘的雙刃刀，一個不小心就割傷別人，割傷自己。

安娜突然呈現在我面前的裸體像一聲驚雷，陽光穿過烏雲，滿山滿谷的罌粟在風中搖擺，清新的田野氣息沁入沉睡的森林，慾望甦醒過來，岩漿般地在地下湧動。堤岸出現裂縫，洶湧的浪頭一波一波地接連而來。

像水仙般穎長纖細的形體，花苞將綻未綻，朝露般的青春，柔嫩的，未被開墾的童貞，不自覺的誘惑，潛意識的挑逗……

谷地裡的鐘聲在遠方響起，在我耳邊轟鳴：「把握住你自己，安娜還是個孩子，千萬，千萬，把握住你自己……」

浴室的門打開，安娜走了出來，已經換上了那件白色的連衣裙，頭髮順耳邊向後梳起。我站起身來，準備送她從大門出去。她卻打開陽台的門，跨過欄杆跳進花園，一轉身她已經坐在圍牆的牆沿上，向我擺了擺手，像頭鹿般地跳躍著穿過樹叢，一溜煙地不見了。

安娜

我坐在畫室裡，茫然地盯著畫到一半的畫幅，眼前還是安娜在清晨陽光中花一樣的裸體，相比之下，丁托雷托畫幅中的人物顯得蒼白和裝模作樣，像鬼魂一樣不真實。我心煩意亂地扔下畫筆，點上一支煙，在畫室的門檻上坐了下來。

天井裡的樹木被昨日的暴雨洗得蒼翠欲滴，那池乾涸已久的噴泉注滿了雨水，陽光透過老橡樹的枝椏，斑駁地撒在青銅牧羊女的雕像上。松鼠在樹枝間忙碌，不時有幾粒橡實落下，地上積水映出一片湛藍的天空。

我嗅到一股危險向我逼近，一股甜蜜的危險，我的心被年輕和新鮮的形象所占滿，安娜的笑容，她的眼神，她天真的撒嬌，她突然其來的吻，面對她童貞又充滿誘惑的身體。我的防線被一點一點蛀空，清明恬靜的心境不再，沉睡已久的情慾抬起頭來，有如一個禁食已久的人，面對一桌祭神的盛餐，全身不能自主地微微顫抖，內心深處卻知道是絕不能動一根手指頭的。

我告訴自己，我到義大利來是畫畫的，我沒有權利為別的事情分心，我知道所有的歐洲國家法律，對未成年人都有不同程度的保護，我可不願意惹上官非。想想看，有一天報紙的社會新聞登了這麼一條：中國流亡的政治犯猥褻未成年少女，檢查官要求法庭重辦……而國內一定會轉發這條花邊新聞，以此證明那批人本來就是一夥墮落分子。

時隔十二年，我坐在電腦的螢幕前，充滿憐憫地注視著那個在義大利山谷修道院中踽踽踱步的身影，他年輕的臉上刻著深深的迷茫，他極力地抑制著自己內心的翻騰，他自以為經歷過了人生的風浪，他自以為練得銅筋鐵骨，突然間，他走近一座懸崖，向下俯視人性的深淵，頭昏目眩，搖搖欲墜。

人類進入文明史只有幾千年，這段時間在物種成形的過程中只是極短的一剎那，我們像螞蟻一樣地忙碌，在我們的本能之上建立起我們的社會準則，我們行走在準則的方矩陣中，我們提醒別人也提醒自己遵循著這個準則，我們以為這個準則將會天長日久，牢不可破。不料有一天早上醒來，發覺腳下的土地在移動，平原轉瞬間變成深谷，海洋淹沒了城鎮，高山拔地而起，泥石流奔騰而下。我們辛辛苦苦建立起來的準則被沖了個乾淨，我們驚懼地站在那兒，看著本能掙脫鎖鏈，朝著慾望踉蹌而去。

我到現在才發覺我們人類的字典中有很多謬誤。我們排斥與我們社會準則衝突的本能，我們否認與生俱來的慾望，簡單地把它稱為「獸性」。其實仔細一想，野獸的生活和存在比我們人類更為合理，當一隻雄孔雀在異性前開屏時，牠只是簡單地聽從內在的本能。和獅子捕食羚羊一樣，聽從大自然保存自己和延續後代的指令。牠們沒有「罪惡」這個概念，生存和死亡都是自然的一部分，尋偶和交配也是如此。我們人類最大的謬誤在於：以為以我們人類的世界會永遠存在下去。沒想過我們既不能解釋幾萬年前的生命起源，也不能預測幾萬年後的生命趨向，而這點時間對浩瀚的宇宙說來只是彈指一瞬間。到了生命將從這個世界上消失時，沒有一件事情是有意義的，偉人的豐功偉績和罪犯的雞鳴狗盜一起歸於塵土，我們所有的情慾更是輕若鴻毛，如果一定要找個說法，也許就是情慾使人類延續了這麼一瞬間吧。

我們活著的時候認識不到生命的局限，我們為大大小小的事情煩惱，為生存煩惱，為選擇煩惱，為衝動煩惱，為誘惑煩惱，為我們與生俱來的慾望煩惱。我們有限的生命裡負載了太多的重負，我們行走得汗流挾背，我們無視於一瞬間的花開花落，我們太輕易地就走過短促人生中最好的年華。

這些都是題外的話，我看著我自己在二十一歲時的側影，一樣沉迷於青春美色，一樣地優柔寡斷，一樣地進退失據。等我明白過來之後，一切已經太晚，生命和青春不會等待，像一列快速行進的列車，在一個荒涼的小站上拋下我們的一片惆悵。

我畫室的門關不上了，安娜每天登堂入室，拖我出去爬山野餐，逛集市，在山裡亂走，赤腳淌過小澗，安娜的裙子下擺濕透，粘在小腿上。吃完野餐後在大樹下睡午覺，安娜枕在我的腿上。有好幾次差點迷路，兩人互相抱怨一通，最後發覺一條羊腸小徑可以繞回我們的住地。我們在市場上跟鄉下人討價還價，買了一大堆蔬果回來，放在廚房裡尤其腐爛。我們還在週末晚上去勃蘭諾的酒吧，看鄉下人拖著腳步跳慢吞吞的交誼舞，音樂是從一個老式的點唱機裡播放出來，辛屈那的歌聲走調得厲害，安娜卻大為感動。

就是不出門的日子，安娜也每天過來，總有新鮮的花樣，或是頭戴一頂路邊野花織成的花冠，或是用她母親的化妝品塗了滿臉，穿著她母親過長的衣服，學著模特兒在伸展台上的台步。抱了她的貓放到我的背上，或躺在沙發上把音樂放得震天動地。這種情況下是沒有辦法專心於工作的，我於是提議為安娜畫張肖像。

小姑娘非常合作地由我為她化妝，我為她戴了花冠，要她穿上她母親白色的希臘長袍，光著腳站在大理石壁爐前。我準備畫一幅全身的肖像，穿白色長袍的少女浮現在幽暗沉重的背景之前，性感而純潔，有如拉斐爾的《年輕聖母》。

安娜哪站得定？晃來移去一刻不停，只站了二十分鐘，就大叫受不了，不管我怎麼哄勸，她說一分鐘也待不下去，我沒有辦法，只得讓她換了個姿勢，斜躺在沙發上，沙發是路易十六世的，安娜慵懶地靠在扶手上，我在畫布上構好輪廓之後再抬起頭來，驚訝地發現她已經睡著了。

我輕手輕腳地走近沙發，安娜睡得像個天使，一手托著臉腮，長長的眼睫毛掮動著，飽滿的嘴唇微啟，吐氣如蘭。她的長袍一邊吊帶在鎖骨上滑落下來，露出一片胸脯和半個乳房，我在畫布那位置看不見，但一走近那顆淡紅色的乳頭就一下子躍入眼簾。

是的，那顆剛剛隆起的乳頭，無邪地聳立在乳房正中，乳房的皮膚潔白透明，柔如凝脂，依稀看得到淡藍色的血管，乳暈呈粉紅色，柔和地烘托著那嬌嫩的一點，有如花蕾將綻，有如雛鳥待哺，有如仙桃帶露。

我像被施了定身法似呆在那裡，一道寒噤在脊樑上掠過，我見過太多女人的裸體，但從未如此地被挑動神經，從未如此地不能自已，我握著畫筆站在那兒，腦子裡一片茫然，心中明白應該退回去專心畫畫，眼睛卻一刻也不願意離開那朵粉嫩的乳房。

陽光穿過窗戶，把斑斕的光影投射在沙發上，我的眼光隨著光斑在沉睡的身體上一寸一寸地撫摸過去，從纖細的腳踵到曲線玲瓏的大腿，再向上延伸到平坦的小腹和盈盈一握的腰枝，削瘦的肩膀和鎖骨組成優美的三角形，微微抬起的手臂露出光潔的腋窩，皮膚吹彈得破。圓潤修長的脖子散發著太陽炙照的金黃色澤，髮稍裡露出一隻小巧玲瓏的耳輪，陽光穿過，殷紅如一粒柔軟的寶石。

那副翕上的眼睛突然睜開，兩道綠色的目光盯在我臉上：「你沒有在畫畫，中國人，你在偷看我的乳房。」安娜的話語一半是譏諷的嘲笑，一半是撒嬌。

我面紅耳赤，嘴中囁嚅著我自己也聽不過去的解釋話語。

安娜卻不以為意，她半靠起身體，從肩上褪下長袍的肩帶，袒露出另一邊的乳房，雙手輕輕地撫過，抬起頭來問道：「我的乳房美不美？」

我無言，只能默默地點頭。

安娜很認真地看著我：「我也知道我的乳房很美，但是我更希望有一對像我母親那樣的乳房，碩大，渾圓，走起路來在衣服裡一躍一躍的，在街上所有的人都盯著看。」

我目不轉睛地望著那對圓潤如鴿子般的乳房，喉嚨發緊：「成熟婦人的乳房好比馬上就要墮下的果子，而妳正如含苞欲放的花蕾，兩者不能相比。」

安娜側過頭，調皮地瞥視著我：「你喜歡哪一種？」

「不要把我扯進來，」我不敢直視她的目光。「安娜，把衣服穿好，我們繼續畫下去，我才起了個稿圖。」

安娜卻不肯甘休：「你還沒回答我的問題，你喜歡哪一種乳房？」

「妳的乳房使我著迷。」我聽到自己的空洞的聲音。

安娜臉上放出光來，完全是一個小女孩得到意外獎賞的表情，她挺直身體，坐在沙發上仰視著我：「你想撫摸它們嗎？」

我清楚地聽到她的話語，但我的耳朵卻拒絕相信，風暴掠過沙漠，懸崖下面展現無邊的風光，海洋深處的暗流突然洶湧，冰山裂開一條大縫，望進那深不可測的水底，只見一片眩目的藍色，在還沒有反應過來之前，整個人就被那片藍色所吞沒。

亞當和夏娃是沒有年紀的，在他們沒有被蛇引誘之前。被逐出伊甸園之後，那個遙遠的夢卻像鬼魂一樣不肯離去。畫筆從我手裡掉下，我身不由己地在沙發邊緣上坐下，目光被她的綠眼睛鎖住，戰兢的手指從安娜的臉頰上劃過，向下移去，穎長優美的脖項，喉頭，平滑的鎖骨上的小小的凹陷，有微些雀斑的肩膀連接著細膩的腋窩，我感到她如綢的髮絲拂在我手背上，她如蘭的呼吸在我臉上飄蕩，我像喝醉了酒，意識深處卻如金鐘長鳴，那隻手停留在安娜的肩膀上不敢再往下移去。

安娜的鼻尖離我的鼻子只有一寸的距離，從這麼近看去她的眼光迷離，呼吸變得急促，我看得見她的鼻翼輕微地抖動。突然，她伸手攥住我的手腕，很堅決地把我的手掌覆蓋在那對顫動的小乳房上。

我閉上眼睛，那對乳房像小兔子一樣在我掌中蠕動，皮膚絲綢般地柔滑，稍為用力可以感到乳房後面細細的肋骨，手指觸到乳暈旁細小的顆粒，感到乳頭在手掌的撫拂之下一點點變硬，豎起。鑽進指縫，像一條擱淺的魚。

我感到腹下發脹，塵根豎起，血流在全身急速地竄動。

一副眼神在我面前閃過，那是薛暖從地下室離去的最後一瞥，我遽然驚醒，該死的，我在做什麼呀？我把手從安娜胸前移開，把長袍的肩帶在她的肩上掛好：「好了，安娜，遊戲已經結束。現在坐回沙發上去繼續畫畫。」

安娜的大眼睛瞪著我，眼光中充滿了怨憤，迷惑與不解，但她什麼也沒說，聳聳肩，坐回沙發上擺出一個僵硬的姿勢，結果那天的肖像畫就在無情無緒中收場。

接連幾天安娜都不見蹤影，我心中忐忑不安，但盡力控制自己，不去多想那天下午發生在我和安娜之間的事，我站立在巨大的畫布之前，筆端挑起厚厚的顏料，但畫幅上老是有安娜的臉龐閃過，她那含譏帶笑的綠眼睛通過畫中人注視著我。我不由的起了個錯覺，安娜又像以前一樣，掂著腳尖悄然無聲地潛進房間，在我不防備時突然跳出來，大叫一聲，然後格格地笑著在沙發上打滾。我取下耳機，前後左右地環顧畫室，一片寂靜，只見陽光穿過長窗，將一方一方的光斑印在空蕩蕩的沙發上。我開出門去，滿園靜謐的綠色，下午的太陽曬得地面騰起霧氛，一粒松果爆裂開來，顫顫巍巍地掉下枝頭，滾到我腳邊。迎著陽光，可以看到迴廊的柱子之間結起了一張巨大的蛛網，一根根蛛絲閃閃發亮，一隻毛茸茸的大蜘蛛盤踞其間。

我突然把畫筆摔在地下，心中對這幢荒僻的房子生出一股怨意，他媽的什麼丁托雷托紀念館！臨摹得再好也是一堆假貨，誰會到這個荒僻的地方來參觀？就是要臨摹，三藩市南市場街有的是專門為藝術家造的工作室，光亮敞闊，周圍佈滿情調各異的咖啡館，我可以在一天工作完畢之後在幽暗的燈光下手握白蘭地酒杯，傾聽藍調歌手的低吟淺唱。我可以在週末去遠足，沿著一號公路逛到半月灣，那兒的路邊小攤售賣剛撈上來的漁獲。啜著冰涼的啤酒，遙望碧海青天之間點點白帆。我可以有正常的社會交往，朋友來了一塊下個小館子，天南地北地聊到深夜。可以在舞場或派對裡碰到和我年紀相仿的女孩，情投意合之下一起度過一個愉快的晚上，不用擔心良心不安，也不會有任何道德的困擾。

但如今我被困在這幢破敗的莊園裡，與世隔絕，時間像厚重的泥石流似的把我一點點淹沒。我已經不記得今天是幾月幾號，我不知道世界上有什麼事件發生，我真正的變成了一架只會把顏料塗上畫布的機器。每天早上來到畫室，畫著一群群早已作古的人物，晚上再順著同一條路線回到我的小屋，躺在床上望著滿地的月光，久久地不能入睡……

更可怕的是，我被一個十四歲的女孩所誘惑。

在我周圍只有安娜，她是我乾涸河床裡的一股清流，是遍地荊棘中的一朵毋忘我花。她的出現使我覺得自己還是個直立的人類，她使我還覺得疼痛和戰慄，她為這幢古老的大屋子帶來明亮的笑容和生氣，但她也喚醒了我心中沉睡已久的情慾，哦，美麗又纏綿的情慾，像蛇一樣纏在我的記憶之中，危險地向我伸出分叉的舌尖，而我像一隻被定身法所定住的兔子，明知情慾巨大的殺傷力，卻身不由己地一步一步走近前去。

我變得煩躁不安，畫布上的人物被我無緣無故地用刮刀刮去，酒一瓶接一瓶地從地窟裡拿上來，喬埃母親做的食品我每次都吃不完扔掉。煙卻抽得極多，畫室的地板上佈滿一層層煙蒂，自己都聞到頭髮上，被單上和枕巾上濃烈的尼古丁味道。

在一個彤雲密佈的黃昏，我散步回來，看見小屋的門洞開，索妮婭正端坐在起居室，手挾煙捲雙目炯炯地注視著我。我正情緒煩亂，口渴難忍，跟她招呼不打就去廚房倒酒，她跟了進來，我倒了滿滿一杯葡萄酒一飲而盡，回過頭來惡狠狠地說：「妳要什麼？要喝酒的話自己去倒。要看畫的話去畫室。要向喬埃打小報告的話儘管去打電話。就是別跟著我，我一個人已經夠煩的了。」

索妮婭好像沒聽到我不友好的話語，施施然地飄到料理台邊，拿起酒瓶看看發黃的標記：「一九四七年的聖・路加，僧侶釀的酒，現在市面上差不多已經絕跡。偶爾在古稀葡萄酒拍賣會上出現一瓶，馬上就被人用上千萬里拉買走。」

我一個晚上要喝掉大半瓶，近來心緒煩躁，連開二瓶也是常有的事，我知道這酒口感醇厚，入喉甘芬，卻不知道它是這麼昂貴的酒。轉念一想：喝了就喝了。為了這個無中生有的丁托雷托紀念館，我的寶貴青春，無價生命都付諸東流，幾瓶酒算什麼。

「你這瓶是一九四七年的，如果有一九四六年或四八年的，那價錢更高，市場上已經有二十年沒有單，雙年分搭配的酒拿出來賣了。兩年前在米蘭拍賣會上有一對空瓶子，四六和四七年的聖・路加，標籤完整，被一個美國人以六千美金買走。」

我豎起了耳朵，地下室裡好像林林總總各種年份的酒都有，我平時隨手拿到哪瓶就是哪瓶，從來沒注意這些細節：「有什麼區別嗎？單年份釀的酒和雙年份釀的酒？」

「區別可大了，僧侶的生活枯燥，除了日夜詠經之外沒有別的消遣娛樂……」

「跟我一樣，除了畫畫之外就跟囚犯一樣，我住在這兒可以算是二十世紀的苦行僧了吧。」

索妮婭淡淡一笑：「你完成畫幅之後就可以重新獲得你的自由，那些僧侶可是一輩子都拿來奉獻給上帝的。你任何時候都可以縱情聲色，你不用對你自己的靈魂負責，僧侶們卻得在漫漫苦修中剔除自己身上的人性，把自己的靈魂完全結合在上帝的祭台上，換句話說，你出賣自己的一段時間來換取現世的物質報酬，而僧侶們奉獻他們的一生來換取來世的靈魂救贖。區別在這兒。」

我一點也沒有心思聽這個女人胡扯什麼現世來世，每次見到她我總有一種詭譎的感覺，講真的我心底裡還有些怕她，怕她什麼又說不上來，也許是那副深不可測的眼光總使人感到不安吧。

「僧侶們雖然清心寡欲，他們也許離天堂比平民百姓近一點，但他們還是凡人，同樣受到七情六欲的困惑，為了不冒犯上帝的戒條，所以他們把閑餘的精力放在釀酒上面。從十四世紀的聖・方濟修道士傳下來不同的釀酒配方，其中最出名的就是聖・路加。」

「出名在什麼地方？」

「單年份出的酒叫做『困惑的情慾』，它使人冷靜，壓抑，內省。雙年份出的就叫做『燃燒的情慾』。它使人熱情，衝動，忘乎所以。」

「也許這只是收藏酒的人造出來的噱頭吧。同樣的葡萄還能釀出不同的酒來？」

「你可以不相信。」索妮婭把酒斟進杯子裡，先放在鼻子底下深聞了一下，然後舉起酒杯對著燭光：「我敢肯定這是真的聖・路加，喝了它你會產生一種世事皆空的幻覺。」

「那雙年份的酒會產生什麼樣的效果？」

「它使你擁抱這個世界。」索妮婭啜了口杯中的酒液：「它會使你重新拾起生活的希望，但喝這種酒要小心，歷史上有太多的天主教教士捲入醜聞的事件，他們的事後告解都提到這種雙年份的酒。」

我盯著索妮婭，她是否在對我暗示什麼？或者警告我什麼？但她的表情就如我第一次見她那樣：平靜得像一池湖水，波瀾不興。我們就像兩個在酒吧裡手執酒杯聊天的酒客一樣，感興趣的只是手中葡萄酒的區別。

索妮婭走後我趕快檢查了一下我喝過的空酒瓶，驚訝地發現竟然都是單年份的，我鑽進地窟裡查看存貨，剩下的三十二瓶貼著「聖・路加」標籤的酒中只有六瓶是雙年份的，我帶了一瓶回到我的房中，打開瓶塞，把兩種不同的酒分別倒在兩隻乾淨的酒杯中，我要親自檢驗一下到底有什麼不同。

兩隻杯子裡的酒都在燭光之下閃耀著殷紅透明的色澤，我依次端起杯子放在鼻子底下聞了聞，味道也差不多，至少我分辯不出有太大的區別。我先端起四七年份的酒嚐了一小口，不等口中的味覺消失就再嚐一口雙年份的酒。然後閉上眼睛細細體會兩種酒在我舌尖上引起的反映。如此反覆幾次之後，我真的發現兩種酒是有區別的，單年份的酒帶點澀味，混有苦杏仁和榛子的清香，雙年份的酒好像偏酸一點，入口的感覺比較活躍，有種夏天傍晚聞到熟透的桃園的果香。我個人比較偏愛雙年份的，可惜存貨不多了。

至於索妮婭所說關於兩種酒不同的功效在我聽來全是扯淡，很快全忘到腦後去了。

我儘量使自己不去想安娜，她有好一段日子沒來我的居處了，我會站在小屋的陽台上眺望她家的後院，一池碧水波平如鏡，通往屋裡的門半開著，在微風中發出輕微的「嘰呀」一聲。那隻黑貓懶洋洋地躺在門口的腳墊上曬太陽，就是不見安娜人影。也許是馬里奧和她母親帶她去旅行了，還是她父親把她接回紐約去了？想到這兒，我心裡會突然痙攣一下，她像隻飛上途人肩頭的小鳥，在我耳邊呢喃一陣又振翅飛去。我還感到小鳥的嘴輕輕地啄著我的耳垂，翅膀若有若無地在我臉上拂過。也許，我將來回到三藩市的朦朦雨夜裡會做夢，而那個童話中的精靈在夢中出現。

丁托雷托的畫我已經完成了三分之一了，計有《亞當和夏娃》《麗達與天鵝》《偷運聖・麥柯的屍身》《浴中的蘇珊娜》《卡納的婚禮》《埃及之戰》《基督從十字架上放下》《聖・喬琦和龍》。我偏愛個性張揚的人物，喜歡戲劇衝突強烈的畫面，先著手臨摹的都是丁托雷托早期的作品。畫完的油畫在空蕩蕩的屋子裡一字排開，發黃的畫面都用索妮婭教我的辦法處理過，畫中人物的目光越過四個世紀向我注視，在那種凝結的空間裡，我和他們會有一段突如其來的心靈交流，畫中的武士用眼神對我們現在紙醉金迷的社會表示極大的不屑，女人卻偶偶不息地訴說古往今來的情慾都具有同樣的殺傷力。歲月之河流逝，我卻如一條在時間裡逆流而上的魚，擱淺在一座破敗的中世紀的迷宮裡。

我散步走得更遠，穿過森林，腳下踩過柔軟的落葉，張開手臂行走在懸崖上，底下的黑暗像深淵一樣隱藏著無限的誘惑。我盡力使自己疲累，崎嶇的山路和新鮮的空氣是很好的安眠劑，當初月掛在樹林邊緣之時，我推開莊園的柵們，我知道有一瓶單年份或雙年份的「聖・路加」紅酒等在我的床頭，教士們精心釀製的困惑或熱情將在我的血管栩栩流淌，夢境在醉意中緩緩地展開，四百年前的靈魂翩翩起舞，金戈之聲在枕頭上響起，潔白的床單染上淡淡的血跡，戴著兜帽的僧侶在低聲詠唱，當黎明來到之時，所有的鬼魂消失得如一陣青煙，我迷茫地睜開眼睛，好一陣才想起身在何處。於是坐起身來倚在床頭點起一天中的第一支香煙，開出門來，喝下放在台階上的羊奶，然後踽踽地走去畫室。

喬埃好久沒過來了，像是從這個地球上消失了一樣，我常惡意地想像他在三藩市酒吧販賣古柯鹼時被警探銬走，但那樣對我一點好處也沒有。我有時在恍惚中已經想不起來來義大利畫畫的起因始末，湯姆許諾過的種種好處也變得縹緲，漁人碼頭的工作室空蕩蕩地蒙滿灰塵，我不知道將來我真的會在那兒拿起畫筆來，畫布上會不會自然而然地流露出丁托雷托的鬼魂。三藩市已經變得非常遙遠，像一張暴光過度的底片。我的石英手錶已經停擺，在緩慢流淌的日月中，我懵懵懂懂穿越時光隧道，在古人的墓園裡踟躕徘徊，迷失在夕陽下一排排石碑中。

我見到的活人就剩下每天早晨為我送羊奶的老人，清晨時分他趕著羊群上山去，母羊「咩咩」的叫聲殘留在我依稀的夢境裡，晚上散步時在山道上不期相遇，他一臉憨厚的傻笑，我掏出香煙請他抽煙，在點火之際他粗糙的手指骨節不斷地顫抖，轉眼他就捧出一堆無花果，或一把榛子，或一塊羊乳酪塞在我的口袋裡。

安娜的房子還是一點動靜也沒有，我散步經過時瞥一眼深鎖的大門，注意到台階上已經漫起了青草，落葉積在門洞裡，連那隻黑貓也無影無蹤。一股人去樓空的淒涼，我快步走過去，生怕勾起自己埋藏已久騷動的情慾。

突然，在一天下午，我從畫室回到小屋裡時不經意向窗外一瞥，先看到那隻黑貓蹲據在陽台的石欄上，再往下看去，一件熟悉的亞麻色裙子映入我的眼簾。

我的心臟劇烈地跳動起來，一剎那以為自己看花了眼，躡手躡腳開門出去來到陽台上，不是我的幻覺，真的是安娜，手肘撐在背後，半倚半躺在石階上，仰臉向著太陽，半瞇著眼睛，一副曬太陽曬得要睡著了的樣子。裙子覆蓋在交叉的兩條腿上，光裸的腳丫髒兮兮的，那雙扔在腳邊的拖鞋底已經磨得很薄了。

黑貓「喵」了一聲，我剛一回頭，安娜已經躍起，撲過來掛在我的脖子上，我被她突如其來的動作撞得連連後退，直到背脊抵住牆壁才停下來，一瞬間，我抬眼望去，安娜的眼睛清澈如湖水，湖水中騰起一道青色的閃電。想都沒想，我們的嘴唇自然而然地合在一起，安娜的手臂像蛇一樣纏繞在我脖項上，雙腿則緊緊地盤在我的腰間。

安娜的舌頭柔軟而清新，像帶著露珠的草莓，拚命擠進我的嘴裡。她的皮膚燙熱地貼在我的臉上，一股太陽烤炙的香味，頭髮披散下來，髮梢磨得我脖子癢癢的。她整個身體被我抱在手中，卻不安分地上下聳動著，我可以感到她柔軟的乳房在我胸前摩來擦去，而她的鼠蹊部位則硬硬地頂在我的小腹上。

一剎那之間，我身上所潛伏和壓抑了多時的情慾像條眼鏡蛇般抬起頭來，絲絲地吐著引信，我第一個衝動是抱著安娜轉身進房，把她扔在我的床上，沙發上，像狼一樣扯去她的衣裙，搓揉她那含苞欲放的乳房，輕撫她玫瑰花蕾般的乳頭，堅決地打開她修長的大腿，注視著那濕潤的一線，端詳著那未經開墾過的處女地，狠狠地蹂躪她嬌嫩的年輕肉體，安娜不會反抗，最多有點驚懼，很快地，她會舒出一口長氣，然後是忘我地投入。她現在覆在我的身上的姿勢何不是一種邀請的身體語言？

黑貓在我腳邊不安地走來走去，用身體摩擦著我的小腿。陽光射進我的眼睛，一片金色的暈眩，渾身發軟，就一個地方怒張硬賁，緊緊地頂在內褲上。

周圍靜悄悄的，傳來一陣覆盆子被太陽曬出來濃郁的甜味，一隻碩大的蜜蜂在陽台上嗡嗡地飛來飛去。

安娜的眼睛閃著亢奮的光芒，一聲不吭地由我把她抱進門，放倒在沙發上，當我解開她襯衫上第一顆鈕扣時，她在喉嚨輕輕地吐出了一口氣，閉上眼睛，睫毛抖動著，身體像一汪春水般地舒展開來。

安娜潔白的胸脯呈現在眼前，我伸出手去，卻看見手上殘留著五顏六色的油畫顏料，這樣一雙髒手怎麼能去撫摸那麼晶瑩的一對乳房，那麼細膩的皮膚怎麼能沾上污漬，我自慚形穢地停下手，只是定定地注視著一臉紅潮的安娜。

安娜睜開眼睛，帶著詢問的神色看著我，我不好意思地笑笑，舉起滿是油彩的手掌。安娜把頭往洗盥處擺了一下，示意我趕快去洗手。我站起身來，一路倒退過去，在關上洗盥室的門時眼角瞟到安娜正彎身褪下她的裙子。

我用力按著泵浦的把手，水一小股一小股地流到洗手盆裡，我的臉頰發燙，口乾舌燥。我撩起盆裡的涼水，潑在臉上，透出一口長氣。正拿過肥皂準備洗手，只聽到客廳裡安娜一聲尖叫，我一激靈，趕緊衝出去察看，洗手盆從泵浦台上翻了下來，濺得我一身精濕。

安娜渾身赤裸，雙手抱肩，眼睛驚恐地望著一隻圍繞著她打轉的蜜蜂，她彎著腰在房間裡躲來閃去，那隻蜜蜂緊緊地跟著她，最後安娜躲進沙發的背後，蜜蜂卻不肯離去，在沙發上方嗡嗡地繞來繞去。

我不由得哈哈大笑，安娜縮在沙發背後狠聲道：「趕快把牠趕出去，中國人，你壞透了，還笑得出來。」

我用安娜脫下來的襯衫朝蜜蜂揮去，終於把牠趕出落地窗之後，我回過頭來，只見安娜從沙發背後探出頭來：「你確定牠飛出去了嗎？」

我一面關上紗門一面說：「那蜜蜂可能把妳的乳頭當成花蕾了，如此地緊追不放……」我的話還沒落音，安娜已經從沙發後面跳了出來，拳頭雨點似的朝我肩上頭上落了下來，我轉身抱住她，她像隻小野獸似的在我懷裡扭動著，掙扎著，大張著嘴喘氣，把手臂從我的胸前抽出來在我的背上捶打。

我聽到一個久違的詞語，安娜低聲地呢喃：「中國人，我愛你，我想和你做愛，真的……」

我們倆重重地跌進沙發，我手環在她的腰上，頭埋在她的胸前，嘴唇碰到她軟軟的乳房，我輕輕地把變硬的乳頭含進嘴裡，親吻著，吮吸著，用鬍子摩挲著，擂在背上的拳頭軟了下來，最後變成輕輕地愛撫。

我撩開她覆在臉上的散髮，手指撫摸著她的額頭，彎彎的眉弓，沿著鼻樑而下。指尖若有若無地感到她柔嫩的肌膚在觸摸下微微戰慄。我輕揉安娜薄薄的耳垂，手背的皮膚掠過少女臉頰上的茸毛，當我的食指輕輕地按上她微啟的嘴唇，安娜從胸間透出一口長氣，眼簾半闔，一把抓住我的手，放到嘴邊親吻。

她的身體舒展開來，手臂緊勾著我的脖子，手指探進我蓬亂的頭髮。臉和赤裸的胸脯不住地在我胸膛上摩挲，她狠命地親吻我的脖子，像小動物般地咬我的鎖骨和肩膀。而她的大腿不知羞恥地張開，像蛇一樣跨上我的腰間。

在這個日光西斜的房間裡，橡樹的枝影在窗口搖曳，通往陽台的門半開著，一聲蟬叫更顯得房間的幽靜深遠。我聽得到自己的心臟在胸腔裡大跳，血流在體內奔騰，凝結在腹下，我那器官早已充血怒張，如劍出鞘，只等著最後一輪衝刺。

我的手指在安娜身上到處游走，讚美她優雅的脖頸和細嫩的肩窩，手掌緊貼著她柔滑的少女肌膚，我摸到微微突起的肩胛骨，再順著脊柱，一條弧線向下延伸到腰枝。我手指輕輕地彈過她的肋骨，有如小心地觸摸琴鍵。我的手再向下滑去，用力搓揉著凝脂般的臀部，輕撫她的大腿內側。安娜背上滲出一絲汗意，面色潮紅，身體從放鬆轉為緊張，又從緊張轉為放鬆。

我褪下貼身的短褲，跪在沙發前，深深地注視著這具橫陳在面前的玉體，安娜則雙手捂著眼睛，牙齒咬著下嘴唇，身體不時一陣陣地哆嗦。我的目光像水一樣地流過平整的鎖骨，光滑的腋窩，粉紅色的乳暈周圍隱約看得到淡藍色的靜脈。緊繃的皮膚下肋骨顯出淺淺的弓形，腹部平滑，肚臍眼深陷。安娜的骨盆還沒有完全發育，窄窄的。雙腿不由自主地繃緊。陽光突然從枝隙間穿了進來，照亮了隆起的陰阜上一叢飄搖的金色恥毛。

安娜抬起下巴，嘟圓了嘴唇迎上來。我低下頭去親吻她，一隻手向下伸去，探入敞開的大腿，那裡已經是一片濡濕。我的中指碰觸到無以名狀的柔軟，緩緩地撫過，輕輕地挑起。安娜的喘氣急促起來，喉嚨裡發出低低的哼聲，兩條手臂緊扼著我的脖項，下意識地把我向她身上拖去。

潔白的蓮花在池中突然綻開，春陽下的高原的積雪開始融化，流水潺潺，漫地的植被一下子活了過來，恣意地瘋長。我腦子裡一無所想，只憑著本能的衝動行事。就在我將入未入的一剎那，只聽到窗外有根樹枝「啪」的一聲折斷。

我像被電擊一樣跳將起來，不顧渾身赤裸，衝到陽台上。

腳下的磁磚被太陽曬得暖暖的，樹枝紋絲不動，覆盆子一根枝條上掛著隻蜜蜂，再向遠處望去，安娜家的游泳池在藍天下像枚鏡子似地反射著雲光。

四下萬籟俱寂，一片片的樹葉像無數隻眼睛向我窺視。

難道是我看花了眼？這塊地方遠離人世，除了喬埃和索妮婭，從來沒人來過。

一隻手輕輕地搭在我的肩膀上，一回頭，安娜赤裸地站在我的身後。

「發生了什麼？」安娜綠色的眼睛裡混和了情慾和驚懼。

我不想驚嚇她：「大概是隻野兔，在樹叢裡竄了過去。」

當我摟著安娜回房時，聽見屋後的小道上羊倌趕著羊群走過，咩聲陣陣。

我們回房繼續纏綿，但只限於親吻和撫摸，性的大潮已經退去，我軟軟的起不了，安娜也有點心不在焉，結果還是沒做成愛。

我到今天還肯定窗外那一聲是活人弄出來的聲響。

安娜

那個下午打開了一扇門，我和安娜興致勃勃地互相探索，裸裎相對，我們在畫室裡，在黃昏夕照的院落中，在野地裡，在我起居室的沙發上，半裸或全裸，用目光、舌頭、髮梢、手指，用身上的每一寸肌膚，用每一絲感知，從不厭倦地探索對方。

禁忌一旦被你跨過就不再是禁忌，而是一片新鮮的天地。直到你站在一扇新的門之前。

如果你認為畫了裸體的女人就能對女人的身體構造有所瞭解的話，我要告訴你，大錯特錯。那你根本還在門外徘徊，不要說登堂入室了，連前院的門檻還沒夠到。人有視、聞、聽、嘗、觸摸、心靈感應種種知覺，視覺只是其中一部分，只是一支小提琴在整個交響樂中的位置和作用，沒有其他樂器的烘托，那支小提琴只能是單薄的、平面的、表層的、孤立無援的。

你應該聽一聽整個樂隊是如何演奏的。

天氣好的時候，安娜和我出去野餐，翻過山去有一片湖水，沿湖的岸邊遍佈巨大的橡樹，草地上裸露著火山岩石。空氣純淨得像水晶，在陰暗的修道院憋得太久，面對強烈的色彩，我竟然有一股暈眩的感覺。野餐籃裡有新鮮烤出來的帕契搭麵包，這麵包形狀像個大型的鞋底，外皮韌勁，內裡鬆軟。用來配義大利生火腿是一絕。我特為托了老羊倌從山下鎮裡捎來，和羊奶一起擱在小屋的台階上。我還帶了不同品種的橄欖，放在一個個小罐子裡，一塊安娜喜歡的法國軟乳酪，一方鵝肝醬，裡面混有軋碎的山胡桃。一大捧無花果，那是老羊倌送我的，果子的頂端裂開流出粘粘的果汁，熟得正好。最後，我還帶了一瓶四八年的「聖・路加」，雙年份的酒剩下沒幾瓶，我平時一般喝四七年的，為了這次野餐才帶上一瓶四八年的。

安娜還是穿著那件亞麻質的長裙，我曾說過這裙子特別適合她的身材，飄逸而隨意，很好看地露出鎖骨和肩膀，從胸部到腰身扣的緊緊地，托出了像小白楊樹一樣的身段，在腰部以下又鬆散開來，彎腰時臀部渾圓，走動起來大腿的線條隱約可見，配上纖細的腳踝足弓，她穿了這件長裙與周邊的義大利鄉村景色是絕配，就像漢堡配薯條那樣天衣無縫。安娜的拳頭在我背上擂得山響，但從此小妮子在出行時總是穿著這件長裙。

湖邊的樹木高聳入雲，岸邊的雜草齊腰，安娜在水邊發現一架木船，被人荒棄在那兒，大呼小叫地跳了上去，船底一層積水，已經生了綠苔。安娜說要劃到對岸去，我可不敢保證這船不漏水，到了湖心之後把我們沉下去。安娜說不怕，最多就游泳上岸。於是我勺乾船艙裡的積水，解開已腐朽的纜繩。讓安娜捧著野餐籃，蕩槳向對岸劃去。

由於樹木的遮擋，湖裡遍佈浮萍，我對划船沒什麼經驗，生怕太用力會晃散了這老朽的船架。船像架老牛車似地在厚厚的水面上徐行，安娜撩起長裙的下擺，盤腿坐在船頭上。從我這個角度看過去，只見兩條光裸的大腿和裙子底下的三角內褲，我盡力把目光轉開去，但一回頭，就像被蛇催眠的兔子一樣，視線總被那個曖昧的三角區纏住。

劃了半個小時的船，到了對岸一片開闊地，我先上岸，安娜把野餐籃遞給我，我說你等我扶你下船，剛轉身放下野餐籃，就聽到背後一聲水響。趕快回頭，安娜已經跌在水裡了，原來性急的她等不及我來攙扶，縱身上岸，船被她跳躍的後坐力推動得向湖裡蕩去，所以小妮子就掉進齊膝深的水裡。我扶起安娜，看看她沒傷著，再跨進水裡把船拖回來。

開闊地鄰著一片峭壁，遍佈一大塊一大塊青色的岩石，草地上開滿了紫色的花，小小的花冠，微風吹過，像一串串鈴鐺閃爍。我們找了一塊向陽的大石壁，在草地上鋪開大毛巾，把帶來的食物從籃子裡拿出來。

安娜的裙子下擺全部濕透，脫下來攤在石壁上曬，我把襯衫脫下來給她穿，身上只剩一件背心，好在中午陽光很好，曬得暖洋洋的很舒服。我撕開麵包，再把鵝肝醬切成一片片地排列在油紙上，然後打開酒瓶，把紅酒斟在酒杯裡。

安娜在湖底踩了一腳的湖泥，正在水邊清洗。從我們野餐地看過去，只見她把襯衫在腰裡打了個結，彎著腰，渾圓的小屁股大半露在外面，裸著兩條頎長的大腿，一隻腳踮起，奮力搓洗腳掌上的污泥。太陽當頂照下，安娜散亂的額髮被染得金光閃亮，真似水邊出現的精靈小女妖。

洗完腳，安娜踮著腳，兩臂張開保持平衡，跳躍著回到野餐地，一屁股坐在大毛巾上。小姑娘腿上和腳掌上粘著綠色的草葉，更顯出皮膚的白皙，腳趾頭滾圓，沒塗丹蔻的指甲呈珍珠色，腳背上有兩條白色的太陽痕跡，那是她老穿夾腳拖鞋留下的印跡。

我遞給她塗了鵝肝醬的麵包，再給她一瓶佩綠阿礦泉水。安娜抗議道：「這不公平，憑什麼你喝葡萄酒我喝礦泉水？」我說礦泉水比較健康。安娜說我不要健康我要喝葡萄酒，你上次不是讓我喝過的嗎？我說那次是在家裡，而現在在大庭廣眾之下，給一個未成年人喝酒，警察會把我抓去。安娜撇嘴道：「這兒是荒山野嶺，鬼都沒有一個，哪來的警察？」

拗不過她，我只得倒了小半杯酒給她，安娜仰頭一口喝乾，一面咳嗽一面又把杯子伸到我面前，我說喝慢點，這可不是一般的酒，你剛才一口喝掉幾百萬里拉，慢慢喝才能品出滋味來。安娜詫異道：「你騙我吧，不可能，什麼酒這麼貴？」我把索妮婭告訴我的關於「聖・路加」酒的故事敘述了一遍。安娜拿起酒瓶端詳了好久，說：「不知我父親有沒有喝過這種酒？我說這種酒是非常稀少的，大部分的酒徒聽都沒聽說過，更不要說喝過了。」安娜臉上現出一股失落的神情，說：「可憐的父親，我連他現在在哪裡都不知道。」接著又問我：「你看我會不會像我父親一樣，在三十歲之後變成一個酒鬼？」我說：「不會的，你想這個幹什麼？酒是個好東西，但任何好東西都要適可而止，就看每個人的自控能力了。」安娜說：「人是最沒用的東西，老天要毀了你，擋也擋不住。我父親當年是羅德獎學金的獲得者，一過三十歲，照樣成個酒鬼。」

不知不覺間一瓶酒喝完了，食物還剩了許多。安娜說要做日光浴，我們收拾了剩下的食物，安娜在大毛巾上躺下來，臉朝下，一分鐘不到又跳起來，把身上的襯衫脫下，蓋在頭上。

我左右看看，四周靜悄悄的，湖面在陽光下騰起一股氤氳，遠方的景色微微地抖動。萬籟俱寂，連鳥鳴都不聞一聲。我閉起眼睛躺下，陽光穿透眼皮，視網膜上一片桔紅色的光斑湧動。時間一久，輻射的熱力越來越強烈，陽光像一層炙熱的蜜汁滲透進每一個毛細孔，身體開始出汗，汗水很快地被陽光烤乾。然後再塗蜜，再烤乾，跟烤鴨的程序差不多吧。

我曬了十分鐘就坐起身來，點上煙。東方人的體質承受不了太多的陽光，高加索種的人曬出來是一身古銅色的皮膚，而我們東方人曬到脫皮也是一身焦黃。另外，像烤鴨般地暴曬幾個小時我也受不了，還是找個遮蔭處歇一會兒。

剛想起身，瞥見身邊攤手攤腳躺著的安娜，不由自主地又坐回毛巾上。安娜只穿了一條窄窄的三角褲，渾身上下一絲不掛，在伸手可及之處，光線把一具玲瓏剔透的軀體勾勒得纖毫畢現，強烈地衝擊著你的視覺，挑動你的慾望。

安娜曾經告訴我她父親是日爾曼血統，而母親是義大利和法國人的後裔。白種人的身體比例相對修長，安娜的肩膀瘦瘦的，胳膊和小腿都很細長，大腿和屁股卻像灌漿的果子地隆起，還沒到成熟的階段，帶茸毛的青色表皮已透出一絲嫣紅的氣息，更為誘人。此時安娜面朝下俯臥，只露出側面的胸部和腋窩，看不見她的乳房。安娜說過她每天早上在浴室裡剃去腋毛。我問為什麼？安娜說就像你們男人每天要刮鬍子一樣啊，身體像臉一樣，也需要保持整潔。誰像你們藝術家？每天起來頭也不梳臉也不洗，叼著根煙就跑去畫室了。

我正在胡思亂想，冷不防安娜一下子翻過身來，眼睛還是緊閉，只是把手臂抬起，墊在腦後，繼續享受她的日光浴。

我的眼睛發直，雖然安娜曾在我面前赤身裸體過，雖然我們曾經忘我地愛撫，但像這樣在光天化日下展覽她的胴體還是第一次。在熾烈的陽光下少女的身體像百合花瓣一樣舒展，清純而又淫蕩，童貞卻致人死命。我渾身灼熱，口舌乾燥，眼光固定在那具魔力無邊的女體上一動也動不了。

由於仰面躺著，安娜的胸脯看起來並不豐滿，只是微微地隆起，但嫩如凝脂。乳頭和乳暈的顏色很淡，差不多和皮膚同一顏色。形狀如花蕾般地圓潤。下巴翹著，喉間的線條流暢無比。鎖骨平而直，顯露出好看的頸鎖乳突肌，再是她抬起手臂呈現出來的潔白的腋窩，肋骨間淺淺的凹處，瘦削的腰枝和平坦的小腹，這是我見過最美的少女胴體。

一般說來，我見過的裸體女人不少，除了在課堂上作模特兒的，在喬埃的派對上也有不少青春煥發，身材和風情俱佳的年輕美女。你只要一個眼風就跟著走，寬衣解帶之後玉體橫陳。但我從來沒心動過，也許是沒有禁忌，也就沒有想像的深度，沒有從丹田升起的戰慄，更沒有那種不可抑制的情亂意迷……

安娜突然說：「你在看什麼？」

我被問得一噤，半晌答道：「在看風景啊，你看湖面上光影浮動，地上綠草如茵，空氣藍得透明，真好像印象派畫家莫內筆底的景色。」

「胡說八道，你在看我的身體，下流鬼。」

「你的身體也是一道風景啊。」我嘻皮笑臉道：「你這樣赤條條地躺在陽光下，要讓人不看也難。別忘了我是個藝術家呢。」

「男人都是偷窺狂，藝術家更是下流鬼。」

「你怎麼能這麼說藝術家呢？在這個世界上，人人朝生暮死，只有藝術家為人類留下了一點浮光掠影，如果我們沒有希臘雕塑，沒有米洛的維納斯，沒有米開朗基羅的大衛，沒有文藝復興，沒有印象派大師們的傑作，我們在這個世界上就要乏味得多……」

安娜懶洋洋打斷我道：「都是狗屁。」

我沉默下來，「狗屁」？也許，我中那些教條的毒太深了，藝術和性誘惑沒什麼必然的聯繫，卻常被挪來做藉口。在三藩市時，我在市場街的攤子上買過一枚徽章，上書寫：Take off your cloth, I am an ARTIST 得意洋洋地佩在胸前招搖過市。其實，會畫兩筆劃有什麼了不起，骨子裡根本是個食色性的凡夫俗子，肚子餓了要吃，看到漂亮女人流口水……

安娜張開一隻眼睛：「想什麼呢？太陽這麼好，躺下。」

我順從地在她身邊躺下，安娜一翻身，撐起手肘，臉和臉靠得很近地看著我。陽光照得我睜不開眼，只見安娜滿頭秀髮被照得通亮，像戴了一個金色的光環。那副像貓一樣的綠眼睛充滿了戲謔，挑逗，滿不在乎和惡作劇，但又清純的如一位天使。我還沒反應過來，安娜很快地低下頭，給我一個很濕潤的吻。

我只覺得熱血上湧，伸手摟住安娜纖細的腰枝，把她拖過來覆在我的身上，讓她的乳胸貼在我的胸膛，親吻著她美麗的脖項，一隻手摩挲著她腰間和臀部的弧線。

安娜的腰枝極其柔軟，在我撫摸下像條出水的魚般地扭動，她那條三角褲礙手礙腳地，總使我覺得不能盡情地在她身上游走，在我們再一次接吻時，我飛快地把她的三角褲拉到腿彎，安娜只微微地掙扎了一下，就由我把最後一絲布條從她身上剝了下來。

我的手指尖若即若離地在安娜赤裸的胴體上滑過，這是上帝的傑作，我在目眩神迷之際心中還保持著一派敬畏。在這個肉眼可見的絕美的身體裡，青春的汁液澎湃洶湧，高聳為嶺，低瀉成谷。天精為魂，地韻為魄，清風雨露澆灌之，春華秋實蘊含之。生命的途中荊棘遍佈，多虧有這些安琪兒給我們撫慰，為我們洗滌疲累的雙足，鼓舞我們的心靈，使得我們有勇氣在這條艱難的路上走下去。

但同時我又年少血旺，荷爾蒙大潮在身體深處一波波湧來，和安娜耳鬢廝磨，肌膚相親，哪能長久把持得住？我的手從安娜的肩膀下滑到胸脯，撫過腋窩，指尖上感受到膩滑如脂的柔荑，再從腰間斜掠過小腹，停留在微微隆起的陰阜之前……

一直閉著眼睛的安娜突然抬起頭來，臉上是凝神傾聽的專注表情。我低頭吻了吻她的肩膀：「寶貝……」話還沒落音，安娜一把推開我。

「怎麼了？」我詫異道。

安娜只把一個手指放到嘴邊：「噓……」

我環顧四周，靜得像在水底，沒一絲風，遠近的景物融成一片無盡的藍綠青紫。

我疑惑地看著安娜，她頭也不回地問道：「你沒聽到什麼響動嗎？」

「當然沒有。」我們在離有人居住的地方至少二十英里，中間還隔了個湖，背後是峭壁，任何人到這片開闊地只能是從湖面上過來，一眼就被看到了。

也許受安娜緊張情緒的影響，我也豎起耳朵，耳朵裡只聽到自己的血管在輕微地搏動。突然，一陣非常細微的沙沙聲傳來，停頓了一下，又聽到一陣響動。

湖面草地上沒有任何人影，我轉眼向石壁望去，剛一抬頭，只聽身邊安娜大叫一聲，跳起身來抓緊我的手臂：「蛇，趕快，蛇在那裡……」

我的汗毛都豎了起來，順著安娜指引方向看去，只見一條青灰色的蛇，大概有手杖般粗細，從草叢中曲曲彎彎地遊過去，蛇身上的鱗片在陽光下一閃而過。我知道蛇性喜陰涼潮濕，一般都是清早或傍晚出來活動，怎麼在大太陽底下會有蛇出現？

蛇遊到石頭後面不見了，安娜驚魂未定，一個勁地問我蛇有沒有毒？我說有毒的蛇頭部呈三角形，但我們沒看清這條蛇的頭部，反正牠已經遊過去了。安娜卻一口咬定她看見了蛇頭了：「正是你說的三角形。」

我被她說得心神不定，此地遠離人煙，真的被毒蛇咬一口可不是玩的。風吹草動，一片和美的景致下危機潛伏。

「我們回去吧。」我跟安娜說。

小妮子卻又躺倒在大毛巾上，賴著不肯起身：「沒事了，蛇不是走了嗎。」

我開始收拾東西：「走了還可能回來。安娜，我要為你的安全負責。」

我也意猶未盡，多美好的陽光，青山綠水，又空無人煙，絕美的少女裸體，澎湃的青春激情，好一幅伊甸園的景象，只是那條蛇的出現破壞了一切。上帝真是很會開我們凡人的玩笑。

安娜嘆了一口氣，無情無緒地說：「算了，回你的小屋去吧，我累了。」

回到小屋，兩人都已經筋疲力盡，我洗了把臉，倒在沙發上很快就睡著了。

睡醒來天已經黑了，我迷迷糊糊坐在沙發上，看著到處點起的蠟燭。安娜呢？正想著，眼睛就被一雙手蒙住，安娜在我耳邊輕語：「不許動，我還沒完了，誰叫你這膽小鬼被一條蛇嚇住的。」

安娜用毛巾把我的眼睛蒙起來，要我平躺在沙發上。

我忍住笑，這精靈古怪的小丫頭要搞什麼名堂？只聽得她喃喃自語道：

「中國人，我喜歡你穿著破爛的牛仔褲，和舊的棉織T袖，T袖洗得越舊越好，薄薄的，像你身上的另一層皮膚。牛仔褲呢，不要束皮帶，束了皮帶總有一種被禁錮的感覺，而且破也要破在是個地方，最好看的是就在你的屁股底下，或大腿處開個口子，從帆布的絲絲縷縷中看得到果肉一樣裸露出來的皮膚。我討厭你的畫室，你在那兒總是一副不管不顧的神色，就是我把手搭上你的肩頭，輕輕地揉你的耳垂，我把手臂從後面環繞著你的脖項，胸部貼著你的後背，緩緩地蠕動。是的，我想挑逗你，想把你的注意力從那些裸體女人身上轉移過來。你雖然被我弄得心猿意馬，但你在擁抱我之時還會向那些畫幅瞥上一眼，你的親吻也是沒情沒緒，敷衍了事的。我開始還為那些老女人吃醋，真傻。別笑，一個女孩是被容許做些傻事的。我很快發覺畫室不是個調情的地方，走進那個破地方你就心神不寧，一個人被劈成兩半似的，一半凝神在那些老古董身上，另一隻眼睛卻盯著我，生怕我闖什麼禍，對我的親熱也是半推半擋的。幾次三番弄得我氣惱不已，摔門而去。回家和貓玩了一陣，無精打采地挨到下午。傍晚我知道你回到小屋，我從陽台上爬過來，輕手輕腳，一點響動也沒有。從開著的落地門看到你在廚房裡忙碌，背對著我，我走近你身後，攔腰抱住你，我的手臂前端碰觸到你的腹肌，和收緊的腰身。男人的腹肌總是能點燃女人的遐想。還有你身上那股味道，混合著汗味，香煙味，和一絲淡淡的化學品的氣味。對我來說，比我母親的香奈兒五號不知好聞多少。我的手插進你的領口，迫不及待地想脫去你的那件T袖，把臉在你背上摩挲。你轉過身來，臉上有一抹笑容，那在畫室裡是看不到的，寬容，鬆弛，準備接受準備給予，帶一點嘲笑。你向我示意自己來，說著就從頭上拉下T袖。就在那一剎那，就在你將脫未脫之際，你雙臂高舉，露出整個的胸膛，腋窩，腹肌由於手臂上舉而繃緊，呈現出一組平行四邊形的肌肉，而T袖還蒙在你的頭部，我只感到像迎面撞上一堵牆，有點喘不過氣來。直等到你的手臂環住了我的肩膀，把我帶到沙發上，才醒了過來。我第一個衝動是伸出手去撫摸你的胸膛，指尖在平滑如絲綢的皮膚上徐徐而過。我把你推倒在沙發上，俯伏在你身上，從很近的距離看你，我喜歡手腳很重地解開你的束髮帶，看到你被我弄痛又無可奈何，忍著不能發作心裡非常開心。順帶把手插進你的頭髮亂摩挲一陣，讓髮梢覆蓋著你的眼睛時在你嘴唇上輕輕地一吻。在你剛反應過來之前我已經轉移了目標，我一個手指劃過你的喉頭，用指甲在你頸間的肌肉上畫一條白線，問你如果我手上有把刀，一時錯亂，把你喉嚨切開你怕不怕？你眼睛也不睜，懶懶地回答：中國有句話叫做『寧在花下死，做鬼也風流』。我在你腰裡狠狠地擰了一把，好你一個羅曼蒂克的鬼，要你的命都不怕，怎麼在畫室裡就像個木偶人似的？看我怎麼整治你。我先把頭貼在你的胸膛上，捕捉心跳的聲音，我的耳朵可以感覺到你的乳頭，男人的乳頭，小小的，在平滑的胸大肌上不著痕跡地伏臥著，但在我的髮絲的摩挲下，我的面頰還是可以分辯出它一點點變硬，豎起，而你顯得不安，想掙扎著起身來摟抱我。沒那麼容易！躺好，遊戲才開始。

「為什麼東方人的皮膚得天獨厚？連男人都如此。我真妒嫉那絲綢般的質感，我的手指可以在上面跳冰上芭蕾，美國男人絕對沒有這樣細膩的包裝。甚至女人，你都可以用肉眼看到臉上的毛細孔，過了三十歲，每況愈下。我母親靠著化妝品維持她的臉面，各種各樣的粉底、護膚霜、洗面乳。油脂侵入毛孔，皮膚失去彈性。當她要我為她抹防曬油時，我看到背上和肩膀上佈滿了雀斑，頸部的皮膚已經開始鬆弛，枯焦，觸眼都是縱橫的皺褶。我會變成那個樣子麼？當然，我說的是二十年，三十年之後。

那真是地老天荒的年紀，人為什麼要活得那麼久？過了二十五歲生命就開始凋零，三十歲之後人生已經沒什麼值得留戀了。所以……

「我手指和舌頭的旅行路線包括你整個胸膛，頸窩和腋下，我喜歡光滑的，繃得緊緊的胸廓，像一面滾石樂隊的架子鼓，敲起來咚咚有聲。你很瘦，肩膀上的骨頭方方正正，一層薄薄的胸肌繃在條條肋骨上，但胸廓的起伏很大，腋窩裡卻異常柔軟，而且氣味很好聞。我深深地抽著鼻子，像頭狗似地拱著，直到你癢不可忍，把我捉出來，用一個吻來堵我的嘴。你這個不按照程序的中國人，急什麼急？抬高腰部，我可以解開你牛仔褲上的銅扣，拉下拉鏈，配合一點，讓我順利地把牛仔褲褪下來。

「現在，你僅穿著內褲躺在沙發上，你竟然在我的注視下露出一絲羞卻。你不是口口聲聲講人體是最美妙的嗎？為我做一次模特兒也沒什麼大不了的。讓我去把口紅拿來，做什麼？畫畫啊。對了，就在你身上畫。

「我首先下筆的地方就是在肚臍眼上，我畫圓圈時想到你剛出世哇哇哭叫的樣子，你那時的肚子一定是圓滾滾的，就像青山飯店牆上貼的畫片一樣。什麼別開玩笑。我就不相信你一生下來就有這麼清晰的六塊腹肌，它們真使我瘋狂。還有，腰部的線條從胸廓收束下來，像張繃緊的弓一樣。我喜歡看腰枝柔軟而有彈性的男人，看他們奔跑，看他們躍下台階，連看著他們俯身拾物都有一種美感。說錯了麼？沒錯？那就乖乖地躺好。

「我的眼光真的使你不自在嗎？我盯著你的小腹，非常非常想把頭埋在那裡，那兒看來真的是一個憩息的好地方，平滑而溫暖。臨近那令人充滿遐想的一坨。把手拿開，幹嘛轉過身去？我難道不知道它的變化麼？到最後，你想它逃得過我的手掌心麼？

「我們先來看這具俯臥的男人體，雖然有些緊張，渾身上下繃得筆直，倒是很清晰顯示了男人該有的線條，你看不到？沒問題，你躺著別動，我用口紅在沙發靠背上勾下輪廓線，等會你站起來就能看到了。先從肩胛骨畫起，在背上劃過一個不大的坡度，到了腰那兒突然下降，就像滑雪者沿著平坦的開闊地前行，突然一片陡坡出現。然後再成一條弧線向上，停留在一片高崗上，令人暈眩的俯衝和上升。哎，你那條內褲真是礙手礙腳，害得我畫不好，脫下來，男人的屁股有什麼可怕，只要不是又肥又長滿了毛。我沒說你的屁股是那樣的，嗯，還算過得去。瘦了一點，好在肌肉還算飽滿，人家說男人的屁股是最性感的部位。那不太誇張了嗎？男人光長一個漂亮的屁股有什麼用？如果沒有強健的腰枝和兩條健美的大腿有機地連接在一起？男人的大腿總使我想起馬里奧收集的那些古希臘的廊柱片斷，從膝窩再延伸到小腿，再連到腳踝，從你後面看去，腳踝細細的，從腳踵到小腿那段很長。讓我來看你的腳，不大，像女人的腳，我母親都穿三十九號的鞋碼。我猜你最多是穿四十號，你的腳和你的人一樣，很瘦。人瘦當然腳瘦？不見得，我就知道有人身上很瘦，手上腳上卻有很多肉的，和迪士尼樂園的卡通人物似的。

「好了，你可以起來看了，好漂亮的一條曲線，UP and DOWN，UP and DOWN。怎麼？你不肯轉過身來，你這樣倒提醒我漏了個最重要的部位了。轉過來，我不會用口紅在那個部位亂畫的，我保證。你不願意也得願意，由不得你囉嗦。

「奇怪，中國人，你渾身上下一片精光溜滑，這地方怎麼如此毛髮茂盛？而且還是曲卷的，和你的頭髮不一樣。我掂起一根，一放手，它就恢復原樣。太好玩了，等一會我要去浴室找把梳子，把它好好地梳理一番，再紮一根辮子，樣子一定很酷。

「我會輕輕地對付你的小傢伙的，非常溫柔地，像媽媽照顧小孩兒。但是它怎麼一下子長得這麼大了呢？跑馬也沒有這麼快啊。沒關係，長大了還是寶貝。是寶貝當然要親一下的了，不過不是現在，還沒跟你玩夠呢。

「一講到玩，你這個小傢伙就調皮了，像根旗杆似地站得筆直，一副好勇鬥狠的西部牛仔模樣，不喜歡你這樣，你太性急了。我要你文文靜靜地，乖乖巧巧的，柔可繞指，我喜歡你那種羞卻的樣子，好像一個未經世故的小男孩。會給你一個獎賞，會給你一個吻，一個甜蜜得不能再甜蜜的吻……」

我一個翻身坐起，一把揪住安娜腦後的馬尾，使她的臉離開我的身體：「安娜，你再這樣我就受不了了。」

安娜睜大無辜的眼睛：「怎麼啦？我就和它玩一玩，我們又沒做什麼事。」

我只會苦笑：「安娜，你再這樣玩下去我會爆炸的。」

安娜若有所失地咬著下嘴唇，站起身來，趁我穿衣服不注意時，用口紅在我胸膛上畫了個大大的紅X。

面對這樣刁鑽又任性的一個女孩，我什麼辦法也沒有。

羊倌

你如果住在一個封閉的環境裡，你以前用來衡量現實世界的意識都漸漸地消褪，所有的觸覺在你所感知的空間裡反彈回來。久而久之，你這個小世界就脫離了軌道，滑了出去。犯人坐在小小的監房裡，一隻造訪的老鼠，也變成枯燥生活中的一個亮點。他盯著牆角的那個窟窿，當那紅色的小鼻子出現時，他的心跳加快，當整個毛茸茸的身體露出來時，他簡直想歡呼了。那種畏畏縮縮的樣子多可愛，像一個小孩子看到滿地的玩具，還不知道他能不能玩。你撒下麵包屑，小老鼠先是叼了一小塊，縮回洞裡。馬上又探出頭來，這時小老鼠玩的心思比吃食來得重要，你看牠從這一頭竄到另一頭，四足離地撒著歡，那副小眼睛還不時瞥你一下，好像要你欣賞牠敏捷的腿腳。你對老鼠的觀感完全改變，牠變得具有人性，你恨不得變成和牠一樣，能以這一小塊天地而滿足。牠跟你一塊抵禦著無邊的寂寞，牠是你的夥伴。

除了安娜，我在莊園附近見到的唯一直立行走的動物就是那個羊倌，每天清晨，我在睡夢中聽到園牆的門被「嘰呀」一聲推開，那是老頭送羊奶進來，他的腳步非常之輕，但我迷迷糊糊地能感到他一步步登上台階，那兒放著我隔夜洗淨的空罐、瓦罐的底部和石階輕輕地碰撞，「嗒」地一響。然後就是羊群的咩聲，一切又歸於寂靜。

我知道他住在鎮上，但從未看到他與任何居民有任何交往，見到他時總是身著一件褪色的薑黃色毛線軍便裝，肩膀和臂彎裡貼著皮貼片。下身一條帆布褲子，一雙厚底翻毛的靴子，步子跨得很大，但又悄然無聲。突然出現在你身邊時往往嚇你一跳，他那雙手大得出奇，指甲烏黑破碎，關節粗大。抽很多的煙，抽煙的姿勢是把細細的香煙藏在手心裡。我至今沒和他的眼光對上過，他一隻眼看著你，另一隻眼卻看向你身後。笑起來露出滿嘴的歪牙，我覺得那副笑容似曾相識，但無論如何想不起在何處何時見過。大概在一個地方幽閉了太久，感覺和記憶都混成一團了吧。

有一次喬埃過來時，我提到牧羊人天天給我送奶，是否需要回送點什麼表示謝意？老頭看來日子也不是過得很寬裕。喬埃說他母親常周濟老頭的，不必為這些小事掛心，羊奶喝不了也得倒掉。喬埃又說老羊倌年輕的時候被墨索里尼政府送到波蘭打仗，戰後被蘇軍關了幾年，在西伯利亞做苦工，腦子給打壞了。萬一他有什麼不尋常的舉動也不必奇怪，好在他從不傷人。

我當時聽了沒在意，老頭基本上不碰面，清早他來時我還在睡夢中，白天我一頭紮在大房子裡工作，只有在黃昏出去散步時才會偶爾遇見他。羊群下山，霞光映照。簡直像是從米勒的畫幅裡走出來。

安娜精力無限，像塊口香糖似地粘在身邊。我必不得已地限制她來莊園的時間，或要來莊園也可以，但只能去我的小屋，不能進入我的畫室。每天早上我很早起來工作，以保證有四五個小時集中心神，差不多已經有二十張左右的畫完成了。我把畫完的畫掛在樓下的各個房間裡，破落的莊園開始顯出紀念館的模樣來了，等這兒修葺完畢，畫幅都配上鏡框，這個古老的修道院也許真的會被當地奉為一個藝術殿堂。

中午時分我回到小屋，搗蛋鬼已經在那兒。滾石樂隊的音樂開得震天動地，喬埃帶給我的畫報扔得滿地，她卻伏在沙發上睡著了。一條短得不能再短的牛仔短褲，汗衫撩了起來，露出一截肚皮，兩隻腳還是稀髒，我輕輕地爬搔一下她的腳心，腳抖索了一下，人卻沒醒來，轉個身又繼續睡。我又好氣又好笑，伸手捏住她的鼻子：「哪有這種睡美人的，還不趕快起來。」安娜兩眼朦朧地坐起：「我睡著了嗎？我睡著了嗎？」轉眼一骨碌地跳起。

我們在一起吃午飯，吃飯在安娜簡直是玩耍，沒一次是安安靜靜地吃完，她把麵包夾了太多的燻腸，作勢張大嘴去咬，燻腸卻從另一頭滑了出來，撒得滿地。或者是把喬埃母親做的濃湯，用調匙灌到瓶子裡，昂著頭喝，汁液滴得胸前衣襟上都是。再就是像猴子似地把杏仁一顆顆拋向空中，用嘴巴去接。一面順勢倒在地上翻來滾去。一頓午餐下來，吃倒沒吃了多少，房間裡卻滿地狼藉。

總算吃完飯，倚在沙發裡，我抽著煙，早上很早起來，躺著就有些迷糊。安娜靠在沙發的扶手上，把兩隻腳擱到我的膝蓋上，翻閱著花花公子畫報，纏著要我說哪個女人最漂亮，哪個女人身材最好？我坐起一把奪下畫報：「你在哪裡翻出來的？這些東西不是你應該看的。」

安娜一臉無辜狀：「為什麼不能看？」

「就是不能看，對你沒好處。」

安娜又把畫報從我手裡搶回去：「這有什麼？紐約街角每個報攤上都有賣。不就是人體嘛。有什麼可以大驚小怪的，我從十歲起就看男人女人的裸體，在家裡我母親和馬里奧常常都不穿衣服地走來走去，心情好時馬里奧會把我母親抱在膝上，當了我的面撫摸她的乳房，挑逗她的乳頭。」

「當你的面？」我不敢致信：「你母親也不管？」

「我母親卻說這沒什麼，女人的身體如果能引起男人的注目，是一件該自豪的事情。」

我驚愕地問道：「有這種事？那馬里奧呢？他有沒有碰你？」

安娜搖搖頭：「他還不敢，他只是光著身子在我面前來來去去，他那個東西好醜，鬆鬆垮垮的一堆皮，蒼白得像條死蛇。」

我震驚得說不出話來，腦子裡浮起在游泳池邊兩具白花花的人體。

安娜又說：「我母親年輕的時候身材很好，我和她上街時有很多男人盯著她的胸脯看，但在家裡不穿衣服時看得出乳房開始下垂了，腰裡也有一圈勒出來的印子。馬里奧說：葡萄酒越陳越好，女人的身體越新鮮越好。」

「你母親多大的年紀？」

「三十六？三十七？我記不清了。我母親自己也很緊張，每天用二個小時化妝，可還是沒用，她一緊張就跟馬里奧吵架，一吵架就抽很多的煙，一抽煙皮膚就更壞，皮膚更壞就更緊張……」

「你母親難道不明白這樣對你不健康嗎？」

「你指什麼？吵架還是裸體？我母親跟誰都吵架，我記得小時候她跟我父親吵得更兇。每一個男朋友都吵，吵到馬里奧已經習慣了。反正他們常旅行，放我一個清靜。」

「我是說兩個成年人赤身裸體的生活方式對你不健康。」

安娜不以為然地撇撇嘴：「So What。裸體有什麼不好？我問你自然界除了人還有哪種動物穿衣服的？」

「動物是動物，人是人。」

「馬里奧像猩猩一樣，一身黑毛。」

我不敢笑出聲來：「衣服不但是保暖，還有個遮羞的問題。」

「羞什麼羞？你們畫家不是說人體是最美的造物嗎？你那些畫裡的男人女人不都是袒身露體嗎？為什麼平常不穿衣服你就看不慣呢？」

我被她問住了，這個女孩半大不大，有些問題跟她講不清。

安娜踢了我一腳：「你說呀。」

我說：「安娜，有些事情是你不懂的，裸體的美是一方面，但另一方面是性，大部分人的眼光越過美，看到的卻是性。你還太年輕，不知道這裡面的風險。」

安娜坐直了身體，做出一副狐狸般的怪臉：「風險在哪裡？」

「風險在於人受不了誘惑，受了誘惑就會做出蠢事來。」

小姑娘一副若有所思的樣子：「你說的我還是不懂，在我看來，裸體，性，都是人身上開放的自然之花，你怎能說開在成年之後就是美麗的花朵，開在成年之前就變成誘惑或者變成罪惡了呢？聖經上說的原罪是不是同一個意思？馬里奧說人都是偽君子，越是想看的越不能看，越是想做的越不能做。」

「你才十四歲，馬里奧這樣說對你的影響不好，性是一種威力巨大的情緒，可以把一個成年人沒頭沒腦地捲進去，身不由己，情緒失控。更不用說對一個心智未開的青少年了。」

安娜撇撇嘴：「那只是你中國人的看法。」

「什麼中國人不中國人，都一樣。哪種文化不崇尚貞女？義大利人不是最尊崇聖母瑪麗亞的嗎？沒有經過性污染的少女自有一種光輝，一種通體透亮的純潔，最粗暴的人在她面前也得收斂起不敬之心……」

安娜笑了起來，笑得詭譎：「那你呢？你不想和一個處女做愛？比如說我……聽說中國人最喜歡處女的。」

我剛想斥責她，驀然想起自己在她裸體之前的種種垂涎之態，不禁臉漲得通紅，話堵在口邊講不下去了。

安娜卻不以為然，接著剛才的話題：「馬里奧也跟我母親討論過聖母的問題，他欣賞美國人對性的態度，你把性看成是洪水猛獸，那麼性就是洪水猛獸。你把性看成是人性的一部分，像人的食慾一樣，那性就是一種非常可口的盛餐，義大利人老了而美國人還年輕，胃口當然不同。食物可以是多種多樣，性也應該容許有不同的取向。」

「你真的相信他的話？」

「為什麼不？馬里奧對歷史和心理學都有很深的造詣，他的書在整個歐洲都賣得很好，邀他去講學的大學都是最著名的古老學府。盯著他的女人一大堆，我母親就常為這個吵架……」

我對這種爭風吃醋的事不感興趣，打斷安娜：「他在美國的話就可能被抓起來，因為他在未成年人面前裸露。」

安娜不耐煩地擺擺手：「你真煩，別來說教了，美國人更不把性當回事兒。我在二年前離開紐約時，班上已經有三個女同學懷過孕，最小的才十二歲，她的男朋友十六歲不到。法律能把他倆怎麼樣？」

「法律雖然無能為力，但那個女孩會吃苦，這麼小的年齡，打胎是一件很痛苦的事。」

「誰說她打胎了？她照樣把孩子生了下來，他們家是虔誠的天主教徒，認為生命從受孕開始，打胎就是殺生，比未婚懷孕還要不好……」

「可憐的小姑娘，她一生從此完了，帶著個孩子，她以後的日子怎麼過？」

「照樣過，她生完孩子，一點沒事地來上課，老師還一再說不能對她有兩樣看待。」

「你們同學之間怎麼說？」

「好奇了一陣唄，過後就忘了，日子該怎麼過還是怎麼過。誰會這麼累地老把別人的事掛在心上。」

我說弄不懂你們這些小孩子，才十二三歲，什麼都經歷過了。性都被你們看透了，沒有幻想了。

安娜說怎麼會沒有幻想？女生們聚在一起談得最多的就是各種性幻想。

「不讀書，不學好，光談性幻想。你看你們這些小女人們。」

安娜啐道：「呸，別假正經了，男人不幻想嗎？我們學校的那些高年級男生，在操場上眼睛直勾勾的，恨不得把路過的女生一個個剝乾淨。你老實說，你沒性幻想嗎？」

「我又不是木頭人。」

「告訴我，告訴我。你的性幻想是什麼？」安娜猴到我身上來了，「我最喜歡聽別人的性幻想了。」

我說男人的性幻想比較簡單，就是你說的操場上的男孩，看女人的三圍，然後想像衣服除去之後是怎麼樣個情景。

「還有呢？」

「沒有了，接下來的就不是性幻想了，而是性實踐。」

「沒勁。」安娜不肯甘休：「男人就這麼狹隘，這麼直接了當，像動物一樣？」

我聳聳肩：「我們從動物進化到人並沒有隔了好久。」

安娜湊在我耳邊說你要不要聽我們女孩們的性幻想？

當然要。但是要她講又不肯了，伏在我腿上笑個不停。

我催她，安娜說太多了，你要我講哪個？

我說我對不認識的沒興趣，就講你自己的吧。

安娜不肯，說我給你講個我最好的朋友的吧。在紐約我常在她家過夜，躺在一張床上，蒙著被單，什麼都講……

「那女孩叫安妮，對，和我的名字很相近。我們是一個曲棍球隊的，我打後衛，她打前鋒。安妮喜歡我們的教練，她的性幻想就是在某個訓練完畢，洗很長的澡，出來發覺更衣箱的鑰匙不見了，可能被鎖在裡面了。同學們已經走了，她只好裹了條毛巾出去找人幫忙，男浴室裡有水聲，她就等在門口，過一會教練出來了，剛洗完的頭髮還滴水。胸肌裸露著，很光滑，沒有胸毛，給人一種乾乾淨淨的感覺。教練很詫異地問她怎麼啦？知道她的困境之後就找了工具去幫她撬鎖。她從後面看過去覺得教練的背影很性感，由於用力，腰部圍著的毛巾掉了下來，只剩下貼身的內褲，那個屁股，好誘人的屁股，安妮在球場上就對裹在運動褲裡的男人屁股想入非非，此時情不自禁地伸出手去，教練一顫，慢慢地轉過身來，內褲裡的那話兒已經豎起脹大，她害怕起來，剛想轉身，教練一把抓住她，拉扯中她身上的毛巾掉下……」

我的喉頭緊了起來，安娜卻若無旁人般地講下去。

「赤裸在一個眼睛冒火的男人面前時的是一種全新的經驗，看著他那副想動又不敢動的樣子，安妮說這個時候她開始有感覺了。身體裡好像有隻無形的手在推她，再往前走一點。她聽從了，於是不再掙扎，把一隻手放在教練的頭上。那麼大的一個男人竟然跪在地上，用手臂摟著她赤裸的身體，像小孩吃奶一樣舔著她的胸部……

更衣室內空無一人，這是個週末，所有的人都回家去了，體育館的大門已經鎖上，鑰匙在教練的手上。浴室裡，一隻沒關緊的龍頭在滴水。

教練的舌頭像剃刀一樣走過她的肩膀，胸部和喉頭，教練的手在赤裸的背上游走，位置越來越往下移去，腿中間已經是濕淋淋的了。這時她心裡有個聲音在那兒說：這不是我情願的，我的身體在你的強迫下起的反應，這怪不得我。

教練把她放平在更衣室的長凳上，癡迷地看著她打開的兩腿之間，就在教練脫下內褲覆上來之際，安妮一根手指點在教練的下巴上那個迷人的凹處，說：『你想清楚了嗎？我才剛過十三歲……。』」

安娜停了下來。我問道：「接下來呢？」

「沒有接下來了，本來就是幻想麼。你可以想像那個男人嚇軟了，你也可以想像那個男人不顧一切地和安妮性交。幻想幻想。幻想哪有不留空間的？」

我沉吟不語。安娜說：「你不覺得安妮的性幻想很刺激嗎？」

我說很刺激，但裡面有點邪惡，也許你描述得太真實了吧。

安娜說既然是幻想，當然越真實越好玩。否則有什麼意思？

安娜說我們不談這個了，她像猴子一樣爬上我肩頭，雙臂環著我的脖子：「今天好熱，我們去游泳吧。」

我說我還要工作，早上有張畫畫到一半，過夜畫面會產生吸油的現象。

安娜說那就等你工作完，你把晚飯帶來，我們在池邊吃晚餐，然後在黃昏時游泳。

我還從沒去過安娜家的房子，被她一說不禁勾起了好奇心。

「主意聽起來不錯，不過你確定馬里奧和你母親不會突然回家來，然後揪著我的耳朵把我扔出去嗎？」

「絕對不會，他在米蘭大學有三個禮拜的講座，而我母親現在正在米蘭的街頭大肆購物呢。來吧。」

我們說定一當我完成手上的畫幅，就過安娜那邊去，安娜說她會做個園丁老婆教她的義大利濃湯，我只要帶麵包和乾酪過去就行了。

我下午的工作並不順手，畫架上是幅丁托雷托晚年畫的非常大的作品，叫做「奏樂的女人們」，一群裸體少女手持各種樂器，或站或倚，神情低斂靜謐，畫面上人物眾多，透視複雜。畫這種大幅的畫需要格外集中精神，你在描繪細節時還得照應總體的效果。我手持畫筆，腦子裡卻老是浮起安娜講那懷孕的小女孩，才十二歲。我的天啊，你能想像一個自己還是孩子的少女手上抱了個嬰兒，一面餵奶一面做作業嗎？你能想像這女孩脖子上從此就掛了一扇磨盤，所有的少年人的娛樂，正常的社交，深造的機會，全部被那個哇哇哭叫的嬰兒剝奪貽盡嗎？人生還沒開始就已經望到了盡頭。

還有個辦法是遺棄這個嬰兒，把他扔給祖父母、社會收養機構、育嬰堂，扔到無論哪只能收留他的手中。啊，生存和生殖，孰輕孰重？一種生命的型式吞噬另一種生命的型式。

畫面上有個少女的眼睛向我注視，那是我自己親手畫上去的一副眼睛，此刻卻像不認識地盯住我。望進這副深色的瞳仁，那兒有少年人的未解世事的天真，像青澀的果子。但我卻讀出了隱藏在雲層後面的朦朧月光，人類代代相傳的密碼在不經意間洩露。無分種族男女年齡，也不管教育社會背景，一種深植在血液裡的衝動，像蛇的舌信倏忽一閃。鮮紅而充滿致命的毒液，卻使人暈眩。

少女的純真有如一枚青色的蘋果，等待著被印上牙痕，緩慢展開的時間中帶有不安，濃厚的汁液在表皮底下發酵，四肢的皮膚上掠過一陣陣戰慄。生命的初潮在黑暗中湧動，自知抑制不了也不想抑制。沒有任何的誘惑比渾沌未開的天真少女來得更為致命，深潭般的眼神毫無設防，引誘你一步一步地走近，鶯飛草長，春陽送暖，你迷醉地伸出手去，手指上感觸到莫名的柔軟，眼睛盯在那精緻起伏的線條上不能移開，呼吸急促，心臟像打鼓一樣，腎上腺素分泌加快，等你醒來之時已經在沒頂的水中了。

牆角裡還有一張上禮拜完成的肖像，叫做「手托乳房的少女」，畫面用銀灰色調子，色彩非常細膩含蓄，有別於丁托雷托一貫的濃烈厚重畫風。畫上的少女呈近九十度的側面，眼睛望向一個不可知的空間，嘴唇微張，身著白色的蕾絲禮服，雙手托著一對完全裸露在禮服外面的乳房，潔白而渾圓，乳頭精緻而顯粉紅色。我當時畫這張畫時完全沉浸在丁托雷托細膩的技巧之中，專注於少女皮膚上淡淡的紅暈，鬢邊影約可見的淡藍色血管，暗金色的細軟秀髮，薄若蟬翼的蕾絲禮服，以及脖項上那串透明的珍珠項鏈。畫這張畫時我擺脫了丁托雷托沉重的宗教闡述，戲劇化的情節，全心描繪一具秀美的肉體，自身也沉醉在半催眠狀態之中。如今隔了一段日子再去看那幅畫，卻顯出另外一層意義來了。

乳房是少女從渾沌未開的懵懂時期走向對身體自覺地第一個特徵，如青澀的桃子懸掛在枝頭，一夜之間透出嫣紅，生硬變得柔軟。更為巨大的變化來自內心，初萌的生命衝動開始覺醒，在異性的眼光注視之下會莫名地羞怯，激情同時湧上，熱流從喉頭穿透胸腔，乳頭在衣衫底下翹起，心跳加速，香汗淋漓……

畫面上的少女捧著一對潔白豐潤的乳房，臉上的表情似禱告又似期盼，她向冥冥中不可知的神明禱告，祈求神明在混沌中指引方向，她又期盼著在混沌中迷失，心中的原始野性渴望衝出藩籬，馳騁在人世間的七情六欲之間。丁托雷托細膩的筆觸有如一隻強有力的手指，從少女光滑的額頭撫摸而下，筆直的鼻樑，柔腴的臉頰，如花瓣似的嘴唇，然後是修長靈活的脖項，手掌貼著肩胛骨，從鎖骨上輕撫過去，最後，手勢一轉，停留在乳房上，而乳房是心臟的所在地……

整個下午我就倚在牆角，調色板放在腳邊，拿畫筆的手指夾著香煙，眼光在一室的油畫中來往巡視，原來只是為了完成任務的臨摹，此時對我有了另一層的意義；丁托雷托決不是一個圖文解釋畫家，在那一幅幅宏大的畫幅中，所有的人物並非偶然出現，每個人都沿著一條羊腸小徑，踽踽而行來到一個廣場，這時聚光燈大亮，每個人都定格在那兒。而丁托雷托大師正是那個操控聚光燈之人。

但歲月之潮把所有的畫面沖淡，今天人們在博物館裡走過丁托雷托的畫幅，忙著看手上介紹文藝復興畫派的小冊子，或者聽那些狗屁不懂的導遊胡亂講解。沒人認真抬頭去仔細觀察丁托雷托的繪畫，更沒人去研究他筆觸之後的精神。對於他們，丁托雷托只不過是眾多文藝復興時期畫家中的一員，名氣沒達文西和米開朗基羅大，畫得當然不錯，但是，人們聳聳肩，實在找不出一個確切的形容詞，拖著腳步走過去，去聽導遊對下一個畫家似是而非的講解。

我很可能就是其中的一個，比起那些心無所思的人們，我最多站定一二分鐘，瞇著眼，端詳一下丁托雷托的構圖，看他是怎樣把眾多人物放在一個複雜的透視空間裡，或者看他對某個聖徒臉上骨骼的素描解剖，或者看他是如何巧妙地應用色彩和明暗的對比。而一樣忽略大師在畫面之下的精神。如果不是這個機會，不是親手一幅接一幅地臨摹丁托雷托的作品，我決計不可能摸到脈絡，不可能順著他的指引在每一條羊腸小徑上摸索下去，也不可能對他宏大的思想及深刻的人性觀察有所瞭解。

大師不是貿然就可以親近的。身為大師，他站在遠高於世人的觀測點，他看到世人在歷史中扮演的角色，而命運是如何地不露聲色地左右每一個人的生命軌跡，一切如潮般地湧來，一切又如夢幻般地消逝。然而，在水深處，有些東西是不變的。

堅硬粗糲的狼毛筆，柔軟而彈性十足的羊毫筆，在大師的掌握中變成一把鋒利的手術刀，切開我們所見的表象，挑開筋脈，顯露出血管，展現那顆搏動著的人類的心臟。

這一切是用繪畫語言表現出來的，是用細細研磨過的礦石和紅土，摻上手工壓榨的橄欖油和亞麻仁油，由一隻堅定的手，繪在繃緊的細帆布上。事件、場景、人群、結構、身姿、臉龐，被深思熟慮的構圖固定下來，然後是色彩、明暗、光影、解剖、透視開拓了一個平面上的空間，再是表情、手勢、眼神、唇語。畫面開始活動起來，人物有了個性，互相呼應，事件展開，一步步逼近臨界點，情緒沸騰如有岩漿在地表之下蔓延，正當熔岩突破地層，熾熱而噴薄，此時聚光燈大亮，一幅厚重而輝煌的畫作就此被固定。

所有的大師都冷傲，他絕不會蹲下身來跟觀眾解釋畫裡的信號及隱喻。他的工程巨大，所有的脈絡錯綜複雜，常人難解。畫作完工之後，大師轉身他去，哪管廟堂香火鼎盛還是門庭冷落。就是深埋地下，也如龐貝遺跡，一旦重見天日，依然輝煌。

我出於偶然，在一個陽光燦爛的下午突然走近大師，在炫目的光芒過去之後，我看見大師的伸出筋骨嶙嶙的大手，掀開少女的衣襟，探入胸懷，溫柔地愛撫乳房，輕拈乳蕾，而少女像花朵一樣舒展、戰栗、盛開、怒放。我掩眼不敢正視，耳邊卻響起大師如詩卷的言語：「生命自在，花開必然，並非良善，也未罪孽，勘折將折，只憑機緣，時光倏忽，轉瞬成空……」

腳下的陽光已轉為金黃一片，我猛然想起安娜晚上游泳之約，一下午就在神思惶惑中溜走，畫面上一點進展也沒有。我匆匆地收拾畫具，洗手準備去安娜家赴約，臨行前打開食櫥一看，乾酪被老鼠咬掉一塊，麵包也發乾裂開了。怎能帶去安娜家？下山去吧，小鎮上的麵包店很早就關門，看樣子來不及了。怎麼辦？

我突然想起老羊倌，他有時在山上放羊二三日，隨身攜帶一定數量的新鮮麵包和乾酪，何不先問他挪借一些，明晨就下山去買了還他。想到此處，我收拾一下，掩上門，走向後山找羊倌。

這段路我以前獨自散步時常走，我大概知道羊群在哪一帶放牧，牧羊人也在附近晃悠，有時他坐在樹陰處削一根尖木棍，用來打野兔子的。有時他就躺在草叢裡，噤著一株草莖，仰望天空。有幾次我差一點絆在他身上。老頭悠悠坐起，用粗大的手掌撫摸頭髮，臉轉向你，目光卻飄搖，嘴邊裂開一個大大的癡笑。突然想起什麼似地一轉身，在草叢裡找出一捧蘑菇，或一塊羊乳酪。我實在不好意思接受，這個孤獨人，身無長物，好像也沒家人，在半荒蕪的山上獨自苦度年月，病痛無人照應，寂寞沒人聊慰。我們推讓半天，結果是那些食品第二天早上出現在我屋前的台階上。

登上山坡，我已經看見三三兩兩的羊群，老頭應該就在附近，如果找不見他人影，用手圈在嘴上啊啊大叫幾聲總會出來。希望他備有餘糧，天邊已經映出一抹桔紅的晚霞，時候不早了，安娜該等我等急了。

羊群顯得不安，牠們並不低頭吃草，卻擠在一起咩咩地叫，四周望不見羊倌老頭，我再走幾步，攀上一塊大石。正準備放開喉嚨喊叫，眼光卻瞥到山凹旁的一叢橄欖樹下有影子晃動，再仔細一看，我噤住了。

老頭背對著我，上身還是套著那件薑黃色的軍便裝，下身的褲子卻褪到膝彎，露出乾癟的屁股，正在一前一後地聳動著，那姿勢不言而喻。只是他身下的不是女人，而是一隻母羊。老頭的大手揪著羊的項毛，另一手掀起羊尾巴，那可憐的母羊好像做慣這事似的，也不見怎樣掙扎，仰起了頭，由老頭折騰，不時咩地叫一聲……

我神魂顛倒站在那兒不知多久，腦中一片空白，也許二秒鐘，也許二分鐘，也許二十分鐘，直到一隻蝙蝠在我臉前很近地劃過，我才驚覺到應該趕快走開，轉身爬下，心急慌忙踏鬆一塊石頭，腳一滑失去平衡，整個人從二米多高的大石頭上摔下來，腰眼狠狠地撞在什麼堅硬的東西上，疼得我眼冒金星，有好一陣子失去了知覺。

再睜開眼時，第一個印象是紫色的天幕上一個黑色的影子，老頭像隻大鳥似的蹲在我面前，那張臉上的表情看來格外猙獰，牙呲了出來，額上的一根青筋撲撲跳著。我下一個幻覺是他兩隻青筋畢露的大手伸過來扼住我的脖子，在我不能動彈的情況下他要弄死我是件輕而易舉的事。在這種地曠人稀的山上，就是喊破嗓子也沒用，何況我有沒有力氣喊都是個問題。

但老頭只是把手伸過來插在我的背下，扶我坐起，又從身上掏出一個扁扁的銅酒壺，打開蓋子湊到我嘴邊，我喝了一大口，強烈的酒精順著咽喉而下，一股熱流在胸腔裡亂竄，一口氣喘了過來，腰部的疼痛也沒那麼厲害了。老頭又比劃著，意思讓我再喝幾口酒，然後站起來走動。我在老頭的攙扶下站了起來，伸伸腿腳，又活動一下腰部，謝天謝地，看來沒摔壞大零件，腰眼裡還是一跳一跳地疼，但是已經可以行走了。看看天色已晚，我謝了老頭，堅辭了他要送我下山的意思，一步一步挨下山來。

安娜

我高一腳低一腳地回到屋子，腰裡還是一跳一跳地疼，我順手抓過床頭的酒瓶，喝了一大口，這才想起安娜還在等著我去吃晚餐，真不湊巧，今天家裡沒有新鮮麵包，沒有乾酪，我絕不願意再去找放羊老頭，我眼睛在房裡巡視一下，只有幾瓶酒在架子上，我情急之下抓了一瓶，就匆匆往安娜家趕去。

小姑娘已經等急了，在她把埋怨像暴風雨一樣傾瀉出來之前，我趕快說在路上摔了一跤，差點來不了這裡。安娜聽了把我一把推轉身，撩起我的衣襟看了，說腰裡好大一塊烏青。我說可惜沒麵包和乾酪了，只有一瓶酒。安娜拍拍手說她喝酒太早了一點，反正做了一大鍋湯，夠我們兩個喝的。

趁安娜在廚房裡手忙腳亂，我在房子裡流覽了一遍，此幢房子跟丁托雷托莊園應該是同期建造的，當然沒修道院那麼龐大，但也是稱得上巨宅了。房子中央也是有個天井，兩棵大橡樹下一片整齊的草坪。迴廊上重新鋪過大理石，牆面也粉刷過。室內全部改建過，正對天井的一面把二樓全部拆去，建成一個巨大的客廳，感覺像一個劇院，全部用奶黃色的大理石鋪地。從地面到天花板有三十尺之高，上下兩排穹形長窗。從廚房窗口望出去是後院的草坪和游泳池。左翼樓上是一長排房間，我問安娜你住哪一間？小姑娘在廚房大聲回答：「最盡頭的一間，離我媽和馬里奧越遠越好，不過你不許進去。」

我笑笑，繼續參觀。很多房間都空著，蒸騰著一股霉味，堆滿老舊的傢俱和不知名畫家畫的巨幅大畫。盡頭安娜的房間一片凌亂，到處是招貼畫，歌星影星童話人物混在一起。大床上被褥全部落到地上，露出陳舊的席夢思床墊。到處衣服，乾淨的和換下來的髒衣服混在一起。牆角裡一個巨大的泰迪熊四腳朝天，地板上佈滿了唱片和磁帶，連腳都插不進去，安娜在樓下扯尖了嗓子大叫：「看什麼看。再看我就要在湯裡下毒藥了。」

下得樓來，廚房裡鍋盤聲響成一片，天已經黑了下來，不能在游泳池邊吃飯了。安娜讓我去後院拿些柴枝，先把起居室的壁爐生起火來，我說為什麼不在餐廳用餐？安娜說餐廳臨著路邊不隱蔽，放羊老頭常常偷窺。我心裡咯噔一下，但什麼也沒說，在後院抱了柴枝進起居室去。

起居室也很大，面對後院的一角，一排長窗前是垂下的爬牆虎藤蔓。一個大理石壁爐看來是古董，雕著兩個女裸體撐著兩頭，姿勢各異，橫檔是一串串的葡萄枝蔓。大理石色澤暗黃，閃著像象牙一般的溫暖光澤。這哪是壁爐，分明是一件頗少見的藝術品，我說安娜你肯定這壁爐能生火？安娜大聲回答：「少廢話，叫你生火就生火。湯馬上就好。」

我先用紙片燃著小火，等旺起來之後再把柴枝小心地架在上面，然後在等火生起來之時在房間裡打量，地上鋪著厚厚的波斯地毯，一圈質量很好的沙發，咖啡桌是用一大塊大理石的門楣做的，渦型的花紋精雕細刻，看來也是件年代遠古之物。牆角一張擺設台放了些盆栽，由於缺乏照料，葉片已經發黃耷拉下來。還有幾張裝在鏡框裡的照片，那男的顯然就是馬里奧了，從照片上看來他是個清瘦的男人，穿件豎條紋襯衫，五十來歲，臉上的骨骼很明顯，一個大鷹勾鼻，眼睛是那種看透世情的輕蔑，嘴角深深兩條紋路帶著一股玩世不恭的譏笑，頭髮禿得只剩腦後一圈，顯出一個飽經世故的大奔額頭。照片的背景有在紐約的，有在日本京都一片櫻花前穿了和服拍的，也有在君士坦堡大清真寺前拍的。

旁邊那女的就應該是安娜的母親了，顯而易見，這是個很好看的女人，從照片上看來三十多歲，風韻還是非常亮麗，細腰長腿，胸部正如安娜所說的非常飽滿奪目。一頭淡金色的頭髮在風中有點凌亂，卻增添了一般這個年紀女人沒有的媚嫵。她生有短而挺直的鼻樑，性感的大嘴，嘴角上翹，像是馬上要講一個幽默故事。我覺得她是那種典型的高加索種的美女。豔而冷。我得出這個結論主要是看那副眼睛，藍中帶綠的眼神清澈，但也冰冷，我下意識裡還覺得這副眼睛隱約有股肅殺之氣。不像我原先所設想的形象，一個過氣但風韻猶存的好萊塢女演員，但沒見過本人，單憑一二張照片是不能作出準確評斷的。

安娜雙手捧著一大碗湯進來，看我在端詳照片，說那是我母親，你覺得她漂亮嗎？我說這一看就看出來了，大小一對美人兒。安娜說我母親年輕時每個人都說她長得跟賈桂琳・甘迺迪一模一樣，你覺得呢？我說：「賈姬是深色頭髮，你母親是淺金色。」安娜說那是染的，她的頭髮跟我一樣顏色。不過現在已經不流行淺金色了。我再看了一眼照片，如果這個女人換成較深的發色，倒真的和那位前第一夫人有幾分相像。

我們坐在地毯上喝安娜煮的湯，味道實在不敢恭維。太鹹不說，安娜在湯裡放了太多的材料，有土豆、義大利豌豆、甘藍菜、洋蔥和沒剝皮的番茄，湯裡的牛肉沒煮透，嚼都嚼不動。安娜說這是她第一次為一個男人煮湯，她自己平時都是吃個乾酪三明治，或者啃個蘋果吃塊巧克力就對付過去的。聽她這樣說，我這個受惠者當然要領情，勉強喝完一碗湯，又添加了一些土豆塊，算是吃完了晚餐。安娜自己並沒有吃多少，勺子在碗裡攪來攪去，把牛肉揀出來扔在地上餵黑貓，那黑貓聞了聞，卻沒興趣，弓著身子伸了個懶腰，一下子躍上沙發打盹去了。

「咪咪不喜歡我煮的湯。」安娜的神情多少有點落寂：「有的時候牠不吃任何固體食物，就喝點牛奶。你看牠多瘦。」

「貓是很會照顧自己的一種動物，餓了的話牠會去找東西吃。」我安慰她。

「事實上我花了一下午煮的湯不好喝。」安娜把湯碗推在一旁：「我很小心地煮，很小心地放鹽，過十五分鐘就去嚐一嚐，嚐起來都很淡，不知道怎麼一下子變得這麼鹹了。」安娜的樣子像要哭出來了。

我輕輕地一攬，安娜就無聲地靠進我的懷裡。

房子雖然裝幀得氣派和華貴，但實在是顯得又空又大，壁爐裡的火暗暗地躍動著，光影在牆上像水波一樣浮動，桌上湯汁淋漓，黑貓在沙發上不時地抬起晶亮的眼睛盯著我們，看到我們只是依偎在一起，便沒了興趣，頭一歪又臥回去打瞌睡。

我們聽安娜收藏的音樂唱帶，小妮子喜歡奇奇怪怪的東西，有些我從來沒聽過。我們聽的一卷是「沒有拉鏈」，由一個嘶啞的女聲唱著，曲調平緩，如泣如訴，敘述一個女人在度假的山村中給她女友寫信，自述她怎麼找了個年輕小夥子作情人，沉睡已久的性慾在水邊和陽光中甦醒……音樂非常頹靡，女人的嗓音飽含情慾的震盪和低徊。在半明半暗的夜色中像蛇一樣潛入人的心裡……

「喜歡嗎？」安娜問我。

「說不上來。這是我第一次聽這種音樂。你呢？」

「太喜歡了，我為這個女人的嗓音著迷，更為她的無情著迷。」

「怎麼會是無情？這女人深情款款，沉醉在愛情和肉慾裡。」

「你沒聽出假期很快就要結束，那個時候女人就會把小夥子給扔了。像扔掉一雙穿舊的鞋子一樣。這不是無情是什麼？」

我說我聽不出來。無情的女人使人感到可怕。

安娜說正相反，無情的女人是絕美的一種人類，像頭美麗的豹子一樣。

小小的女孩喜歡玩弄鋒利的刀，我只能搖頭，無言以對。

我在廚房找了兩個杯子，打開酒瓶塞子，為我自己倒了滿滿一大杯，在另一個杯中倒了一點，帶去起居室。安娜並沒有拒絕我遞過去的酒，仰頭一口就喝乾了，伸出杯子還要，我說可不敢再讓你喝了。安娜就趁我不注意時從我的杯子裡喝，一瓶酒在不知不覺中就見底了。

安娜頭髮上傳來我熟悉的氣味，一個年輕的女性身體散發出來自然的芬芳，溫暖而疲憊的芬芳，帶一點汗腺的味道和廚房油煙的燻騰。她脖子上的皮膚粘粘的，我親了一下她的耳朵，低聲道：「不要再去想晚餐了，你第一次的湯煮得不錯了。要不要先去洗個澡？」

安娜抬起頭來：「不是說好去游泳的嗎？游泳完再洗澡吧。」

我看了看外面的夜色，月亮已經升了起來，照得後院白晃晃地一片。

「這麼晚了，你還想游嗎？另外，天好像已經冷下來了。」

「太陽曬了一天，水溫比氣溫要高五六度，游起來很舒服的。我常在上床前游上一會，游完睡覺特別香甜。」

在月光下游泳，對我說來是種全新的經驗，安娜說你先去做準備，她馬上到游泳池和我會合。

我拿了毛巾來到池邊，月亮正圓，空氣透明，遠山縹緲，夜間的草地散發出好聞的清香。游泳池比從我的小屋看過來大很多，大概有五十尺乘二十五尺的光景。在深藍色的天幕下波光粼粼。池水上漂浮著一具充氣的塑膠浮墊，池邊放置著兩張帆布躺椅。

我把毛巾放在躺椅上，褪下汗衫和牛仔褲，只穿著內褲做了幾個暖身動作，然後把手伸進池子試試水溫，水不涼，但也說不上暖。我縱身躍入水裡，渾身一激靈，趕緊游了兩個來回，皮膚上的雞皮疙瘩才消下去。

好久沒下水了，記得我最後一次游泳還是在逃亡途中，和薛暖在武夷山中的一個水庫裡，走路走得渾身大汗淋漓，看見一大片碧水，無論如何抵擋不住那種清涼的誘惑，四周無人，只穿著褲衩游了個痛快。我還記得薛暖穿著貼身的背心，被水一浸，兩顆乳頭在半透明的棉紗後面若隱若現，引得我心旌搖盪。在三藩市的日子，住的地下室沒有洗澡設備，我每個禮拜兩次去公共游泳池，運動兼洗澡。但在乘遊艇橫渡大西洋之後，暈船暈得我一下子對水失去了興趣，在義大利期間從沒想要游泳。

一個白色的影子從我頭頂上方掠過，輕巧地躍進水裡，在月光下看到一個白色的身影在水底向對岸潛去。安娜在池壁處冒出頭來換了口氣，然後再次潛入水中，水波一圈圈散開，幾秒鐘之後，我的腰部被一條手臂勾住，安娜冒出頭來，像一條魚那樣地抖擻，甩去頭髮上的水，當她跳起來勾住我的脖子時，我的手掌觸摸到一個光溜溜的背脊，她什麼也沒穿。

我們的身體相擁，溫暖的水包裹著身體，像黑夜包裹著世界。

在水裡肌膚與肌膚相觸地感覺奇妙無比，水中的浮力解放了固有引力，身體變得輕盈，自由。可以隨意地托起放開，身體間的碰觸變得不可捉摸，一下子你擁著一個光滑的肉體，一下子你又擁著一抱虛無，腿和腿像魚兒般地相擦、交纏、嬉戲。胸腹貼著胸腹，胸前的皮膚感到安娜硬起的乳尖摩擦而過，若有若無地挑逗得我渾身血脈賁張。下面更是像把劍似地挺起，硬繃繃地隔著褲子頂在安娜的腿間。

安娜親吻著我的胸膛，然後深吸一口氣，潛下水去。我感到她摸索著我短褲的褲帶，解開褲子褪到我的腿彎，她的手臂環住我的腿彎，嘴唇和手指在我大腿內側滑過，最後，很堅定地抓住我身體當中的那個突起物，含進嘴裡。我雙手撐在池壁上，頭向後仰，渾身被一股巨大的戰慄浸透，腦中空白成一片。

夜幕垂得很低，月光皎潔，大顆大顆的星星欲滴未滴。草坪上傳來青草的芬香，鳴蟲像個小型的樂隊，在一聲號令之下開始鳴唱。池水溫暖，空氣冰涼。我閉上眼睛，渾身癱軟，丹田間洶湧著一股激流，堤岸隨時會崩毀……

時光無限，柔軟無限，時光在柔軟中沉醉，在柔軟中流金溢彩，燦爛花開。

魚兒般地突然躍出水面，月光下的頸項、肩膀、乳胸倏忽一現，安娜把頭髮向後甩去，水珠濺了我一臉。我伸手攬住那條活蹦亂跳的美人魚，擁進我的胸懷，低下頭，尋找她的嘴唇。

安娜還在大口地喘氣，像條泥鰍般地掙扎，我雙手捧著她的臉，對著她的嘴唇深吻下去。安娜的唇冰冷、柔軟，帶著春天樺樹抽芽的氣味。我的舌頭碰到她的牙床，碰到她忽開忽合的貝齒。開始安娜還「格格」地笑著，把臉扭來扭去，作態要咬我的舌頭。我雙手環抱著她的腰，不讓她滑出我嘴唇的攻擊範圍，一波一波地吻著她的耳垂、眼睛。安娜的抵抗軟了下來，手臂勾著我，人向後仰去。

安娜的嘴唇和舌頭如花間的蜜蜂，急促而鍥而不捨，又如草叢間的蛇，在不防間猛一口咬住要害。她主動地用舌尖頂開我的牙齒，把一條溫熱的舌頭送入我口中，吮吸、轉動。在我想捕捉那條調皮的舌頭時，她又靈活地捉迷藏似地逃了回去，在我追捕她的舌頭上很重的咬了一口。看到我手掌上淡淡化開的一絲血跡，她的吻又變得極其溫馴和柔軟。

月光下的水變得質地厚重，像瓶中的美酒，我們像兩條沉醉的魚兒，赤條條地在水中嬉戲，在水底看去安娜的頭髮像海藻一樣飄浮流蕩，肉體潔白晶瑩，小屁股動力十足，兩條腿像魚尾巴一樣地擊打著水流，腿間的那條縫若隱若現。我們在水中追逐，碰撞，保持不動地接吻，把憋著的呼吸吐進對方的嘴裡，咳嗽，嗆水，浮上水面大口地喘氣。一眨眼，我又感到安娜在水底下潛到我的兩腿之間。

直玩到精疲力盡，我們濕淋淋地跑回到屋子，月光下的二串腳印黑白分明。

起居室的爐火已經熄滅，安娜跑上樓梯，我跟在她後面，來到她的房間，安娜也不管渾身的水沒擦乾，縱身一躍，跳上她那張凌亂的大床，把自己裹在被單裡。

我很想洗個熱水澡，安娜說熱水爐壞了好久了，要熱水得去廚房燒，明天再洗吧。我說也不能就這樣濕淋淋地就睡啊，你會弄出病來的。安娜說她一向如此，游完泳就直接跳上床，感覺上像回到母親溫暖的子宮。我找了一條大毛巾，扯開被單，把安娜從頭到腳地擦了一遍，再把自己擦乾，然後在安娜的旁邊躺下。

安娜裹著半濕的被單，背向著我。我擁住她，感到她在微微地打顫，我又起身從滿地的衣物中找出一條毯子，這才感到暖和了點。

被單下面安娜的身體火熱，她依偎在我的身邊，半濕的頭髮貼在我的頸窩裡，安靜地，像一隻半瞌睡的貓，手指無意識地從我喉頭劃過，經過胸膛，肚腹，停留在我鼠蹊處，卻不再往下探去，引得我心癢難熬，那隻手又沿著我身體的中軸線而上，在心口上一偏，一個手指按住我左面的乳頭，或輕或重地旋轉搓揉。我口乾舌燥，胸中慾火燃燒，一個翻身把安娜壓在身下，所有的理性，所有的顧慮，所有的道德底線全部被我拋到九霄雲外，腦子裡只想著身下那具女體，鮮嫩而多汁，想像著痛快地撕裂花瓣，想像著把我的生命本源擠進一個相容相符的身體，感受到快感的產生和飽和，然後噴濺而出，淋漓酣暢。

啊，不要指責我，不要唾罵我，我自會批判自己，會用悔恨的利爪撕破我的臉皮，現在我像一頭發情的種馬，被一根柔嫩的手指所挑逗，狂暴地踐踏著自己的理智和心性，體內的荷爾蒙大潮排山倒海而來，摧枯拉朽，我放蹄奔向黑色的草原，而草原盡頭是深不見底的懸崖，種馬明知粉身碎骨等在前面，但那在空中一躍的體驗何其美麗，那墮落深谷的一瞬間何其漫長。

黑色的草原，馬蹄翻騰，明月映照。

安娜卻不太合作，她先是想把我從身上推下去，推不動。又把兩腿併得緊緊地，我親著她的耳朵，問她：「你是不是愛我？你是不是愛我？你是希望和我做愛的，是不是？」

安娜顯得極其迷惑，一下點頭，一下搖頭，兩腿間卻依然沒有鬆動。我又加大壓力：「如果你真的愛我，我也愛你。此時此刻最自然的事就是兩個相愛的人做愛，這不是你也想做的事嗎？」

安娜呢喃道：「是的，我愛你，中國人，總有一天我們會做愛，但不是在今天。」

我的前蹄絆了一下：「為什麼不是今天？」

「我就是不要在今天。」

「為什麼？」

「沒有理由……就是不要。」

我心中的邪火未熄更旺，老覺得再加把勁，小妮子就會軟化下來，我們幾次在做愛的邊緣，結果都是不了了之，今天這一切不是正合天意嗎？一切不都是順理成章嗎？晚餐、游泳、性的愛撫和嬉戲，這一切都是合情合理導向劇情的高潮。一場性愛，一場完美的肉體盛宴，一場雙方面的付出，你的童貞，我的良知，在一霎那粉碎。是時候了，安娜，我們將穿過那座荊棘的拱門，沿著谷地前行，在目力所及之處，大片大片的性愛之花盛放。

這是我生命中最為迷亂的一個夜晚，以致我拼湊記憶的片斷時發現有太多的缺失，無論如何也形成不了一張清晰的圖畫。我並沒有為自己開脫的意思，在本書的最後部分，你會看到我對生命已經把握不住，腳步飄搖，道德的負擔早就被我卸下，世人的評判和譴責落在我身上就如雨水落在鴨子的羽毛上一樣。我極想對你們描述那天夜裡究竟發生了什麼，沒發生了什麼，以及什麼是該發生而沒有發生的，還有，什麼是不該發生而發生的。

那天晚上對我說來是個漩渦，對了，是個看來平靜但內裡飛快轉動著的漩渦，時間的秩序分崩離析，因此現實和想像攪成一團，我不能說哪些是真實存在的，哪些是在想像中存在的。安娜也幫不了太多的忙，她的描述跟我一樣混亂。我非常希望這本書從來沒寫過，或者說，寫到一半時我被抓去坐牢，生一場熱病，把以前發生的事忘個精光，也許那樣我就可以卸下心裡的大負擔。但是，一切都還是依舊，一切都如似水流年，那個漩渦只在夢裡出現，而事實，所有的事實，在我們講述時，已經面目全非，我對這點深信不疑。

我講到哪兒了？噢，安娜和我在半濕的被單下掙扎，我的話語依然溫軟，但動作卻漸漸地增強。而安娜雖然還說：「不。」但已經只是一種下意識的延續，她身體一點點地變軟，她的抗拒一點點地退卻，她的額頭、鼻樑、眼睛、人中、嘴唇、下巴、咽喉、耳垂、鬢角，被我印下無數個吻。我的舌尖沿著鎖骨、胸乳、乳頭、腋窩而下，感到皮膚之下細微的脈管博動。我掀掉礙事的被單，跪在床上，使我的想像得以和嘴唇舌尖一起信馬由韁繩，在平滑的腹部閃耀著一眼深泉，臍眼昭示了我們從黑暗中來，回黑暗中去。鎖住的大腿這時被輕易地打開，安娜的陰戶像是在清晨盛開的花朵，露水淋漓，若開若合，飽含著一股莫名的雌性芬芳。

我想那時我的舌頭已經游離在我的體外，根本不接受任何的指令。它完全變成一隻蝴蝶，在花叢中翻飛騰躍，輕柔地落在花蕊之中，輕舔著，吮吸著，大口地吞噬汁液，它夢遊般地繞著圈子，每次下降都準確無誤地降落、占領、覆蓋。花蕊散發著一陣比一陣強烈香味，空氣中佈滿了酒和酵素，黑夜變得無盡地深遠，一種潛藏的獸性開始甦醒，情慾嚎叫著要求得到滿足。

在黑暗中沒有理性之光，一切都服從那股強橫而專斷的慾望，聖經上有句禱告詞說：「不要讓我們遇見試探……」其實這句話早就揭露出人是不可能抵擋試探的，在一切被抽離之後，我們剩下什麼？告訴你，非常可悲，什麼也沒有剩下。我們本能地服從最迫近的反應，時間對於我們是不存在的，我們每個人都只活在當下，只活在你感知的那一秒鐘，其餘的都是虛無，當你必須做選擇之時，你不可避免地選擇能夠握在手裡的「當下」。

我的記憶在此處遇到第一個斷層，我只記得當時好像是萬事俱備，安娜和我一樣，渾身大汗淋漓，身體呈舒展狀，她的姿態告訴我，所有的屏障都已經撤除，只等待最後薄薄的一層膜被衝破，只要一步，只要物理上那麼簡單地前進一步，空間移動那麼二三公分，一個全新的世界將出現在我們的眼前。

但在殘存的記憶中我不敢肯定，那二三公分的距離有沒有突破？有這個必要去追究麼？我只記得那天我好久以來第一次射精，那種鬆弛，那種終於掙脫了昨日的陰霾心情，我終於把薛暖排除在外。

相隔了多時的身體功能一旦恢復，所帶來的震撼是巨大的，使人心神恍惚的，就如瞎子突然睜開眼睛，眼前的景象吞噬了一切的感官，而睜開眼睛時的細節全部被淹沒。我還記得我被強烈的興奮和突然來到的鬆弛弄的精疲力盡，之後就在安娜身邊沉沉睡去。我好像在半睡半醒之際聽到安娜低聲的哭泣，一個激靈翻身坐起，看到她睜著兩眼，望著窗外的月光，臉上帶著夢遊般的神情，像一隻洞穴裡的兔子。

清晨時灰色的幽光漸漸浸入房間，安娜臉朝下俯臥在我的身邊，現實開始回到我的腦中，在昨晚的迷亂中，我到底做了什麼？我是否真的跨出那一步？和一個十四歲的女孩性交？如果真的發生了，安娜會不會懷孕？這個念頭一閃，我馬上後怕起來，警察的黑制服、手銬、法庭上戴假髮的法官用一種我聽不懂的語言對我宣判，被送到西西里海外不知名的荒島上服刑。越想越不對，我一掀被單，跳起來檢查床鋪，一夜折騰下來床單皺亂不堪，我發現昨晚射出的精液已在被單上凝結成塊，但是，沒有血跡，沒有處女變成婦人的那一抹標記。但這並沒有使我心情寬鬆下來，女人的第一次並不一定會流血，這在哪本書裡讀到過，但書裡沒告訴我一個十四歲的少女被人強暴之後會有什麼反應。而所有的指頭都會向我指來——強暴者。

我俯在安娜耳邊輕聲喚道：「安娜，安娜，你還好嗎？」安娜不回應我，只是翻了個身，我觸摸到她的身體，感覺火熱，再一摸她額頭滾燙，安娜發燒了。

我滿地亂翻尋找衣服，卻怎麼也找不到，這才想起衣服都留在游泳池邊了。只得圍了條毛巾掩出門來，天邊剛透出魚肚色，游泳池水一平如鏡，我的衣物散亂在草地上，被露水沾得精濕，而我的短褲，還漂在游泳池裡。正當我手忙腳亂地把衣服套上身時，忽然聽到羊群的「咩」聲，抬頭一看，老羊倌正對著一叢矮樹叢小便，他目光散亂，盯住我像看一個陌生人似的，完了之後還抖了一陣子，轉過身，趕了羊群上山去。

我呆立在那兒好一會，腦中一片空白，直到有只早起的雀鳥「嗖」地一聲從我臉前飛過，魂才回到我身上，趕緊三腳兩步趕回屋去看安娜。

在灰白的晨光下，安娜頭髮散亂，眼睛緊閉，臉色潮紅，胸口似有氣喘的聲音，一定是昨夜游泳受了涼，這十月中旬下露水的季節，平時都應該穿毛衣了，可我們昨晚還一絲不掛地瘋了大半夜。我想起在我的小屋裡還有一些三藩市帶來的感冒藥，應該先讓安娜吃幾顆。想到這兒，拔腳就往我的住處跑。

索妮婭

我奔上台階時踢翻了羊奶罐，白色的奶液沿著台階往下淌，一股新鮮的羊奶味瀰漫在藍色的晨曦中。我顧不上收拾，抬腿跨進門裡。

一進門我吃了一驚，索妮婭一身黑衣，臉色蒼白地端坐在我的房中，像隻龐大的黑寡婦蜘蛛。我一霎那有個幻覺，覺得她是來告訴我一個噩耗，是誰？喬埃？金妮？還有誰？但索妮婭嘴唇抿成一條線，什麼也沒有說，眼神空洞地直視我身後的牆壁，就如我是屋外飄進來的一片樹葉。

我沒功夫跟這女人打招呼，在房間裡把櫃子抽屜亂翻一陣，但就是找不到帶來的感冒藥，越急越出亂子，衣服書籍被丟得滿地，一瓶四七年的聖・路加從架子上掉了下來，在磚地上「啪」的一聲砸得粉碎，紅色的酒液濺得到處都是。

我身後響起索妮婭粗啞的嗓音：「不用找了，她這病不是幾片感冒藥能起作用的。」

我像是被鞭子抽了一下，跳起身來，轉身望著她：「你說什麼？」

索妮婭看來顯得很疲憊：「那個女孩子不是病了嗎？你的藥治不了她的病的。」

我左右看了看，又伸手在大腿上捏了一下，以確定我不是在做夢。我耳邊沒來由地響起尼爾的話：「這是個女巫。」索妮婭在橫渡大西洋時種種詭譎的印象一下子浮上我的腦際，我在微涼的大清早背上突然起了一陣雞皮疙瘩。

索妮婭的嘴唇嗡動著，我沒聽見她在講什麼，身子卻不由自主地跟著她出了門，穿過天井和院落，再走進相鄰的大屋，登上樓梯，來到安娜的房間。

走進房門就感到一股濃烈的性氣息撲面而來，汗液的酸味和精液的苦杏仁味道直衝鼻腔。安娜蜷縮在被單底下，看起來是那麼地無助和柔弱，像一隻奄奄一息的小兔子。

索妮婭走到床邊，掀開被單，安娜發出一聲呻吟，把身體更緊地蜷縮起來。索妮婭只撩開她的髮絲，觀察了一下耳朵，再俯身聽了聽安娜的呼吸聲，重新又把被單蓋上。

索妮婭命令我把所有的窗打開，讓空氣流通。她自己在廚房裡找了一個大鍋，把一些植物的枝葉放進去煮，同時在旁邊念念有詞。房子裡瀰漫起一股濃郁的天葵、迷迭香和甘草的藥味。最後，她在沸騰的水中倒入一包黑色的粉末，命令我把整鍋水端進安娜的房間裡去。

索妮婭好像不怕高溫，用一塊毛巾蘸了藥水把安娜的全身擦遍，安娜閉著眼睛，開始還微微地掙扎，隨著索妮婭的動作，她一點點放鬆下來。索妮婭擦拭得很仔細，連腋窩、股溝和腳趾縫裡都鉅細無遺地擦到。我走近去看安娜，她的臉色平靜，鼻翼輕輕地噏動著，很長的眼睫毛微微地抖動，已經睡著了。索妮婭把所有的窗都關了起來，拉上窗簾。說：「我們走吧。」

我表示要留下來陪伴安娜，索妮婭說她在六個小時之內不會醒來，你留在這兒沒有半點好處，只會更加重她的病情。

我已經六神無主，索妮婭說什麼我只有聽的份。我們離開了安娜的屋子，回到丁托雷托莊園，我開了一瓶四七年的聖•路加，滿滿地倒了兩杯，遞了一杯給索妮婭。

索妮婭好像有心事，端了那杯酒一飲而盡，又把杯子伸向我。我在給她酌酒時看到她眼睛底下有很重的一片陰影，好像一個人長期失眠的樣子。鼻翼兩側形成兩條深深的溝痕，使得那個鷹勾鼻顯得更加突出。加上她的一身黑衣服，看起來真像一頭猛禽。

索妮婭突然抬起頭來問我：「你有什麼音樂嗎？」我走到錄音機那兒，按下播放鍵，上次安娜留在機器裡的「在黑暗中舞蹈」響了起來，我想選張別的，但索妮婭做了個手勢，示意讓音樂繼續下去。

我昨晚一夜折騰，此時鬆弛下來，又喝了酒，不知不覺地靠在沙發上迷糊過去。

朦朧中只覺索妮婭輕觸我的手臂，我一睜眼，看見她不知什麼時候換了一套衣服，還是黑色的，但式樣是年輕人穿得那種，緊身的上衣，在肩膀處蓬鬆開來，束腰，胸脯在薄紗後面微微顫動，下面是一條寬大的綢裙，一直拖到腳背。她的頭髮緊緊地向後抿去，在腦後挽成一個大髻，耳朵下垂了一對大大的耳環，而她的眼睛，又大又深，像一潭密林中的池水。她彎腰注視著我，眼睛裡閃動著一股苦惱而又狂野的光芒。

我不由自主地站起身，手扶著她的腰枝，而索妮婭把手臂搭上我的肩頭，她身上有一股強烈的麝香和苦艾草的味道，直衝我的鼻腔，使得我忍不住想打噴嚏。

索妮婭顯出我從沒見過的溫柔，她的手指輕輕地觸著我頸背上的皮膚，她呼出的氣息吐在我的脖項之間，她的腰枝柔軟，小腹緊貼在我身上，她的大腿修長，不經意地摩擦著我的身體，我在她的帶動之下開始慢慢地在房間裡走動。

那是一種舞步，一種使人恍惚又興奮莫名的舞步，有些像慢四步，又有些像狐步，我並不是一個很好的跳舞者，但在索妮婭的帶動下卻也跳得自如，全然沒有平時硬手扎腳的感覺。只覺得雙腿自由擺動，像踱步那樣自然，又有一種身心俱飛的昂揚，我們輕易地繞過倒下的椅子，繞過房間裡亂七八糟的雜物，像一對靈巧的職業舞者在地板上輕盈地滑動。

窗戶開著，窗簾被微風掀起時可以看到田野的一角，陽光正穿透薄霧，一塊景色沐浴在明亮的光線中，纖毫畢現。轉瞬間霧氣又重新籠罩，一切的景物在淡藍色的氤氳中若隱若現。

索妮婭的手臂勾得更緊，她的臉貼在我的肩頭，我聽到她在低聲呢喃，仔細聽來她在低呼一個名字：喬埃。喬埃。我連忙轉頭四下看了看，沒有，沒有任何人在我的視線之內。房間裡一片靜謐，我們的腳步在地板上無聲地滑過。

「喬埃，喬埃。」

這個名字帶有夢囈般的氣息，穿過很久很久以前的歲月，像一個小男孩在田野裡奔跑，田野空曠無邊，橄欖樹梢被風吹過，碎銀般的葉片在月光下閃亮，小男孩跑啊跑，偶爾他會站定下來，雙手扶著膝蓋喘口氣，一眨眼，他又像頭野兔般地竄起，跑進薄霧籠罩的田野中。

曠野中沒有任何的生命跡象，只有一雙黑色的眼睛，緊緊地盯住那個奔跑的身影。

索妮婭不斷地喃喃自語：「喬埃，喬埃，從我第一次睜開眼睛，就看見在田野中奔跑的那個男孩子，淡藍色的，像一頭兔子一樣的男孩子。他的身影跑到任何地方都牽動著我的目光。而你知道，在我們家族的血統裡，除了有和常人一樣的視力之外，還有一種內在的目光，我們家族每一個人都可以看穿前世今生，可以看穿山脈和海洋，不論你跑到哪裡，我只要一閉上眼睛，你的形象就立即顯現，清楚得就像在我面前。我看見一歲的你被抱在叔叔的手裡，在郵船的三等艙裡渡過大西洋，所有的人都暈船，只有你，被綁在窄窄的鋪位上，兩眼炯炯地抱著奶瓶。我看見你在勃羅克林的紅磚房子裡，等著你的嬸嬸端上家鄉的蛤麵。你的前唇突出，眼光緊鎖著盤中的麵食。是的，是的，你正是長身體之時，吃不夠似地吃，根本就是個饞嘮的孩子。那時我突然莫名奇妙地顫動了一下，雖然我們家族的律條是永遠不動心，母親在必要時可以犧牲自己的孩子，為了我們家族一直奉以至高無上的洞察力，我們流浪在世界各地，我們從不融入當地的風俗人情，只用自己人才懂得語言交談，我可以說世界上通行的任何一種方言，但你們沒人懂得我們，我們的語言太老太老，你甚至找不到它的出處。語言本身就是涵蓋世界本質的一種媒介，世界存在的奧秘蘊含在某幾種並不廣為人知的語種裡。我們的行為不被人接受，既然我們能夠觀察到這個世界的起始和終結，我們為什麼要在乎一群朝生暮死的生物的看法呢？是的，是的，你們和我們看來一模一樣，但我們看你們只是一種生物，一種短命的生物。

「喬埃，喬埃，我看到你唇上長出淺淺的唇鬚，喉結開始明顯。我看見你在西點軍校的畢業典禮上昂首歡呼，把帽子扔向空中。看見穿著一身野戰服的你穿行在越南的叢林裡，暴雨澆灌進你的領口，你踩進及膝深的泥坑。我看到你害怕，每個人都害怕，子彈像飛蝗一樣滿天價亂飛，炮彈的彈片切斷碗口粗的樹幹，我知道你是安全的，因為我看到你還有很長很長的日子在前頭。但是穿越緬甸邊境之時，我還是為你戰慄和緊張。我看到你坐在華盛頓的廣場上，反戰的男女擁在一起抽大麻，合著披頭四的音樂跳舞，那些不知羞辱的女孩竟然脫得一絲不掛。我知道，你在尋找一種迷醉的辦法，這個世界上，只有在迷醉的狀況下，身心可以達到一種通明的境界，像打坐和入定，像吸大麻時偶爾達到的一種飛揚感覺，或者說，在男女交媾時的那種半虛脫狀態。但是，你們沒有耐心，任何事情總是嘗試到一半就匆匆忙忙地扔開，接下去又撿起一種新奇的玩具，好像猴子一樣。所以你們老是在這個世界上尋尋覓覓，撿起又扔下，你們以為這個世界上有多少可以被發現的？

「你對於一切都心不在焉，你從反戰運動中抽身而退，你厭倦了，看得太明白了，所有的政治的本質都是骯髒，骯髒，再骯髒。就像一盆洗混了的水，任何浸入其內的東西，人物都沾上一身的腥臭。你在那個夏天第一次回到那不勒斯，在母親的老屋裡你睡了整整兩個禮拜，好像嬰兒一樣。我常去看望你，從小鎮的集市上給你帶來新鮮的雞蛋，我討老太太喜歡，讓她做我的教母。我是沒有宗教的人，或者說，是個宗教太深重的人。我的血裡，我的骨髓裡，流淌著跟你們宗教學說相反的東西，但是，我為了就近觀察你，還是願意和你們的世俗宗教作出妥協，這不像我們的作風，水和油怎能相混？靠著天生就有的聰明和我相傳承的古老智慧，我應該看清楚這些事，但現在說來一切都太晚了。

「喬埃，喬埃，當我出現在你面前時，你竟然沒有抬起頭來看我一眼，我是那麼醜陋嗎？在黑色的外衣下，我的身體年輕鮮嫩，我的乳房從來沒被任何人觸摸過，因為常年用藥草洗澡，我的皮膚光滑得像匹綢緞。我的腿踝骨細得像隻羚羊，我的大腿豐滿，臀部富有彈性。我外表端莊，但風騷入骨，我們族裡每一個女人都是如此。加上我們家族祖傳的迷藥，可以使一個男人體驗到最至高無上的男女之歡。這一切我都願意雙手捧給你，我們的民族沒有任何男女禁忌，沒有年齡的限制，童女可以和八十歲的老翁交媾，只要雙方能取得最大的快感。我們的童男童女在很小的時候就被教導性愛的秘訣。我們只要願意，隨時都可以給予和取之，我們沒有任何的道德束縛，說到底，任何被束縛的性愛還會是完美的性愛嗎？

「但是，你並不朝我看一眼。

「我站定在遠遠的地方注視著你，我看見你在田野裡不安地走動，你爬上山麓，腳步踉蹌，我知道你在尋找，但是你並不知道自己要尋找什麼。你望著腳下一望無際的亞平寧大地，遠處是海岸，而海岸的遠處是你生活了二十多年的北美大地。人站立在如此廣袤的視界點上不可能不感到自己的渺小，你不甘心，你覺得一個一歲就橫渡風暴大西洋的孩子是什麼都做得到的。你的血管裡流著古羅馬鬥士的血，但這血流到今天已經變得稀薄，你殘存著古老的榮譽心，千百年來，這顆心已經殘破不堪，你卻想盡你的力量修補它。

「啊，喬埃，怎麼跟你說也說不明白。時間是一種多麼虛幻的東西，它像潮水一樣，總有一天要把這個大地沖刷得乾乾淨淨。所有閃光和不閃光的東西，總有一天會被淹沒在水面下。你們這個世界執著一種叫永恆的東西，你們不會懂得其實並沒有永恆這種東西，時間是被分割成一小塊一小塊的，每個人就占有那麼幾塊。我們古老的智慧之精華就是教導人們怎樣善用手中的時間，沒有人聽得進去，沒有人配擁有這種智慧，包括你，喬埃，所有的人都太執著，以為時間是無盡的，可以成驚天動地的大事業的，凱撒如今在哪兒？屋大維呢？墨索里尼呢？所有自視甚高的人們，如今又在哪裡呢？時間陰險地把所有的人都遺忘，把所有的痕跡都消除得乾乾淨淨。你以為這個世界是不會毀滅的麼？你以為史籍、文字、藝術，能夠把握住發生過的一切，描述一切，而一切得以留傳麼？你以為這個世界上只有文明人類的一種經驗麼？你真的不相信有經驗在經驗之外，星球在星球之外？時空在時空之外麼？

「你在虛幻中尋找，你焦躁之極，用拳頭捶著腦袋，你變得茶飯不思，兩頰明顯地消瘦下去。你出沒於午夜清晨，像一頭躡手躡腳的貓，蹲在屋頂注視著一幢幢黑燈瞎火的屋子，月光斜在西邊，照得你臉頰白裡透青。在我的眼裡，你羸弱得像一個嬰兒，就在那一霎那，我下了個決心，要陪你走過像大霧般包裹著你的虛幻。

「我們的族裡禁止說『決心』這兩個字，在古老的智慧看來，『決心』是一種凶多吉少的象徵，『決心』意味著你必須違背你本能，『決心』意味著你必須求取不屬於你的東西，『決心』等於你給自己召喚來災難，逸出你人生的軌道，走進不明就裡的險境。

「不是嗎？『決心』給這世界帶來多少的險象環生，拿破崙『決心』要征服俄國，希特勒『決心』要統治世界，美國人『決心』要把全世界的人都變成中產階級，太多了。凡是『決心』一下馬上亂象叢生，我們的智慧不提倡下『決心』，我們是這個世界的孩子，我們應該柔順似水，在時光的河道裡隨波逐流。

「這個道理就像火燒到手指本能地縮回來一樣，我卻願意讓火舌舔著我的皮膚，燒炙著我的筋骨。這個『決心』帶來的苦果將融化在我的嘴裡，我緊閉著嘴巴，將苦果嚼碎嚥下。我看見族裡的老人搖頭嘆息，這是他們最嫌惡的一種背違——明知故犯，可以把一船人都帶下水去的那種。

「我離開了我們的族人，因此我喪失了大部分的神奇力量，但我還保留著你們難以想像的本領：我可以看穿一個人的內心，這是我最為犀利的武器。我可以在你眼前走動而不為你所察覺，我可以任意地拉扯時間，像拉扯一塊麵團。我掌握所有的植物和動物的秘密，我會治病，各種疑難雜症。這已經夠了，憑著這些技能，我可以很輕鬆地行走在世俗社會的邊緣。

「但是我的負擔是你，喬埃，那個在藍色田野裡奔跑的影子，我看見你開始買賣古柯鹼，我們族裡的人叫它『天使小便的結晶』，對我們說來，它的效用有限。可它是社會上苦惱人們的安慰劑，為他們帶來短時間的解脫。短時間的解脫也比從來沒有解脫為好，而且它為你帶來金錢上的利益，為你鋪墊了達成夢想的基石。我為你排除危險，我讓那些警探一次又一次地撲空，讓你來無蹤去如風，我看著你一點一點地積累財富，你跨出了第一步。

「我站在密林中的潭邊，把鵝卵石一塊塊地投進水中。我對自己說：我在付出，到鵝卵石填滿水潭之時，應該是收穫的時刻。我希望能在喬埃的臉上看見一抹感動的神色，他的眼睛裡出現一朵火花，哪怕是瞬閃即逝。那時遊戲圓滿結束，我會心懷喜悅地回到我的族人中間去，請求他們赦免我。

「我知道你很早就感覺到我的存在，你容許我陪你玩這場遊戲，我們倆配合默契，把積木一塊塊地拼湊起來。當我們找到了莊園，找到了能夠勝任的畫家，一幅幅可以亂真的丁托雷托的油畫在牆上掛了起來，我教那個中國小夥子怎樣把畫做舊，舊得連專家也不能分辯。再過不久，你的丁托雷托紀念館就會完成，你虛幻的空中樓閣看起來是那麼地金碧輝煌，虛幻有什麼關係？我們的生命，我們的社會，一切的一切，和虛幻密不可分，或者說根本就是建立在虛幻之中。我們醉眼迷離地看著虛幻中的希臘，我們看到金字塔和獅身人面淹沒在廣袤的虛無中，一個個王朝像沙堡般地倒塌，一個個時代像萬花筒般地旋轉，從出生到死亡就是那麼一瞬間，什麼都存留不下，這難道還說明不了嗎？這難道還不能使你放下那虛幻的執著，只是簡簡單單，痛痛快快地玩一場遊戲麼？

「你固執得像一頭牛，你停不下來。你不滿足於虛幻的遊戲，你把眼睛轉向了威尼斯，那兒收藏著丁托雷托所有重要的畫作，你說既然我們的畫和真跡一模一樣，為什麼不能替換一下呢？這個念頭來到你腦子就揮之不去。你第一次對我和顏悅色，跟我商量事情的可能性。我猶豫了，這不是一件遊戲還沒有結束又開始新的一輪遊戲？我的鵝卵石竟然永遠填不滿那個水潭，你知道我並不重視世間的法律，但我重視一個慾望的起始和結束，我重視心的深度和廣度，我拒絕了你，我累了，我突然想早日回到我的族人中間去。

「喬埃，你變了一個人，你像小孩子得不到他想要的玩具，用了一切的手段來使虛幻的願望得到滿足。你變得喜怒無常，你商量，哀求，發怒，你神思恍惚，你失落得如同一隻迷途的羔羊。這一切使我莫名地心疼，那個在藍色田野裡奔跑的小男孩，你就這樣無止境地跑下去嗎？

「我對自己說過：要把這個男孩子帶到一個和平的境界，他將不為奔跑而奔跑，他跑出的每一步，腳掌感到土地的柔軟，風吹在臉上，像沐浴般地喚起一種無名的喜悅，他同時穿行在空氣和時間裡，穿行在一片無盡的蔚藍色彩中間，他將在奔跑中發現樂趣，而不管他的目的地。但是我忽略了一點，喬埃不是我看見他時的那個男孩，他現在身高六尺，肚子像啤酒桶一樣向前突出，腦門已經變得稀疏了，而固執的脾氣卻隨著年月的增長變得一發不可收拾，他一下子咆哮如雷一下子甜言蜜語，一下子陰鬱得像秋季的天空一下子狂暴得像風暴中的海洋。這一切都是為了說動我配合他的計畫：丁托雷托的畫流傳到他後人的手中是天經地義的事。我怎麼跟你說呢？喬埃。一個謬誤引申出另一個謬誤，弄到後來假作真來真作假，解釋已經不起作用，我可以打開一團打滿死結的亂麻，但是我改變不了喬埃異想天開的腦袋。我的勸說好像一盆水潑在燒得通紅的鐵板上，除了騰起一陣蒸汽，什麼也沒起作用。

「隨著畫作一張張地完成，喬埃對我的壓力也逐步升級，如果說他最初的想法還是一種可能性的試探，現在他已經認為我是他計畫中唯一的障礙了。他不厭其煩地告訴我，丁托雷托紀念館如果沒有真正的丁托雷托畫作是不能稱為紀念館的，威尼斯博物館的那些人並不在意牆上掛的是誰的畫，那些人根本不懂畫。威尼斯市政府正在鬧窮，沒可能對畫幅做到最大的保護。你知道嗎，威尼斯這個城市以每年三釐米的速度下沉，不用多久，整個城市會在水面之下，如果我們現在不採取行動，所有的作品都會流散到世界各地，那時一切都將為時已晚。喬埃從來沒想一想，我看不到那個景象嗎？我不能告訴你的是，不單是威尼斯，整個歐洲，沿海的大城市，在五十年內全都會浸在水中。再有一天，你們所有為傲的文明，全都在一個短時期內崩毀，所有的生命被塵埃所覆蓋，地球的表面將變得像月亮一樣荒涼。我都看到了，通過我們的古老的智慧，我在娘胎裡時就看到了。

「喬埃對女人沒有尊敬，所有的義大利男人除了他的母親，不會尊敬任何的女人。羅蜜歐如果娶了茱麗葉之後，也不會尊敬她。他們不相信女人會有智慧，智慧對女人有什麼用啊？像聖母瑪麗亞，只要有愛就夠了。喬埃不相信憑他那三寸不爛之舌，會說不動我一個沒見過世面的吉普賽女人，男人是指揮官，女人呢，只要精確地執行命令就夠了。

「男人都是給女人給寵壞的。

「既然如此，既然如此，喬埃，這是你自己的選擇，你像一條拉都拉不住的狗，不顧一切地衝向終點，你狂暴地打碎已經成形的夢想，而新的夢想完全是另一種遊戲規則。

「喬埃，你不知道，你以為你擁有了丁托雷托的畫就會滿足了麼？也許，你會滿足一個時期。很快地，你的眼光就會被新的畫作所吸引：拉斐爾，他筆下的聖母是那麼地光彩照人，畫家在三十七歲就去世了，他的畫不多，如果能擁有一張該多好。還有提香呢，厚重端凝，雅典華麗，波堤伽利的那幅《維納斯的誕生》也可以考慮，最後還有李奧納多‧達文西的《蒙娜麗莎》，當然，擁有那永恆的微笑是每個人的夢想。

「這些話已經到了我的口邊，但是講出來有用嗎？你聽得進去嗎？我們的老人說：爭論無補於事，就像拄著拐杖是不能跳舞的。失去控制的車在傾斜的坡道上能停下嗎？當然，當它撞毀的時候就會停下。我本想你會花點時間欣賞一下你已建成的沙堡，在裡面倘佯，享受你自己築起的夢。但是，潮水已經漲起來了，那就讓它把一切抹平吧。

「從那不勒斯到威尼斯的七百五十一公里的路程中，你顯得興高采烈，我們的卡車後車廂裝著臨摹得分毫不差的油畫，配了同樣的鏡框。你從哪兒找來這個畫畫的小夥子？這個東方人完美的技巧使得你昏了頭，使得你以為可以為所欲為地擁有你想要的一切，你們互相影響，互相把對方拖下水。你是這個小夥子的剋星，反過來，他也是你的剋星。

「我們的行動就像你所設想的沒受到任何的阻礙，美術館的警衛，所有的紅外線警報裝置，全不起作用。我很容易地把警衛人員的生物鐘撥回到昨晚去，所以他們無論如何抑制不住一陣一陣襲來的睡意。紅外線警報系統是靠電源啟動的，我只要用我的意志力把連接電源接觸點的物理分子的排列改變一下就能使它癱瘓。我們把卡車停在美術館的後院裡，你輕輕鬆鬆地走進去，從牆上摘下丁托雷托的真跡，掛上臨摹的畫。走出門來，把畫裝上卡車。開出美術館的大門，一切平安無事，事情進行得像塗過油的門軸那樣悄然無聲。

「喬埃，你忘了一件事，你忘了檢查掛上的臨摹畫幅的簽名，那個中國小夥子生怕你把他排除在外，在每張畫完成之後就迫不及待地簽上他自己的名字，簽在一個不為人知的隱密角落裡。我看不懂中國字，但我知道簽的絕不是丁托雷托，如果你非要知道他簽了什麼？威尼斯警察局會提供一份詳盡的報告，只是那會發生在很久很久之後。

「是的，沒人注意到牆上的畫已經被調換，包括館裡的藝術部門主任、講解員、導遊、警衛，那些畫每天都在眼前出現，昨天的和今天的沒有任何兩樣，像籃子裡兩個大小相同的蘋果。百分之九十九的觀眾只把眼睛盯在畫旁邊的解說牌上，然後再對畫不經意地瞄上一眼。好了，他看過名畫了，在一天之內他流覽了幾百張名畫，背得出幾個文藝復興時期畫家的名字了，很可以對人說他已經完成美學教育了。

「喬埃，你太得意了，你已經在舉杯慶祝了。事情並沒有完，今天沒人察覺並不是說永遠沒人會察覺，這個時刻一定會到來，也許是三年之後，也許是下個禮拜，哪個簽名專家突然想印證一篇論文，跑到美術館來確證一下他記得爛熟的簽名筆跡。或者哪個美術史教授為了替他情婦買一件吵了好久的貂皮大衣，答應為美術雜誌寫一篇沒人看的文章，跑到美術館來考察原作。或者是別的美術館籌辦一個百年大展，向威尼斯美術館商借作品，而派出專家來仔細驗證。早晚會有人注意到奇怪的簽名，先是眼鏡掉在地上，繼而大起疑惑。報紙馬上嗅出有什麼事情不對頭，那些記者憑著一些蛛絲馬跡和無限的想像，在報紙上告訴市民他們的城市遭到了文化浩劫。事情想捂也捂不住了，政客們一個個義憤填膺地指責美術館管理混亂，市政委員會召開會議，責成市長對丟失的文化瑰寶負責，警察局不得不出面了，一大堆的文檔，刑警開始了沒完沒了的調查。由於不知道畫是什麼時候被換走的，所有的人都推諉責任，這個職員的回憶跟那個職員的回憶不一致，而警衛的回憶更又是對不起頭來。什麼都亂成一團，大家伸出指頭點著別人，大聲說：『是他的責任……』

「只有我知道，雪是蓋不住死屍的，在一個陽光照耀的日子，一切都開始溶化，先是露出一隻手，然後肩膀，整個胸部，整個屍身開始浮了上來，而且發出惡臭。那個時候，大概就是遊戲結束的時候了吧。

「喬埃，田野裡藍色的霧開始消散，堅硬的光線使我的靈魂一下子萎縮起來，那個奔跑的男孩已經不在我的視線之內。我想起族裡的智慧曾經說過：不要嘗試去改變這個世界，不要去改變一草一木，其實你什麼都改變不了，你只會打亂自己的生活，使自己不得安寧。他們的話真對，我現在才知道了。

「知道了又怎麼呢？事件已經凝固在時間中了，時間是一種太強大的東西，它緩慢，卻不可阻擋。我們族裡的智慧教導我們永遠不要和時間為敵，我卻把它忘得精光。我會為此受到懲罰，而現在，是該離開的時候了。

「是離開的時候了，喬埃，我已經把你要的東西放在你的手裡，趁這個時候好好地把玩它吧，好好地享受它，就假設它是屬於你的。狠狠地摔上門，把時間關在門外。也許，下一分鐘它就擠了進來，但是，在這一刻好好地擁有它，享受它吧。

「你應該對這個不明究理的小夥子心懷歉疚，湯姆用一張遠期支票把他騙上了船，但這張支票卻永遠也兌現不了。從來沒人臨摹過這麼多的丁托雷托的畫，沒人這麼近距離地走近四百年前的大師，在他的手中，丁托雷托又活了一遍。最後，他的全部付出都變成落花流水，他被無窮無盡的官司纏得透不過氣來，他的一段時光將在鐵窗後面度過。好在他還年輕，還有時間重新拾起歲月，他在很多年後再會來到這裡，站在莊園的廢墟旁，緬懷他年輕時的滄桑日子。那個時候，喬埃，你會在哪裡呢？

「不管你那時在哪裡，我們是不會再見面了，時間給我們留下的只有記憶，像一堆鬆軟的羽毛，風一吹，羽毛就飄了起來，漸漸地散向各地，最後不知所終。而語言是破碎的，當你想講述一片回憶時，你會發覺你講的和你想的根本是兩回事，但講也講了，像雨水流過田野，泥土已經把它吸收進去，貯含在葡萄藤的根部，春末夏初開花，在秋天結果，僧侶把葡萄釀成酒。喝醉的小說家講述的又是另外一個故事，你不能說他的故事毫互根據，雨是水分，酒也是水分，在不同的時空呈現不同的形態。你盡可相信那小說家的杜撰，反正已經找不到事情的本源，有一絲記憶總比完全沒有記憶來得好。

「太陽升了起來，黑暗中的舞蹈很快就要結束了，音樂已經暗啞，舞者一個個精疲力盡，我們都是白天睡覺的動物，你，我，和畫畫的小夥子，拉上窗簾吧，沉沉地睡去，夢見一處莊園，夢見一處藍色的田野，再夢見莊園和田野被大風颳跑。」

安娜

我猛地睜開眼，哪裡有索妮婭的影子。杯中的殘酒在我睡著時溢了出來，胸前浸濕了好大一塊。錄音機裡的卡帶卡住了，翻來覆去地唱著那句「我為金錢而舞蹈」。我站起身來，走過去把錄音機關掉，卻在錄音機旁發現一隻沾了深紅酒漬的酒杯。一愣，我剛才是做了個荒誕之極的亂夢？還是索妮婭真的來過了？我們倆都喝醉了，喝醉了之後她對我說了個荒誕不經的故事？她走了好一陣子了？

頭腦發昏發沉，酒精，僧侶，喬埃，索妮婭，安娜，我自己，都像走馬燈一樣在腦中團團轉，什麼也不能確定。唯一能確定的是：什麼東西不一樣了。

什麼東西？真是個好問題，我頭疼得要命，但這個「什麼東西」還是像把斧子般地一下一下劈著我的腦袋，非要我想出什麼東西是「什麼東西」來不可。我很想跑進臥室，蒙上頭大睡一覺，但是，那個「什麼東西」帶著一股莫名的緊迫感，不搞清楚是睡不著覺的。

我突然想起今早安娜病了，不知她現在怎樣了？想到這兒就匆匆地往外走，路過畫室的時候，門竟然開著，我平時進出都帶上房門，以防小動物進去咬壞畫幅。是風吹開的？還是什麼人來過了？

我站在畫室的門前，向裡面望去，畫架上還是那張沒完成的《奏樂的女人們》，別的畫還掛在牆上，我鬆了一口氣。看來是神經過度緊張了。

我的腳卻自動向最大的那幅《聖・麥柯的奇蹟》走去，雖然明知不可能，但我還是想檢驗一下那個荒誕的夢境，還沒走到畫前面，我倒吸一口冷氣，站住了。

這是我畫的嗎？

畫面上有一股陌生的氣息迎面撲來，所有的人物、場景、光影都凝結如玉，已經分不清哪是顏料哪是筆觸，畫面呈現渾然天成的整體感，厚重如磐石，又輕盈如風。臨摹出來的拘謹被一種明亮通達的自信所代替，畫中的空間顯得非常深遠，絕非是用透視學營造出來的，人物在空間裡自由地活動，一霎間被定格，從三度空間移位，被固定在一幅金漆駁落的鏡框裡。

再走近細看，畫的表面蒙了一層細密的裂紋，像是精心燒製的磁器釉裂，在裂紋中，顏色，形象，人體的結構，漸深漸遠的層次，全被分割成一小塊一小塊的色斑，迷離而閃耀。但退開兩步來看，一切的形象又神奇地組合得天衣無縫。

我震驚得無以復加，先轉頭四下看了看，如果這時丁托雷托從房間的暗影中走了出來，我也不會覺得是不可能的事。四周靜悄悄的，西面的窗戶上樹影搖曳，透進下午的第一縷陽光，我卻驚懼錯亂得如同白日見鬼。

我的手指輕輕地撫摸著畫面，下意識地尋找著簽名，沒有，整個畫面上沒有一處地方有簽名的痕跡。我又去另外的畫幅尋找，也沒有任何一幅畫有找到簽名。

我跌坐在椅子上，雙手捂著眼睛，不可能！我明明記得每張畫畫完之後我都簽上名，如今一點痕跡也沒有。也就是說，這些畫並不是我在過去幾個月內畫的畫。

是誰的畫呢？怎麼會出現在我的畫室？我畫完的那批畫到哪裡去了呢？是不是我忘了簽名？或我

簽了名之後又消失了？一個接一個的念頭在腦中滾來覆去，我快要發瘋了。

我順手抓起擱在畫架上的一枝畫筆，蘸上顏料，下意識地想在畫面上補簽名字。筆伸出去，手抖啊抖地就是下不去筆。

一縷陽光穿過視窗的枝葉，突然照亮了《聖・麥柯的奇蹟》，畫面反射出陽光來，金燦燦耀眼地一片。一聲大鑼在我耳邊嗡地響起：

「住手，這是丁托雷托的真跡。」

你臨摹了這麼多的丁托雷托，也應該看得出來，這是大師的真跡。看看那種恢宏大氣潛浸在畫面每一個角落，那種信手拈來的，大開大闔的人物動作，濃得像血一樣的顏色，沉穩而又豔麗，你看那從容而精到的用筆，疏而不漏，近看細節寥寥帶過，遠觀卻鉅細無遺。如果仔細觀察的話，你還會看出畫裡有一股霸氣，一股對存在的絕對把握，一股不講道理的隨心所欲，一股穿越時空，捨我其誰的強橫人格。

再好的臨摹也只是記錄了外在的皮毛，大師的精粹是在畫面之外的，絕對不可能摹寫得下來的。

我對自己一笑，心倒反而靜了下來。喬埃是個土匪，在街頭販賣幾包古柯鹼和搶劫美術館比起來真是小巫見大巫了。他的丁托雷托紀念館還真不是小打小鬧，連義大利的國寶都被他請來了。我以前還真的小看他了。

一幅幅畫面在我眼前掠過，連接起一張長卷，喬埃為什麼要自己駕船橫過大西洋，為什麼選了這個荒僻而無人煙的修道院作為他的館址，為什麼他警告我不要和鄰居接近，為什麼他要堅持我把畫做舊，為什麼他終日奔忙不見蹤影，為什麼索妮婭總是突然地出現。而那個老羊倌總是在不遠不近地遊蕩，那雙對焦不準的眼睛總是落在我的背脊上？

我落進一張大網之中而不自知，網的頂端盤踞著兩隻碩大的蜘蛛，一雌一雄，雄的深謀遠慮，而雌的法力無邊。我相信喬埃的計畫從開始就瞄準了丁托雷托的真跡，他像一個高明的棋士般地一步一步地籌算，從買下莊園到駕船過海都是計畫中必不可少的步驟，當我完成了畫作臨摹，喬埃配了一模一樣的鏡框，在月黑風高的夜晚潛入美術館，用臨摹品把真畫換了出來。這些臨摹的畫掛在牆上，一般人是絕對看不出來有什麼不同的，直到有一天，哪個專家也許發覺事有蹊蹺，太子被狸貓換走了。再來追查時，喬埃早把真跡運回美國，查無可查了。

尼爾講得沒錯，索妮婭是個女巫，具有我們常人沒有的能力。她又是個女人，女人總是為了一廂情願而付出，喬埃讓她做什麼她都會去完成。我想喬埃早就看透了她的迷情，並盡最大的可能維持這種迷情，他的計畫沒有索妮婭的協助是不可能成功的。可憐的索妮婭，她明知是個泥潭，還是為情所驅，一步一步地走了進去。

放羊的老頭肯定是喬埃派來監視我的，他的目光無所不在，像一條伏在草叢裡的蛇，日日夜夜盯著我的一舉一動。在破敗的莊園裡，肯定有很多我所不知的觀察點，老頭躲在屋簷下、陽台上、樹叢中，從裂開的磚縫中偷窺我畫畫，偷窺我起居，偷窺我和安娜調情。所以我常常會覺得有一道無形的眼光注視著我，喬埃肯定對我所有的事情瞭若指掌……

喬埃會把我怎樣呢？當然，他口口聲聲稱我是他最好的中國朋友，他所認識最好的畫家。如果信以為真而飄飄然的話，那我就真有一天會死無葬身之地。我只是整個棋局中一個過河的卒子，卒子的作用就是盡可能逼真地臨摹那些畫，但是當所有的畫畫完時，喬埃會信守他的諾言嗎？他會不會封住所有人的口？而我是他第一個要除去的目標？喬埃如果想這樣做真是太容易了。我在莊園裡深居簡出，小鎮上的人根本就沒人認識我，就是有誰注意到集市上來過一個東方人的話，也不會放心上。沒人會注意到一個外國人的來去，他離開了，回國去了，他死了，居民們是不會有這種好奇心去追根究底的。而在這種荒僻的地方做掉一個毫無防備的人，一點也不費手腳。而山坡上荒草淒淒的背陰處，一個淺淺的坑就可以掩埋掉所有的痕跡。

我在三藩市是孤家寡人一個，沒人會關心我的生死，一個流亡者，命若草芥。美國政府才不來管這檔事了，你在我的屋簷下躲雨，我就睜隻眼閉隻眼。但你走出我的勢力範圍，對不起，只能是你自己負責了。中國政府？更是笑話了。你們這些跑到外面去的人，有了事情想中國政府出面為你討個公道？哈哈，門都沒有。

也好，真有什麼事發生的話，我了然一身毫無牽掛，世界把我關在門外。好，他媽的，我也把世界關在門外。看誰把門摔得更響？

我會裝得像沒事人一樣，不讓喬埃感到事情有任何兩樣，我會繼續臨摹丁托雷托的畫，至少到目前為止，我這個卒子還是在奮力挺進，努力工作，而且工作富有成果。我要讓喬埃覺得在我身上還有很多利用價值，放鬆對我的防範。而我，從現在開始，要留意逃出去的時機，不能坐以待斃，我必須給自己打開一條生路。

但問題是喬埃可能在任何時候下手，我已經完成了大部分的畫幅，他隨時可以把我這枚卒子捨去，我必須要作出以防不測的準備。

我要告訴安娜（我周圍的人只有安娜可以確定不是和他們一夥的），當我突然不見了，或者是很長時間沒跟她聯絡了，那一定是有什麼事情發生了。我不能告訴你會發生什麼事情，連我自己也不知道。但是，我不會無緣無故地失蹤的，我要離開一定會來和你告別的。你可以為我做什麼？讓我想想，什麼也不要做，也許，你可以告訴馬里奧，隔壁莊園裡有個畫畫的小夥子一下子不見了……

「這一切真像一部蹩腳的偵探小說。」我在向安娜家走去時這樣想著，但小說哪有真實的生活來得精彩。來得出人意料之外？我們自以為什麼都見過了，什麼都不在話下。但事情來臨之時一下子手足無措，對如何處理事情全無頭緒，只得借助於報紙小說電影電視上得來的間接經驗。至少，安娜是個局外人。是整件事情中唯一乾淨的人。

安娜家的大門鎖著，我用手指按住門鈴不放，沒有動靜。於是又拍了一陣門，叫了兩聲「安娜。安娜。」聲音沿著山谷滾動，遠方傳來一陣狗吠回應我。安娜家的房子靜悄悄的，從門縫中看進去可以見到一角閃著天光的游泳池。

我不禁擔心起來，早上離開時安娜病著，發著燒。難道現在病情加重了？以致她不能起身來開門？這幢大房子裡除了她沒有別人，我必須進去看看她如何了。

圍牆很高，沒有可以攀附的地方，我想起安娜平時從我後院爬過來的情景，於是返回我的住處，從陽台上跳進安娜家的花園。覆盆子的果實已經被風吹乾了，但莖上倒勾的刺還是把我的手臂劃出血痕來。我三腳兩步衝過草坪，來到安娜房子的門前。

門沒鎖，我推門進去，寬大的起居室還是一片狼藉，昨天晚餐的碗盤還在咖啡桌上沒撤去。那隻黑貓，正在舔著半碗剩湯，見了我躬起腰「喵」了一聲，躍下咖啡桌，橫過房間鑽進廚房裡去。

我揚聲叫道：「安娜，安娜。」回聲像煙霧似地飄浮在高高的天頂上。不見回答，我匆匆登上樓梯，一轉彎，看到安娜坐在樓梯的頂端，一言不發地盯住我。

我心放下大半，安娜沒事，但是，她看著我的眼神有點奇怪，好像根本不認識我這個人。小姑娘大概在耍脾氣。我小心翼翼地一步一步走上樓梯，在她身邊坐了下來。她沒移動，但我把手放在她肩頭時，她迸出一句尖叫：「不要碰我。」

我像觸電似的縮回手，「怎麼啦？安娜。」我盡可能溫存地問道：「你好了點沒有？」

安娜沒回答我的問題，只是往旁邊移了移，我們中間空出半尺的距離。安娜像是怕冷似的雙手抱住肩，把下巴抵在膝蓋上。

「安娜，我知道你在怨怪我，我不該把你一個人留在這兒，但你昨晚著了涼，你需要休息。我過去那裡料理點事情就回來看你，但是，一些意想不到的事發生了，把我絆在那兒……」

我停頓了一下，看看安娜的反應，平時很好奇的安娜，對我說的「意想不到」之事至若罔聞，還是保持著那個防禦性的姿勢，我站起身來。

「我想你還是再去躺一下，感冒需要休息，多喝水。我或者晚一點再過來，你如果需要什麼東西，我可以下去鎮裡買回來。」

安娜還是不作聲，我走下樓梯，出了門，卻聽見二樓一扇窗子打開，安娜聲嘶力竭地大叫：「回來，你這個混蛋。」

我返身進門，安娜從樓梯上衝下來，撲進我的懷裡。一面放聲嚎啕大哭，一面用拳頭捶我的臉，捶我的胸膛、肩膀。像一頭狂暴的小母獸。

我擁住她，任憑拳頭落在我的臉上，鼻子被打出血了，我也不去擦。拍著她的背哄道：「好了，好了，別哭了安娜寶貝，你要生氣就多打幾下吧。」

安娜又是狠狠的一拳，擂在我的鼻樑上，血一下子噴了出來，衣襟上，地上濺得一片。安娜嚇住了，手忙腳亂地扯了一條桌巾要來給我止血。我揮手制止了她，要她到冰箱裡取來冰塊，裝進塑膠口袋，再用毛巾包好。我仰躺在沙發上，把冰袋敷在臉上。

安娜臉色蒼白地蹲在沙發旁，擔憂地注視著我。我伸出手去摟住她的肩膀，這次她沒有再掙扎，靠近前來，囁嚅道：「痛嗎？」

我笑了一下，搖搖頭。安娜把手指放在我的嘴唇上：「中國人，你的鼻樑本來就不高，打斷了可怎麼辦？」

我苦笑了一下：「要鼻樑多麻煩？直接開兩個鼻孔在臉上多省事。」

安娜「噗哧」一聲笑出來，接著是大笑，在地上滾來滾去，像瘋子一樣。「哈哈，哈哈，沒鼻子的人。笑死我了……」

我把她按住：「沒同情心的壞女孩，我流了那麼多的血，就成了你的笑料？」

安娜什麼也沒說，湊過身來，在我臉上很重地吻了一下。

冰袋掉在地上，我趁機摟住她，吻她的嘴唇，開始安娜扭來扭去地抗拒，我說你又要把我碰痛了。安娜軟了下來，由我把她抱在胸前，細細地吻她的額頭、鼻子、眼睛、耳垂，然後是嘴唇。

安娜的舌頭滾燙，我伸手摸了摸她的額頭，摸到一層涼涼的汗意，我放下心來：「你退燒了。」

「我發燒了嗎？」安娜好像渾然不覺昨夜今晨發生的事。

安娜的綠眼睛盯在我臉上，從她透明的瞳仁裡有一股怨意，像薄冰封住的湖面。

我決定打破這層薄冰：「安娜，昨晚我昏了頭，我不該跟你那樣……」

安娜的牙齒咬在下嘴唇上，她推開我坐起身來。

「昨晚怎麼啦？」聲音冷冷的。

我坐起身來，一下子不知道怎麼開口說出「做愛」兩個字，只會囁嚅道：「你知道，你知道，我做了非常不應該做的事情。安娜，希望你能原諒我……」

安娜打斷了我：「原諒什麼？你什麼也沒做。」

我不敢相信地瞪著她，是嗎？也許，我本來就不能肯定，既然安娜說什麼也沒發生，那就是什麼也沒有發生過了，我們只是像以往那樣嬉玩。

我心裡鬆了一口大氣。

「中國人，沒發生什麼是因為我拒絕了你。」安娜冷冷的口氣像是一個精明的律師，很清楚地指出罪犯絕對有犯罪動機，只是由於被害人的抗拒才沒有得逞。

她是對的，我不需要別人來指出我的荒唐，我自己一遍一遍地用最恨毒的詞咒罵我自己。我是畜牲不如的傢伙，是色鬼，是人渣，是誘騙少女的流氓，沒有廉恥，沒有道德，沒有人性，是不恥於人類的狗屎堆。我只恨當初在香港沒有好好地研究一下廣東人罵人的精粹，我可以把最不入流的名詞全加在自己頭上，而且心甘情願，我那一瞬間羞愧得想死的心情都有。

丁托雷托有一張大畫，《耶穌和賣淫女》。耶穌在街道上市井裡把滿臉羞愧的女人護在身後，對那些向她扔石子的人說話。畫面是無聲的，但我們知道耶穌說：如果你們有誰心中沒有慾念，儘管用石子打她。是的，慾念，一切的罪惡之源，你心中動了慾念，你就和犯罪站在同一條起跑線上。跑出去多遠說明不了任何問題，你動心了，在此同時你犯罪了。

我昨晚是那麼的色迷心竅，滿腦子一個心思地想和安娜交媾，像一頭發情的公狗。如果不是安娜拒絕了我，我不但心裡的罪，連事實上的罪都犯下了。

可怕的是，我曾經告誡過我自己，提防情慾的殺傷力。轉眼之間就在情慾的大潮之前被捲走，滅頂。看來人的意志、記憶、經驗都不足以持，鳥雀為食傷身還情有可原，但萬物之靈的人類，卻也不比鳥雀聰明多少，在燃起的情慾之前，像飛蛾投火般地紮了進去，一而再，再而三，直到灰飛煙滅。

我是這愚蠢人類中最卑下的一個。

語言不但蒼白，而且全無作用。你不能藉言詞抹去發生的一切，你也不能用詞語改變事情的本質，發生了就是發生了，像水中騰起的一個浪頭，又重歸於水。語言如風，只捲起塵埃，使得事情模糊不清，卻轉眼即逝。

我一句話也說不出來，只能機械地念叨：「我非常抱歉，真的，我真的非常抱歉……」

安娜抬起頭來：「中國人，你昨晚為什麼不……強姦我？」

我張大了嘴，像個傻瓜一樣地盯住她。

「其實我已經做好了準備的，」安娜自言自語地說下去：「我想你會強姦我的，是不是？我們都差不多到了那個地步了。但你最後還是放棄了……」

安娜又把頭埋在膝蓋上：「中國人，你真使我失望。」

我心跳都快要停止了，我們倆一定是有一個發神經了。安娜，你在說些什麼呀。開玩笑，一定是這小妮子開玩笑。不過，這玩笑使我一點也不覺好笑，反而，背上冷颼颼的，「強姦」可不是一個隨便開玩笑的詞。

安娜的側影看上去顯得疲憊和失落，嘴裡還在喃喃自語：「你這個膽小鬼，你為什麼不強姦我？為什麼……？」

我必須要正視這個問題，年輕的男女，互相吸引，感情融洽，為情所迷，身不由己地發生關係，這是個行差踏錯的事，以前有過，現在發生也不奇怪，將來還會有。但是，「強姦」。這不是個兩情所悅範圍之內的事，這是一方強加給另一方的人身暴力，是摧殘，是犯罪，是任何文明人類深痛惡絕的罪行。安娜和我幾個月相處下來，袒裎相向，耳鬢廝磨，親密無間，一時衝動發生過線的舉動也是可以想像的事。而「強姦」把整個事情轉了個向，我必須要把其中的區別講給她聽，我不能聽任「強姦」兩個字在她腦子裡留存下來。

我輕輕地撫摸安娜的肩膀，她沒有躲閃，我靠攏她身邊，把手臂環住她，安娜的身體有點僵硬，小妮子心裡還有氣，我得耐心做思想工作。

「安娜寶貝……」我很艱難地開口，嗓子裡毛躁得很，一面盡力尋找溫和又合理的詞句：「安娜寶貝，你聽我說，我愛你，你也說過愛我。可是，你怎麼能用『強姦』這個詞呢？我們那麼要好，這個詞太沾汙了你我的感情了。我非常，非常地不喜歡你用這個詞，答應我，不管你我的關係到哪一步，我不想聽你再講這個字了。」

安娜不作聲，我從環著她肩膀的手臂上感到，她根本就沒聽進去，或者說，她和我對「強姦」這個字有絕對不同的看法。

我心裡很緊張，這個小丫頭真的認為我有強姦她的企圖？還是她對昨晚的事情有一種誤解，真的認為我們之間發生了強姦未遂？她如果一口咬定，我是百口莫辯的，她只要向誰提起一個字，我鐵定有牢獄之災。

我用一根手指非常輕地理順她的鬢髮，說：「安娜寶貝，相愛的人之間怎麼能用『強姦』這個詞呢！就是朋友間也不能輕易地說『強姦』這句話。這是一個傷害性非常厲害的詞，只用在罪犯和被害人身上。你不會認為我是罪犯吧？你應該知道我不是一個罪犯吧？」

這些話在我自己聽來都軟弱無力，語無倫次。安娜坐在那裡專心致志地剝除腳趾甲上殘留的丹蔻，一面輕輕地，卻繼持不斷地搖頭。

我的心沉下去，事情怎麼會成這個樣子？我還講得清嗎？

我突然覺得非常非常累，累得不想再講話，如果安娜真的認為我想強姦她，她盡可以這樣去想，她可以恨我，她甚至可以去告我，一切的一切都沒關係，我該付什麼代價就付什麼代價。我累了，不想再作無謂的分辯，分辯有什麼用呢？人和人的誤解一旦形成，是很難用分辯去解開的。

我雙手捂住臉，吐出一口長氣。

我感到安娜從沙發上跪了起來，湊到我耳邊，輕聲說道：「你害怕了？」

我問我自己：我害怕了沒有？是的，我害怕，我非常地害怕。除了法律上的問題之外，我害怕自己帶上一個「強姦犯」的印記，我害怕對別人造成不可逆轉的傷害，我害怕一輩子背負著精神重擔，更不用說別人看我鄙夷的眼光，聽說在監獄裡，強姦犯是最賤等級的罪犯，誰想怎麼作賤就可以怎麼作賤。如果背上一個「強姦犯」的牌子，人生也就跟本沒有意義了，還不如自己早早了斷。

我很疲倦地抬起頭來：「安娜，你要我說什麼？你要我害怕嗎？是的，我害怕。但我也非常困惑，事情怎麼會變得這樣？你說過你愛我。你讓我撫摸你的身體，你也撫摸我的。你還說過你想和我做愛，但是事情怎麼會變成強姦了？如果你當初沒這個意思，我是不會碰你一指頭的。」

安娜咬著下嘴唇，綠色的瞳仁像貓一樣地細細一線。

我覺得我是一隻被堵在牆角的老鼠，貓兒靜靜地蹲在那兒，逃無可逃。

「你真的害怕了？你這個傻瓜，你不覺得強姦也是做愛的一種嗎？」

什麼！我不敢相信我的耳朵，一定是我把安娜的話搞混了，聽差了，理解錯了。沒人會這麼講，沒一個女人會把做愛和強姦等同起來，沒人敢冒這個大不韙。

我突然記起安娜早上還發燒來著，剛才情緒又極為波動，自己也不知道講了些什麼，我可不能把這糊塗話當真。

但安娜的眼睛清明得像晨星一樣，我又疑惑起來。

「安娜，你知道你在說什麼？整個胡說八道。別再這樣說了。」

「為什麼不？我沒有講錯。強姦是做愛的一種。」安娜強嘴道。

「閉嘴。」我不知哪來的火：「安娜，你不知道自己在講什麼，強姦和做愛根本是兩回事，天差地別的兩回事。做愛是兩個人情投意合，身心俱歡，互相想融入對方。而強姦是種單方面的攫取，一種為自己的快感傷害別人的行動，一種強迫他人意志的暴力行為，是罪行。一個是白，一個是黑，黑得不能再黑。你懂不懂這裡的區別？」

安娜認真地聽著，眼睛瞪得大大的，最後，她還是搖頭。

「安娜。」我嗓子一下子提高，自己也聽得出一種聲嘶力竭的絕望。

「噓」安娜把一根手指放在嘴唇上：「你聽我說。」

「你太緊張了，中國人。是的，強姦是做愛的一種，我們學校的女孩子，第一次做愛的經驗差不多都和強姦有關，女孩子到那個時候都是猶豫不定的。就是她喜歡那個男人，就是她願意和他做愛，但是，最後的關頭男人必須採取主動。」

我駭然，這女孩的腦袋裡裝了什麼亂七八糟的東西。

「你不會懂得的，女人對做愛抱著太高的期望，她不知道將發生的事情會不會符合她所期盼的，所以她一再猶豫，一再躊躇不前，她可以與你非常親近，她不在乎和你玩性遊戲。但是，她不願意做最後的決定，她情願那個男人代她作出決定。所以在日後她覺得做錯時，她不用負太多的責任，至少，對自己內心不用負太多的責任。」

這是我聽過最為匪夷所思的話語，忍不住打斷她道：「照你說來，女孩可以接受強姦，卻不願和她喜歡的人做愛，因為如此就可以不負責任？你有沒有想過？不管是哪一種情況，最後的責任還是落在女孩身上，如果她懷孕了呢？」

安娜只是聳聳肩，什麼也沒說。

我看到她那一臉不在乎的樣子不覺心頭火起，搖著她的肩膀，大聲說：「安娜，做愛就是做愛，強姦就是強姦，你不把兩者分清楚，將來受傷的就是你。」

安娜一抖肩膀，把我的手摔下去，厲聲道：「別碰我，你這個膽小鬼，你這個骯髒的中國人。」

我呆住了，昨天這個時候安娜是個甜得發膩的小甜心，二十四小時不到，我看到一個蠻不講理的瘋女孩，就因為我昨夜沒強姦她？如果我不顧一切真的做了「強姦」那件事，如今會是怎樣一個局面？我就成了一個英雄？就成了一個高尚的中國人？

我們兩個都坐著不說話，那隻黑貓從桌子底下鑽出來，縱身躍上沙發，被我毫不留情地一巴掌推了下去。

「安娜，我必須要跟你講清楚，不管你怎麼想我，膽小鬼也好，骯髒的傢伙也好，我還是要說，我昨晚做錯了，我不該和你有那種接觸，更不要說是強姦你了。你還是個孩子，而我是個成年人，這種關係對你不健康。我還要說明的是：強姦是件很可怕的罪行，它對女人的傷害深重，可能一輩子都受到影響。希望你永遠不要受到這種傷害……」

安娜像尊塑像般地一動不動。

黑貓顯得不安，尾巴豎起，在腳旁蹭來蹭去，我心裡正煩，黑貓蹭到我腳邊時，我下意識地一抬腳，黑貓慘叫一聲，在地上打了個滾，躥上壁爐的爐台。「嘶」地向我嗤出牙齒。

「不要踢我的貓。」安娜一聲尖叫，發作了：「你滾，滾出這幢房子，我永遠不要再見到你。你如果敢再過來的話我就要告訴馬里奧，叫警察把你抓起來，你這個臭東方人，專門看花花公子的色鬼。你這個強姦犯，馬里奧會讓你坐牢，在那兒你會被人打個半死……」

「安娜，我不是有意踢你的貓……」

「我不要聽，你踢得那麼重，咪咪都要被你踢死了。還說沒有踢。你滾！你滾！馬上就滾！」

我看著安娜那張憤怒得扭曲的面孔，知道再分辯也沒用，於是默默地站起身來，出門之前回頭一瞥，只見安娜把頭埋在兩腿之間，身子不斷地痙攣抽動，像是極力抑制大哭出聲來。我心中一陣不忍，很想回頭去撫慰她一番。但我又能說些什麼呢？任何言辭都顯得空洞蒼白，我什麼也做不了。

我把手搭在門把上，輕輕一旋，沉重的大門無聲地打開。我沒有再回頭望一眼，走出門去，順手把大門輕輕地帶上。

莊園

我昏頭昏腦地回到莊園，在畫室的椅子上坐下，只覺得眼前一片空白，一切都不對，一切都脫出了我的掌握，這地方越來越像個墓穴，像個一幕接一幕的惡夢，現在連安娜都拿起鞭子來了，我在這兒幹什麼呀？再這樣下去我肯定會發瘋的。

我心煩意亂地點起香煙，努力使自己平靜下來。這個地方我不能再待下去了，一見到喬埃我就要和他講明這點，我太累了，沒有力氣完成他的合約了，他如果覺得我毀約，湯姆大可取消我的漁人碼頭工作室，我不在乎，只要讓我回到三藩市，我還可以過那種窮但是自由自在的日子，我太懷念卡斯楚街上的酒吧，中國城的小飯鋪，市場街上的電影院，花一塊錢可以從下午泡到晚上。我還懷念城市裡雜亂的交通，計程車老鼠般地亂竄，像用刀切出來的辦公大樓，上班的人們穿著用鉛皮剪裁而成的套裝，地鐵口湧出來疲憊的人群，像山羊的排泄物似的。我渴望見到人的臉，活著的，生動的，急匆匆趕到哪裡去的，我不用認識他們，我只要能夠處身在人群中，呼吸他們呼吸的空氣，聆聽他們的一言半語，在擦身而過時交換一個不經意的眼神。我將閉口不提我這段在義大利的經歷，喬埃永遠也不用擔心我會洩漏出去一絲內幕，不是嗎？我什麼都不知道，什麼都沒參與，什麼也不記得了。打死我也是這句話，他如果不相信我，我也沒辦法，只是我這架繪畫機器壞了，沒法再工作了，他看著辦好了。我只要求一張回三藩市的機票，看我沒日沒夜地畫了這麼多丁托雷托的畫，他總應該有一絲側隱之心吧。

如果我真能回到三藩市，我要養一條魚，就孤伶伶的一條魚，在我為生活煩躁時，看一眼魚在水缸裡團團轉，到處碰壁。我就會鬆弛下來，體悟到老天對我還是不薄，至少我在大魚吃小魚的人海裡游泳，而不是住在一個四面透明的魚缸裡。

我真的是累了，這累是從每一根骨頭縫裡透出來，像蛇一樣死死地纏上來，聽得見心臟在胸腔裡緩慢而無力地跳動，像架半死不活的泵浦。我一天下來什麼都沒吃過，肚子難受，同時有饑餓和反胃的感覺。我癱在椅子上連一根手指也不想動彈，除了把指間的香煙舉起，放到唇上，尼古丁，我顫抖不已的神經需要大量辛辣的尼古丁，這是現在唯一能給我帶來一點鬆弛的東西。

我想我一定是睡了過去，當我被右手的灼痛驚醒時，我正在夢裡和金妮在佛羅里達看鳥，正像她所說的：一片鋪天蓋地的鳥，各種顏色的，白的灰的黑色的，斜斜地飛了起來，如一把扇面「呼」地展開，穿過清亮的晨色，在天際線上兜了一個圈子又返回來，看得到牠們停留在空中一動不動的翅膀，再編了隊似的俯衝下來，消失在風中起伏不已的葦塘裡。

金妮剛淋過浴，穿著短褲和T袖，光腳上是雙簡單的夾腳拖鞋，頭髮紮在腦後。我聞到一股海草和松脂的清香，耳中聽到的是和鳥語一樣的呢喃。

她神清氣爽，巧笑倩兮，根本與坐車橫越美國的金妮是兩個人，她的手臂插在我的臂彎裡，指給我看這是加拿大雁，那是灰鷺，一身斑點的是密西根湖上飛來的野鴨，而運氣好的話，還能看到白鶴，極其漂亮而驕傲的大鳥，雙翅展開有一人多長，看著它們在天空裡翱翔就是一種莫大的享受。

金妮轉過頭來，那雙眼睛極其明亮清澈，翻飛的鳥影掠過藍色的瞳仁，並未激起一絲漪瀾。

我說你完全好了嗎金妮？她搖搖頭說她本來就沒病，而是這個世界病了。每個人都病了，喬埃病了，湯姆病了，她的母親病了，每個人都病得非常嚴重，擁有最多的人往往是病最重的人。但是，沒人肯承認自己是病了，他們還進行選舉，把病得最嚴重的人選出來當總統，當國會議員，當州長市長……

我說金妮，我也病了，我感覺得到的，我四肢無力，頭昏眼花，看什麼都有幻影。我還有精神上的頑疾，我疑神疑鬼，舉棋不定，前一分鐘確定的事後一分鐘又被我推翻，我無法完成手上的工作，我無法看到明天，我對生活一點信心也沒有，我像個行屍走肉般地在世界上逛來蕩去。我弄丟了自己，找不回來自己了。

金妮一臉悲憫地看著我，說，別著急，別著急，人把心弄丟了就是把自己弄丟了。我有過這種經驗，安靜下來，心，會自己找回來的。

我說，我就是在太安靜的情況下把心弄丟的，弄丟在那幢鬼屋般的修道院裡，弄丟在四百年前的畫幅裡，弄丟在吉普賽女人的咒語裡，弄丟在未成年少女如花的笑靨裡。找不回來囉。

金妮說，真的找不回來就讓它去吧，像這些鳥兒，從北方跋涉到南方，也會弄丟了自己，但是，小鳥會長大，會開始牠們自己的飛行，鳥群還是鳥群，南來北往，橫貫天空，一隻都不少。

我說金妮你是對的，做鳥要比做人自由得多，尋食、擇偶、飛行、徙遷，一切聽從造物的安排，生命顯得簡單平和。作為人，道德、責任、建樹、謀取，載負了實在太多，把個活活潑潑的生命弄得沉重不堪。任何一隻鳥，飛行的時候都是美麗的。作為一個人，在他經歷得越多，他也就離美麗越遠。「告訴我，金妮，怎樣才能確定你下輩子可以成為一隻鳥呢？」

「你得飛一次，你一生至少得飛一次，不管這飛行的距離是如何地短暫，只要你飛行過了，你永遠也忘不了那種在空中的經驗，你就會下定決心下輩子做鳥，一隻美麗的自由生物，擁有整片的天空和海洋。」

我說：「金妮，我希望下輩子能做隻鳥，但我從來沒有飛的經驗。連飛機都只坐過一次，在起飛時我心裡忐忑得厲害。我不知道我能不能飛，我跟你不同，我並沒有一隻鳥住在我心裡。」

金妮想了想道：「這樣吧，我們先從外在的形體做起，你先得在形象上和鳥一樣，也就是說，你得擁有翅膀，你可以學習飛行，等你能飛了之後，你自然而然地認同你是一隻鳥了。來吧，讓我們為你裝上翅膀。」

金妮從葦塘裡砍來許多蘆葦，蘆葦開著花，白色的羽狀花冠如鳥羽般地輕柔。金妮幫我把蘆葦綁在手臂上，用蠟固定。我們來到一處懸崖，海天一色，底下浪頭緩緩湧來，在礁石上拍碎。金妮說跳啊，跳出去你就變成一隻鳥了。我閉上眼睛，縱身一躍，我真的飛了起來。

上下左右都是一片透明的藍色，耀目的光亮從藍色中渲染開來，我身輕如燕，像魚一樣自在地游動。原來飛行是這樣地容易，輕鬆，令人心廣神怡，我想上哪兒去就上哪兒去，我一下子盤旋，一下子俯衝，一下子貼著海面飛行，一下子又拔地而起。

在飛行中最美妙的是，你失去了自身的概念，你不再是「物」，你是隨心所欲的精靈，你是急疾的風，你是緩緩漂蕩的霧，你是切割空間的對角線，你是飛行的本身。很多以前執迷的東西，在飛行中被自然而然地貫通，比如說，從生到死的一霎那，也就是從光明中振翅一躍飛進黑暗。

我目眩神迷，身不由己地越飛越高，一片灼熱的光環繞著我，藍色逐漸退去，代替的是越來越強烈的白光，緊閉的眼皮底下呈現一片桔紅的色澤，我的皮膚開始感到灼痛，在我意識到我太接近太陽時，我手臂上的蠟已經融化，而蘆葦翅膀開始燃燒，我渾身一下成了個火球，筆直地往下掉去。

我在驚醒的一霎那，鼻子裡就聞到松節油燃燒的氣味，我想一定是在昏睡中手上燃著的香煙掉進了松節油罐，松節油燃燒起來之後引燃擦筆布，再燒到我的袖子，火苗咬在我的手臂上，拍打熄滅之後又自動燃燒起來。一瞬間，我的肩膀上，背上都燃起了藍幽幽的火苗。

房間裡充滿了刺鼻的化學品燃燒的氣味，我的工作台上的顏料和稀釋劑已被引燃，玻璃瓶子清脆地爆裂開來，松節油和二甲苯四處流淌，藍色的火苗一竄老高。我正在畫的那張《奏樂的女人們》轟地一聲燃了起來，我呆呆地注視眾女樂師在火焰中繼續低吟淺唱，先是臉上手上的顏色一點點變黃，然後「嚓」地一聲裂開，卷起，快速地在騰起的火焰中燒成灰燼。

我頭腦運轉遲鈍，看著火焰當胸撲來才想起應該逃跑，一轉身，先是踢倒椅子，又撞翻靠在牆上的一幅畫，我猛然想起這房間裡都是丁托雷托的真跡，被我一把火燒盡可是不得了的大事，腳步自然而然慢了下來。我用力拿起裝了沉重鏡框的畫，跑出門去，直到靠近水池邊的安全地方，才放下來，轉身又衝進屋子裡去。

說真的，當我現在坐在電腦前敲下這段經過時，頭腦裡不合時宜地跳出來中國救火英雄向秀麗的印象，沒有一絲悲壯的意味，反而帶了點滑稽。我現在懂得了，在這個世界上，沒有任何東西，值得用生命的代價去交換，沒有。金錢豪宅珠寶名畫，都不在話下。這些東西早晚會毀滅，賠上性命是太不值得了。

也許，只有所愛的人的生命，才值得我們付出不論什麼樣代價。但是，雖是我們所愛的？你能肯定？世界上有恆定不變的愛情？

這些都是題外話，當我傻頭傻腦又往著火的屋子奔去時，火已經燒大了，我第一次出來時開了門，空氣對流，一下子把悶燒的火頭催旺了。在濃煙中，火苗順著到處流淌的松節油亂竄，向牆邊燒去，那兒，丁托雷托的畫一張張地靠在那裡。

畫架像一個燃燒的十字架，在大廳正中噼噼啪啪作響。我撲向牆邊第一張油畫，跌跌撞撞地出門，放下。再回頭衝進屋子，拿起第二張衝出門去。

我像條被甩上岸的魚，大口地喘著氣，喘息未定又向火光閃閃的門內衝去。一頭扎進去之後才發覺整個房間已經被濃煙所遮蔽，根本分不清上下左右，東南西北。我大聲地咳嗽，腳底被一塊碎玻璃刺傷，尖銳的疼痛使我一下子醒悟到我的生命正受到威脅，我放棄再把畫搶出去的念頭，準備轉身出門。

我的頭暈眩得厲害，明明看到光線從門口透進來，走近卻是一堵反射火光的牆。再回頭，濃煙升起，一尺之外就分不清物體，辛辣的化學品嗆得我兩眼流淚，拼命地咳嗽，喉嚨裡像有把錐子不斷地刺戳。漸漸地，每吸一口氣就加深一陣暈眩，身上一點力氣也使不出來，全憑著求生的本能在那兒掙扎，尋求著出去的途徑。

火勢越來越大，靠牆的畫幅燒起來了，沙發燒起來了，燒成灰燼的畫架轟然倒塌，青色的煙霧成螺旋形地在房間裡瀰漫。被門外颳進來的風一吹，先是煙霧散開，馬上又「轟」地一聲，火頭拔高，更為熾烈，一片火舌已經爬上窗台，舔捲著天花板，耳中只聽到呼呼的風聲和玻璃窗爆碎的脆響。

我努力摒住呼吸，只要再吸一口二甲苯燃燒的毒煙，我都可能立時昏厥過去。我眼角的餘光瞥到我處在壁爐附近，大門的位置就在壁爐右邊四五尺的地方，我鼓起最後的力氣向右方挪去。

眼看就要夠著門把手了，卻不防被一把橫倒在地上的椅子一絆，我一頭栽倒在地。膝蓋撞上不知什麼硬物，雖然我極力想掙扎而起，但受傷的腳用不上勁，加上頭暈得厲害，又一次地跌倒，抬頭看去，火苗離我的臉大概還有一尺的距離。

我日後常常回想：在那死亡的大門前我是怎樣的一種感覺？可是任我想破腦袋，也只得到一些不相連貫的片斷。其中印象最深的，在我眼睛一閉就自動浮上腦海的是，一望無際的大海，藍得發紫，水流卻紋絲不動，我坐的獨木舟凝固在水面上，低頭向透明的海水中望去，海底排列著各種場景，有成千上萬的軍隊互相殺戮，有古代行刑的儀式，無頭的身子追趕滾動著被砍掉的腦袋。有裸身的男人和少女做愛，然後是一個婦人生孩子難產，分開兩條大腿，直著喉嚨尖叫。病得奄奄一息的老頭躺在床上，那根東西卻直挺挺地朝天翹著。丁托雷托穿著五顏六色的彩衣，在畫布上大力塗抹，最後還是什麼都沒有，一片空白。一隻猴子，戴著皇冠，蹲在高高的椅背上發號施令，從達爾文到愛因斯坦像朝臣似地分列兩排，臉上一片討好之色，猴子說了些什麼，眾人一起唯唯諾諾。

我又見到我和薛暖在荒野裡行走，只是行走，要走去哪裡卻不知道。深一腳淺一腳地踩在泥漿裡，天黑了下來，淒風苦雨。我和薛暖爆發了激烈的爭執，我說向北走，她一定說向南去。兩人爭著吵著就漸行漸遠，我一個人在黑暗中趕路，黑暗粘稠如墨，心中的孤寂比荒原還要遼闊。終於在曙光乍現的時候趕到一座小屋門前，前來應門的竟是已成老嫗的薛暖，臉上皺紋縱橫，頭髮枯灰，雙手已經槁如雞爪。只有那副眼睛依然如昔，清明得像在泉邊飲水的母鹿。

我倏然驚覺，我這是要死了嗎？右邊肩膀和手臂已經沒知覺，我的舌頭被自己咬破了，淡淡的血腥味嗆進乾燥的鼻腔，嗓子裡嘶嘶作響，喉嚨像是被刀割破的水管，雖然我拚命地呼吸，但沒有一絲氧氣能到達我的肺部，心臟像一隻瘋狂的青蛙亂竄亂跳，但越來越沉重無力，一次比一次衰竭。

這就是生命的盡頭？我人生八千多個個日子就此走到頭了？死亡並不像所預想地那麼可怕，相反，帶著如低語似的呢喃：「放棄吧，幹嘛那麼執著？」這個世界不值得你緊抓不放的，任何事情到最後都是一樣，一場空，是的，一場空。死亡自有一種寧靜之美，一種和天地融為一體的永恆，安安靜靜地和青山綠水作伴，死亡，是唯一能打敗時間的狀態，物我兩忘。你不是疲倦了嗎？那就好好休息，沒人會來打擾你的。

那聲音像一隻柔軟的手，輕輕地撫著你的太陽穴。一股深沉的睡意像水一樣浸了上來，從腳踝淹到大腿，再爬上肩背，溫暖如春風。繃緊的神經像雪崩般地融化，一大坨一大坨轟然地滑下深谷。那股暖意包裹著全身，你在真正睡過去之前聽到有人腳步很重地在房間裡走過，一扇窗子被關上，又一扇，又一扇。你心裡明白所有的窗子全部關上之後，黑夜將會永遠地降臨。

我一遍遍地數著被關上的窗戶，八扇，九扇？還剩幾扇？一瞬間被無限地拉長，一秒鐘被切割成千萬塊碎片，我必須彎腰撿起滿地的碎片，一塊塊地拼接還原，但我看不見啊。我必須湊近光亮點的地方，好把時間的鏈條裝回去。我向前挪動了一寸，再一寸，突然眼前大放光明，在失去全部意識之前，最後定格在我的瞳仁上的是，一雙穿著翻毛登山靴的大腳。

薛暖

薛暖，你永遠想不到會收到這樣一封信，我自己也覺得非常地不合時宜，時間和記憶有關，而記憶和生命有關。那段生命已經被我們共同埋葬了，記憶如煙，被風吹散得影蹤全無。

那為什麼還會有這麼一封信呢？我也不知道，反正，你把它當作垃圾郵件好了，拆開來，漫不經心地瞄上一眼，隨手一團，丟進字紙簍裡。或者，當它是夜晚半醒時聽到風過樹梢，和遙遠的記憶中的音律有那麼一絲相似，只是昨死今生。再或者，你大可當它是一個陌生人寄錯了的郵件，陰差陽錯地到了你手上。你有幾個選擇：一，退回去。二，扔掉。三，在無人知曉的情況下拆開，讀罷，然後焚屍滅跡。

其實，我們才分開一年多，這段日子足以造成兩個不相關的陌生人，我能想像得出你對過去一切的疏離——古典歌劇薰陶出來的矜持如面紗般地懸掛，舉手投足有著劇中人的誇張和錯位，當然，身在其中可能不自覺，你看，美國中產階級提供了優厚的物質保障，但並不提供相對應的精神財富。華服、美食、歌劇、網球、夏威夷的假期、新年派對。生活就如設計好的電腦程式，還有什麼你能想像出來的？日復一日，脂肪在皮下積聚，同時也使心靈變得遲鈍。好在時間還短，也許你還保有天生的好奇心，拒絕不了蓋著義大利郵戳的信件，那麼，拆開來吧，再抖一抖，看看和文字一塊掉落的還有什麼東西？

相對應你的平靜富足，我現在一無所有，真的，像水洗過般地乾淨。沒有錢財，沒有身分，沒有明天，甚至沒有了我自己的面貌。照理說，一個人什麼都沒有就等於不存在了，但作為一個還是會呼吸的生物，我至少還有我內在的心靈活動，還有我的語言能力，還有，相隔一世的回憶。

千萬不要以為我是一無所有而向你求援，不是的，我一點也沒這個意思。

我剛經歷了一場浴火重生，在那場大火中，我失去全身百分之四十的皮膚，我左手的三個指頭。我現在躺在那不勒斯的市立醫院裡，極目所望一片白色，白色的天花板，白色的牆，白色的床單和繃帶，全身用夾板固定，右面半邊身子，像打滿補丁似地被植了皮，醫生說是一個十八歲女孩的捐獻的皮膚，車禍死亡者的遺愛。

病房裡沒有鏡子，我還沒能確認歷劫之後自己的尊容，任何人都知道那一定是面目全非，我只是想看看慘不忍睹到了什麼地步？但是我這個小小的要求遭到醫生的極力反對。據說對我的復原沒有任何好處。醫生還告訴我，就是他想這麼做也辦不到，我右邊的面部的肌肉，皮膚都掩蓋在厚厚的抗生素油膏之下，再覆蓋了層層的紗布和繃帶。這副打扮要維持幾個月，直到我臉部骨骼上長出新的肌肉，那時再根據情況或植皮，或整容。也許，更省錢些是戴個面罩，像《歌劇魅影》主人公戴的那種。

我在昏迷之後醒來，第一個衝動是想扯直了喉嚨尖叫，氣流微弱地從我腫痛的喉頭滑過，聽起來更像一隻被人捏住脖子的貓。醫生警告我，我的聲帶被濃煙嗆傷，如果不配合治療的話，也許我永遠不能再講話。但不能講話反而更加強了訴說的慾望，既然是訴說，必須有個訴說的對象，你，就是被我從記憶中第一個挑出來的。

你看，真的要說的當口又不知道從何講起了，怎麼能夠三言二語講清楚為什麼我來到義大利，我在這裡做了些什麼？最後，又發生了什麼事使我被捆縛在醫院的床上？我當然可以編出個故事，說我如何在情場失意之後心灰意冷，自我放逐到義大利，各種各樣的豔遇並不能治療我心中的創傷，然後再一場意外中我為了救一個和你有幾分相似的女孩被燒傷。不是這樣的，發生了什麼事都不重要，重要的是我現在站立的這個位置，以及，我從這個位置觀察和感悟的角度。義大利人有句通行世界的話，叫做「條條大路通羅馬」。既然我們已經站在羅馬的大街上了，誰還管他是乘車來的，步行來的，或者乾脆是爬過來的。

我只是想告訴你，一無所有真好，站在高處的感覺真好，一場火燒乾淨了時間加在我身上的衍生物，我得以用一個嬰兒的眼睛來重新看這個世界，生命的存在原不需要很多東西，健康，和快樂的心情應該足夠了。像我現在這樣，健康是只摔碎的碗，醫生把它箍起來之後還會漏水，而快樂的心情卻是隻養馴的鳥兒，在你手掌上飛舞，收放自如了。

我快樂嗎？是的，非常，非常快樂。因為我鑽破了自己作成的繭，頭頂的天空一片明潔。我在轉身向來路上望去，竟然發現有那麼多的人在負重攀爬，他們不但被財富、名望、親情，所拖累，更為甚的，他們被不可名狀的情緒扼得喘不過氣來，被愛慾、憤怒、妒嫉、懷疑、執著、仇恨所侵蝕，這些情緒像一張張浸濕的紙，蒙在他們的口鼻之上。你看，他們走得多麼氣喘吁吁，汗如雨下。沒人捨得扔下任何一件隨身行裝，沒人想到其實我們什麼都不需要，因為我們只是時間裡的過客。

我曾經是他們中的一個，我執著一己的愛慾，而失戀之後也不肯放手，我為自己加上種種的重負，憤怒扭曲了我的視角，破壞了我的心情，以致當美好事物呈現在眼前時我視而不見。當一個人蒙上眼睛在懸崖邊行走的時候，他能把握自己不摔下去嗎？

當然不能，我不可避免地摔了下去，摔得粉身碎骨。我的靈魂卻得以擺脫了肉體的羈絆，在清明的谷地中栩栩升起。放眼望去，大地蔥蘢，綠得像翡翠那樣透明，而天空，純淨無暇，深遠得直達世界的盡頭。我突然想起一個女孩對我說過：做鳥要比做人自由得多。當時不以為然，人是萬物之主，人能做許許多多事，鳥卻只能飛翔，尋覓食物和繁殖後代。現在突然感悟到那女孩說得太好了：生命本無高低貴賤，做鳥和做人都是在同一條起跑線上，在宇宙萬物中度我們短暫的一瞬。人一生下來就被打上種種的烙印，最高貴的世襲王侯和最低賤的印度賤民都沒有什麼區別，然後，你一輩子拖著你的重軛，在指定的道路上顢頇前行，在人為的名利、貪婪、競爭、妒嫉、憤怒中失落掉我們的一生。這是如何短促而珍貴的一生啊，你具有活活潑潑的感知，你能擴展胸廓，放鬆筋骨，自然而然地吸進一口純淨的空氣，你全身的血液得以歡快地湧動循環，如日月星辰那般流暢。你的瞳仁能聚集光線，萬物的形象通過明暗折射到你的視網膜上，你定睛注視一棵小草，觀察草莖到草葉的顏色變化，像玉一般地潔白，再慢慢展現如翡翠般地青綠，在這青白兩色之間，蘊含了一個生命，一個精巧微妙的生命，這生命和你我相比一點也不遜色。你的耳朵自然形成一個渦形，相對應大海的濤聲。耳膜能捕捉到最細微的聲響，雨珠滴落屋簷，花蕾綻放，松間風濤，而飛瀑傾下萬丈深淵，潮水湧起，如馬蹄在土地上騰飛。連月光都是有聲音的，像一層金黃色的蜜汁在山間岩石間流動。

造物主的一切創造是如此地奇妙，我們幾曾用眼睛看了？更不用說用心去看，去體會了。我們關心什麼？我們所關心的全是些不足道的東西，虛幻的東西，浮華的東西。可有可無的，蒙蔽心智的，說到底我們關心垃圾。我們所謂的文明，是一個絕大的垃圾製造場，我們埋著頭，撅著屁股，在垃圾堆裡翻尋，折騰，而且一個個不亦樂乎。

說了這麼多有什麼用？有句話叫做「清者自清」。一個人的感悟是不能和人分享的，哪怕你說破嘴皮也不能讓別人從你的角度看問題。人類是個大板塊，個人卻只是小得不能再小的單細胞，你再憤世嫉俗，但你還是被大板塊裹挾著走，一起沉淪。

我們為形所拘，不能像鳥兒那樣在透明的空氣裡翱翔，從多個角度觀察世界。我們能做到最大的是打開心的牢籠，讓靈魂和鳥兒一起飛升。飛升時當然負擔越少越好，心既然是隻鳥兒，就要還牠鳥兒的本性，無憂無慮，自在自然。

我就是為了這個給你寫信的，我總有一擔重負卸不掉，那就是我們的一段感情。

說是早已過去了，無聲無息了，像一陣輕煙般地飄散了，影蹤俱無了。我也曾這樣告訴自己。真的麼？我一遍一遍對自己說：「過去了，過去了，什麼都不剩了。」

那是騙自己，不但沒過去，而且還在心裡縫縫隙隙中塞得滿滿的，由於常年不通風，那些東西一點點地發酵變質，蘊含著毒素。我一直沒在意，直到躺在病床上什麼也不能做，只能靠清理回憶來打發時間之際，這才驚覺到事情沒那麼簡單。

那種毒素叫做「憤怒」，一件事的結束，一份情愫的流逝，本應像風入竹林，雁過寒潭那樣，不留聲也不留影。我卻把這種毒素緊緊地捂在心中，由它進入我的血液，再輾轉進入我的思緒，扭曲我的心態，使得我得不到安寧，行事和待人接物全受到影響，而且，極其嚴重地干涉了我的判斷力。

我把世界上很普通的，在身邊時時刻刻發生的事認為是我一個人獨特的困境，我不但一葉障目，而且可笑地把花開花落誤認為悲劇。正因為我的執著，我肩負了沉重的擔子走在人生的道路上，步履維艱。而我還那麼年輕，你可以想像如果我不做一個了斷的話，那將會是個什麼樣的情形？

我必須面對自己，我必須自己動手割去這個毒瘤。

我必須敞開，像外科醫生打開病人的胸腔，我必須面對著你，清理我們所有的絲絲縷縷。我在不自覺的情況下將愛情轉化為憤怒的火災，如今，我需要你的協助撲滅這場陰燃的大火。

我愛過，愛得癡狂，我也恨過，恨得咬牙切齒。愛過去了，恨卻並不是那麼輕易可以擺脫掉的。我必須面對著你，注視著你的眼睛，心平氣和地說道：一切都過去了，我希望你能得到內心的平靜，就像我渴望平靜一樣。我希望你安好，就如我們必須好好地度過每一個日子。我希望我們能心無芥蒂地相視一笑，就像剛打完一場網球，輸贏不在話下。我希望你和我一樣，有一天可以從容地回顧走過來的路，然後和平地進入下一段路程。

讓憤怒消解吧，我們只要平靜，平靜，平靜……

醫院

我在那不勒斯市立醫院住了九個月，沒有任何訪客，剛進醫院時我昏迷了很長一段時間，附近修道院的修女每個禮拜來看護我二、三次，幫著料理一點私人的事務，餵我吃東西，然後靜靜地坐下，默默地研讀聖經。醒來之後我的眼光瞥見一張蒼白的臉龐，長得很難看，像鳥一樣的臉上表情全無，一直垂著眼簾，卻透出一股言語不能描述的祥和氣息。時間，世事，俗務，像水一樣在她身上流過，我甚至不知道她的名字，我們之間也不用稱呼，任何事情都是默默無語地進行，我的頭向放水瓶的桌子望過去，她就會從祈禱中抬起頭來，走過去，倒了水，再來到床邊，托起我的上半身，把枕頭在我背上墊好，再把水杯送到我的嘴邊。

我的左面半身的皮膚受傷嚴重，手臂上，肩膀和大腿是二級燒傷，右手，臉部也受了很深的損傷。我剛入院時全身毛髮都被剃去，繃帶和紗布從我的肩膀纏過胸膛，一直延伸到小腿。我在床上只能側躺，為了通風，從天花板上懸下兩條繩索，把我的右手和右腿凌空吊起。我的膀胱被插入了導尿管，大便就需要人來幫我料理了，照例說這是醫院護理的職責，但是義大利醫院管理混亂，人員冗雜而責任推諉，特別是交接班時，接尿的塑膠袋都滿了，兩三個小時沒人來管我。我實在忍不住了只好在床上便溺，修女就一聲不響地為我清理乾淨。醫院在我治療期間用了大量的鎮定劑，引起神經系統紊亂，一二個禮拜不能排便，肚子漲得像鼓一樣。但我羞於提出，修女是非常有護理病人的經驗，知道我的難言之隱，找人來幫我解決這個問題。隨著乾結的糞便排出體外，我渾身輕鬆暢快得幾乎要虛脫過去。

病人是沒有隱私的，更沒有尊嚴。你是一塊死肉，躺在紗布和膿血之中苟延殘喘。你的生命對別人說來無足輕重，天天有蓋著白布的屍體被推進停屍房。肥胖的外科醫生用電動器械為病人截肢，像手持鑽探機的礦工，切割下來的殘肢被堆在白色的搪瓷盤子裡，像商店櫥窗模特兒的假肢。生命在這兒是赤裸裸的，零敲碎打的，過眼即逝的。同情心再強的人看多了病變的器官從血淋淋的腹腔中拉出來，生壞疽的胳膊腿變得發黑水腫必須截去，腦袋必須打開以取出腫瘤。聽多了那種慘絕人寰的號叫，或者是連綿不斷折磨神經的呻吟。心上不由得會長上一層硬膜，這也是一種必然的自我保護，人心是脆弱的，你不保護你自己，用不了多少時間，別人就必得來修理你了。

護士進來幫我換導尿管的時候，手腳很重地抓起那器官，一根筷子般粗的半硬塑膠管從尿道口硬插進去，全然不顧我又酸又麻的感覺。照理說內臟是沒有感覺的，我還是覺得一件異物侵入我的膀胱，杵得我說不出的難受。另外，一轉身或一移動，那根管子就提醒你：你是一條被牽住的狗，你的活動範圍就只能在這個方圓之內。而那條管子握在造物主的手中，他可以讓你晚上閉眼時還是個活人，第二天卻永遠不會醒來了。

你可以說造物主殘酷，但仔細一想「殘酷」只是個相對應的名詞。生的門是狹窄的，偶然的，必然的死亡卻對任何人一視同仁。你在死亡的大門口肩負的東西越少，你越能輕易地毫不留戀地走進那扇門。我在住院期間見過各種瀕死的病人，穿著凡薩奇時裝的年輕妻子陪伴在床側，稚齡女兒身著學校制服，下課之後來探望。病人眼中流露出生的欲望是那麼地強烈，門還是一點一點關上了，眼睛都閉不起來，望著自己被黑暗一點點地吞沒，而病房裡卻還是一片人間春色。這才是真正的悲哀。

雖然我一無所有，但我年輕的生存本能還是強烈而執著。我這半邊烤焦了的身體要回到正常狀況談何容易，醫生都搖頭，說也許能找回百分之幾都將是個奇蹟。要經受常人不能忍受的巨大痛苦不說，在治療期中任何事都可能發生，發炎、深層感染、血中毒、肌肉壞死、抗藥性、肌體排斥。只要任何一種情況發生，以前的努力和吃過的苦頭全部白費。最好的結果是：我落個半身疤痕，關節強直，韌帶肌肉像枯柴一樣沒有彈性。我將不能用我的左半身肢體，手不能提物，不能捏筆畫畫寫字，不能料理自己最起碼的生活需要。我將在餘生中苟延殘喘，活得比條狗還差，或異樣或同情的眼光永遠追隨著我，我只能住在遠離人群的偏僻地方，舉目無親，孤獨地活著，孤獨地死去。

我常常在半夜的劇痛中醒來，一個聲音在腦中說：幹嘛呢？這一切苦捱又有什麼意義？就是你穿過這條遍佈荊棘的窄路，前面等待著你的是永遠陰霾的天空，淒風苦雨，黑山惡水，你就是撐到頭了，還是同樣的結果——死亡。不值得的，何不現在就放棄呢？你不是醒來就痛，只有睡著了才能解脫一些麼？何不給你自己一個既深沉又寧靜的睡眠，睡眠中沒有噬骨的疼痛，沒有銼刀在你神經上來回拉動，沒有一聲接一聲的呻吟號叫從你喉頭迸出。沒有你受不了的眼光，尊嚴不會再一次次地折腰。

那兒一片寧靜，你說什麼？虛無。是的，寧靜和虛無。像海洋一般地深邃，也像海洋一般地淹沒一切，那兒沒有醜惡的肉體，所有的靈魂一律平等，像天地一樣永恆。意識呢？我們要意識幹什麼？不管多睿知，多深沉的意識和冥冥無邊的虛無比起來不值一提，像一片羽毛漂浮在深潭之上。為什麼要提那個呢，你現在最需要的是安寧，身體的安寧，靈魂的安寧……

在前三個月，我差不多每夜醒來，然後被這些念頭糾纏不清，有幾次真的萬念俱灰，疼痛，晦暗的前途，心理上的挫敗，真的使我不願再捱下去了。要走出這個生命的框框並不是一件太難的事，在疼痛中醫院為我開了大量的口服止痛劑，這玩意兒摧毀人的意識，說到底是分量小的毒藥，放大五十倍一百倍的話保證人死翹翹。我可以每次存放一點，到劑量足夠時一切都可作個了斷——EXIT。

我幾次三番地望著手中一滿把白色的藥片，一塊通往安靜世界的敲門磚。我有時懷疑醫院方面是否和我有差不多的想法：一個不知道從什麼地方來的外國人，燒成這樣，醫院接也不好不接也不好，花下去不少錢還不知道能不能收回來，往後更是用錢的地方多了去。但人命關天，底線是不能逾越的。你不是痛嗎？我們對麻醉劑不吝嗇，你自己看著辦吧。我們尊重每個人自己的選擇。

我兩眼空洞地望像窗外，那兒沒有山嶺河流，沒有平和的鄉村風光，我只能見到醫院的另一幢水泥樓房，平板的灰色。在兩幢房子之間有塊不足十二英尺的空地，堆了一部水泥攪拌機和一些雜物，沾滿灰漿的梯子和空的油漆桶，唯一的生命是一棵半死不活的小樹，瘦弱的樹杆擠在廢棄的金屬物和垃圾之間，深秋時分葉子都脫盡了，但我知道那樹還頑強地活著。不為什麼，就是那股生命盲目的韌勁。

我一揚手，把滿手的藥片撒進馬桶，去它的。生命無論如何殘破，卻是我們唯一的，不可替代的經驗。雖然肉體顳頏，前途晦暗無望，但心還是有知覺的，如飛鳥的影子投射在一潭靜水之上，水底激流縱橫洶湧。雖然形體乾枯，卻於我心智無損，只有更加敏銳。我眼睛依然明亮，所有的細微變化一絲不漏地印在視網膜上，我還能感受到美，平躺在病床上，我靜靜地看著光線和陰影在牆上移動，欣賞白晝和黑夜交替微妙的層次，我的耳朵能捕捉到急雨敲擊窗扉的節奏和韻律，情緒如波濤般地起伏。我的嗅覺變得異常的靈敏，在送餐車進入走廊之前，我就能分辯出今天的午餐是奶油香草通心面還是紅洋蔥配小牛肉。甚至連以前過眼即忘的平常人物景色，現在卻能細細地體會他們的喜怒哀樂，小小的人間戲劇隨時上演，我是唯一的觀眾。我的受傷把我帶入一種新的境界，動態的世界離我遠去，靜態的世界卻展示出以前我不曾注意到的一面。另有一種燦爛，豐富和生動。

我要活下去，不管付出什麼代價。

首先要過的是取下紗布那一關，雖然塗了厚厚的抗生素油膏，紗布的肌理還是滲透進慢慢長合的肌肉和皮膚中，一揭紗布，整片剛長合的皮膚也被挑起，感覺就像剝皮一般。耐心點的護士幫你剪斷紗布的絲縷，再抽出埋在皮膚下的線頭。粗率而大手大腳的護士就猛地一扯，剛長起的嫩皮就被粘在紗布上帶了下來，疼得我冷汗淋漓。難熬的還在後面，等到新的皮膚慢慢癒合時，痲癢的感覺像全身爬滿了螞蟻，又不能去搔，只能乾挺著，醒著還能控制，睡著了下意識地伸手抓了幾下，過後馬上感染，不單表面潰爛，連靜脈都被細菌侵入而引起靜脈炎，終日高燒。醫生警告說我的身體對抗生素的承受已經到了最大的程度，反覆的感染會使所有的藥物失去作用，那時就是上帝也救不了你了。

我年輕的身體慢慢地挨過了高燒和感染，身上的皮膚結成了佈滿疤痕的坑坑窪窪、紅腫、發亮。醫生說這層皮膚不管用，毛孔都堵死了，等過一陣子先要把肌肉等附著組織整形，然後再要重新植皮。需時可能長達十八月。如出現差錯，可能拖得更長。

哦，死是容易的，回到生的道路上來要艱苦百倍。

開弓沒有回頭箭，我咬緊牙關手腳並用地在這條小路上爬了回來，我經過了關節再造，韌帶再造，植皮，皮膚整形。疼痛對我說來是每天必須面對的事情，不同的復原過程中有不同的疼痛。由於用了太多的止痛劑，藥效對我漸漸地失去作用，原本六個小時的劑量在兩個多小時就無效了，疼痛突然襲來，像一記重錘般地擊在腦後。全身的神經一下子繃緊，知道這才是第一波，就如被野狼包圍，第一口被咬在小腿肚上，第二口，第三口馬上就跟著來了。我除了麻醉劑之外沒有別的抵禦武器，而過分地依賴麻醉劑無疑自尋死路，只能硬挺著。看著我疼得渾身發抖，雙拳緊握，額上冷汗如雨，修女特莉莎的嘴唇抿成一線，跪在牆上掛的十字架前急促地禱告，又把頸間懸掛的十字架取下塞在我手中。我情急之下連十字架帶手一把攥住，那隻細柔的纖手被我握得關節咯咯作響，修女也就讓我握著，另一隻手為我揩去額上的冷汗。看到我一個多小時硬捱下來，汗水已經把床單和枕套浸濕了一大片。特莉莎修女忍不下去，走出病房叫來了護士。

長期住過醫院的人都知道，病房裡操生殺大權的並不是醫生，而是那些老資格的護士，她們掌管著你的病歷，執行醫生的治案，為你縫針拆線，送藥打針，把尿擦屎。那些女人天天看見死亡，截肢，大出血，開膛破肚，神經堅強得像牛皮筋一般。在她們手裡，病人不是個有血有肉，會痛會嚎叫的生物，而是一堆出了故障的機器送回來返修。你痛嗎？好，說明你還活著，死了就不會痛了。話當然沒說出來，但她們的表情明明白白地寫在那裡。也難怪她們，任何人的心靈長期暴露在猙獰的死亡面前，很快就會潰敗下來。她們的冷漠也是一種自我保護的手段和反應。人的神經和生命一樣，是極其脆弱的。

喚來的護士叫安琪琳娜，老資格的護士頭。這女人體重達二百五十磅，一對金魚眼，皮膚黝黑，厚厚的嘴唇上生著很濃的汗毛，從來沒半個笑容。看得出出身底層，長時間熬上來的，換藥扎針的動作粗魯但準確，絕不拖泥帶水。此時她頸間掛著聽診器，站在床頭俯視著我，木乃伊般的臉上紋絲不動，像看一隻剝了皮的青蛙似地盯著我。在兩個小時毫無抵禦的疼痛襲擊下，我神志已半昏迷，修女幫我揩汗的毛巾被我一口咬住，死不鬆口。只聽一聲長嘆，迷糊中睜眼瞥見安琪琳娜搖了搖頭，轉身和修女嘀咕幾句，修女一臉迷惑，安琪琳娜卻語氣堅決，大聲說了些什麼之後出門去了。

疼到後來人就虛脫了，我昏昏沉沉地睡去，再醒來已經是天黑了。我想護士在我昏睡時替我打了嗎啡，那是我平時堅決不肯用的。人只覺得全身發軟，像浸泡在水裡的泥巴，雖然還保持著形狀，但輕輕一晃就會變成一灘濁水。我不知道疼痛何時還會回來，也不知道還剩下多少忍受力。也許，在下一次的狂風暴雨中我這艘破船就會徹底解體，筆直地沉到水底去吧。

門打開，走廊裡的燈光映出一個巨大的身影，是安琪琳娜，這時候她應該下班了，怎麼還會到病房裡來？只見胖護士掩上門，躡手躡腳地走近床邊，彎下身來，在這一霎那，我瞥見她粗糙的臉上露出軟和的笑容，一絲憐憫的光輝使得那張臉美好起來。看到我不解的表情，安琪琳娜把一隻厚厚的手掌放在我的額頭上，用生澀的英語低聲道：「試試那個，對你的疼痛會有幫助。」我順著她的手勢，看見床頭櫃上有五支白色的手捲煙，我在喬埃的派對上見識過這玩藝兒——大麻，印第安人傳下來的迷幻劑，也好像聽說過大麻有鎮痛的作用。

我迷惑地抬起頭，看著安琪琳娜，她平時以工作上的一絲不苟出名，脾氣也很壞，護士和病人都有點怕她。我和她語言不通，只希望她給我打針時動作輕柔一點，從來不敢奢望她和我有任何個人交往。突然冷不妨她站在我的床頭，變了一個人似的安慰我，還給我大麻煙鎮痛，這到底是怎麼回事？

安琪琳娜的黑眼睛裡沒有回答我的意思，那雙眼睛溢滿了牛一樣的母性，廣大得把一切都包容了進去，我幻覺中安琪琳娜馬上就要伸出又長又厚的舌頭來舔我的臉了，就像母牛舔小牛一樣。我甚至聞到了那股暖哄哄的牛臊氣。

安琪琳娜盯了我幾秒鐘，那一瞬間很長，長得我有些暈眩，像是沒頭沒腦地浸進一大缸熱水，霧氣朦朧。只覺得有種憋了太久想哭的感動，我本來一直一個人和疼痛孤軍作戰，眼看就要撐不下去了，突然不知道從哪裡冒出來一隊援軍，雖然戰鬥遠沒有結束，但我有個倚靠了，心理上一下子踏實了許多。

安琪琳娜往後瞥了一眼關緊的房門，再轉過身來眼睛裡的那股溫情就消失了，她調整了一下點滴注射器的閥門，提起手提包往外走去，在門口停了下來，向我做了個手勢要我把大麻煙趕快收好。

我把大麻煙分隔在捲筒手紙裡放在枕頭邊，沒人會來檢查我用來擦汗，擤鼻子的手紙卷。在吃完晚飯後撐著下了床，拿著手紙卷，拖著架了點滴瓶的支架，一步一挪地來到廁所，反手把門鎖上。

我的右手還在層層紗布的包裹中，我褪下褲子，在冰涼的馬桶上坐下，把手紙卷挾在膝蓋中，用左手抽出一根大麻煙，打火點上，深吸一口，整個地吞進肺裡，然後像潛水一樣，屏住呼吸，讓煙氣在體內游走，讓張開的微細血管把大麻素吸收進去。

我過去在喬埃的派對上也吸過這玩意兒，不過沒上癮，對用古柯鹼的人來說大麻只是一道開胃小菜，大家一圈輪著，傳到你的時候也得抽上幾口，否則沒辦法在圈子裡混，你既不吸可克，又不抽大麻，來這兒幹什麼？但我抽的時候並沒有像人家告訴我的把煙憋在體內，只讓煙氣在嘴巴裡打個轉就吐了出來。我從來就沒迷上過大麻，迷幻嗎？要迷幻幹嘛？我還嫌自己不夠清醒呢。

現在面前這支粗糙的白色手捲煙卻是我的希望所在，是我用來抵禦疼痛的小小盾牌，在所有的止痛藥都束手無策時，能得到哪怕一絲一毫的緩解都是好的。

辛辣，帶著一股山林中草木焚燒的焦味，大麻煙氣在肺部流轉，漸漸地淡下去，我吐出一股濁氣，又把煙圈在手心裡，吸進一大口。這次吸進去的感覺比第一次順暢，再吸幾口之後，一股疲乏的感覺直升腦門，肩關節脊椎骨一陣嘎嘎作響，腹中一團轟鳴，馬桶裡屁聲大作，身體好像飄蕩起來。

效果這麼快？我驚異地看著手中吸了一半的大麻，繚繞而上的煙氣有一股醉人的青草芬香，一凝神，我眼前一道白光閃現，一圈一圈柔和地湧動，到後來就越轉越快，像一艘巨大的氣墊船把我托起，越窗而去。

腳下是一片嶙峋的山巒，在月光之下顯出青黛之色，湖泊像一面鏡子似地反光，星月都沉在水面，有如一盞盞宮燈懸掛。空中似有音樂聲，若有若無地飄蕩，間或是一片女聲合唱，間或又聞海濤般的鼓樂，清脆的鐃鈸之聲抑揚頓挫。我嗓子裡憋著一句唱詞，很想跟上音樂的節拍，但剛一張口，樂曲就變換了，我卻不以為憾，還是拼命想跟上曲調的變化，到後來就恍然知道永遠也不可能跟上的，那音樂不是來自人間，而是來自離我咫尺之遙的天堂，怎麼也不可能趕上那個節奏。

我一點也不沮喪，頭有點暈，但心中有一股巨大的輕鬆感湧上來，解脫是如此地美好，就像一朵蓮花升出污濁的水面，一瓣一瓣地舒展開來。在這兒，時間的感覺是奇妙的，分分秒秒如水般地流過，晶瑩剔透。你穿行在白天黑夜之間，太陽從你右邊升起，月亮卻還高懸天穹。無數的大顆星辰像瑪瑙般地璀亮，自顧自地慢慢懸轉。空氣中有股好聞的松樹針葉的清香，太陽的味道聞起來像新出爐的麵包，月亮像剛切開的西瓜，清涼甜美……

我坐在馬桶上把手裡的大麻煙抽得只剩短短一截，那裡的味道最好，所以抽大麻的人總用一把小攝子夾著大麻煙屁股，可我哪裡去找小攝子呢？這麼好的東西浪費了真是可惜。

我在馬桶上坐了一個小時二十分鐘，精疲力竭但又心情飽滿地回到床上，一下子就睡了過去，第二天早上六點多鐘醒來，醒來之後覺得昨天的睡眠裡好像少了點什麼，仔細一想，少了了日夜相隨的痛感——昨晚疼痛沒來找我。

窗外的曙色透出一層溫暖的桔色。

在醫院的日子過得緩慢無比，傷口癒合緩慢，在等待下一道手術的過程緩慢，化驗報告出來緩慢，病床騰空緩慢，尋找合適的植皮緩慢，手術的日期一拖再拖……再加上義大利的社會系統慢吞吞地運轉著，我這個外國人就像夾在大齒輪間的一根纖維，身不由己地隨波逐流。苦寒的冬天過去了，窗外那枝半死不活的小樹冒出了一層綠意，護士們的頸間會紮上一條色彩鮮豔的絲巾，身上帶著戶外新鮮的春天氣息。

我新植上的皮膚開始和我的身體吻合，邊緣的地方還是醜陋的深紅色的疤痕，但漸漸地恢復到能出汗了。問題在我頸間連到臉部那一片植上去的皮膚不怎麼服帖，醫生說那裡神經叢繁密，不容易接受外來的肌體，「也許將來你可以選擇整容，」醫生聳聳肩攤開雙手：「我們已經盡了最大的努力了。」

我注視著鏡子裡的那張臉，進院時剃掉的頭髮又蓬蓬勃勃地長了出來，一片傷疤從病人服的領口爬上來，掩蓋了大半個左臉頰，在顴骨下方有一條鼓起的疤痕，紅腫發亮。摸著像塊橡皮，我試著咧了咧嘴，右邊的臉頰笑得陽光燦爛左邊卻紋絲不動。我用手指伸進嘴裡，頂著左臉頰，全無感覺。這張臉只剩下一半是我自己的，另一半是魔鬼的。

醫院裡的日子是冗長而單調的，除了修女和神父，沒有人來看過我，我在當地沒有幾個熟人，從特莉莎修女的口中得知是一個放羊的老人把我從火中救出來的，但以後再也沒了音信。我甚至懷疑是不是真有喬埃這個人，他好像從來沒在這個世界上存在過。連索妮婭也是我在高燒中派生出來的，現在的清平世界哪會有女巫？

但是安娜呢？我可以忘記一切，但我能忘記安娜麼？那個笑靨如花的女孩，那個像隻小野貓一樣的瘋丫頭，她應該知道莊園失火吧，但她從沒來看過我，連一句口信都沒有。不來也好，她還是個孩子，簡單單純的孩子，世界上種種醜陋的事情最好離得她遠遠的，燒傷是個多可怕的景象，為什麼要她來看一個渾身纏滿了紗布的人呢。那張不像人的臉開口講起話來會不會嚇壞了她？對她說來最好還是把我忘了，忘記我們曾經天天粘在一起，忘記我們之間的親熱和傷害，忘記青春的騷動和不安，忘記所有的誘惑和被誘惑……

「忘記」像秋千一樣盪去又盪了回來，推一把，遠去，不注意時一瞥，又在你身邊。

忘記不了也要忘記。

特莉莎修女告訴我醫院方面希望我在近期能夠出院，「義大利政府劃給外國人的醫療預算有限，醫院的很多開銷都無從著落，帳都欠在那裡。醫院的意思是他們已經盡了最大的責任了，至於帳單他們也不指望你能夠支付，只是再待久的話對雙方無益，如果你能早日回到美國去，美國的整容外科非常發達，也許你可以找到一個慈善機構，由他們來安排進一步治療和整容。」特莉莎修女很困難地把醫院方面的意思轉達給我聽。

我把手裡燃著的大麻煙遞給她，特莉莎接過去，瞇起眼睛，吸了一口之後又還給我，我也不記得從哪一天起，我們分享了第一支大麻，我需要鎮痛，特莉莎修女呢，大麻對她來說代表了什麼呢？通往天堂的一部梯子？

我平靜地對特莉莎修女道：「請轉告醫院方面，我非常感謝他們為我做的一切，比我所期盼的多了太多。醫生不但把我從死亡邊緣救了回來，我在住院期間還上了一堂人生和生命的課。並不是每個人都有我這種機會的……」

特莉莎臉上現出一層迷惑，她主動伸出手來要大麻煙。

「醫院的想法也正是我的想法，我不是到義大利來研究醫院系統的，九個月住在這兒對我說來是太長了。既然醫院希望我出院，我隨時準備好了，明天？後天？都可以。給我二十四小時的通知，至於醫院為我墊付的費用，也請給我一份帳單，我會盡我的力量償還的……」

特莉莎修女把煙氣屏在肺裡，過了一會，一條淡淡的白煙從她嘴角漏出來，她眼睛盯著暗紅色的煙頭，嗓音嘶啞地問道：「你去哪裡？」

「醫院不是說了嗎？回美國去尋找更好的進一步醫療。」

「你有買機票的錢嗎？也許我可以在教堂搞個捐款集會什麼的……」

我說：「不必麻煩了，特莉莎，你已經為我做了許多，機票我會想辦法的。」

特莉莎修女告訴我醫院說可以在一星期之後出院，我入院時的東西也拿給我了——一件燒剩半邊的T恤，破爛的牛仔褲，一雙皮製的涼鞋。我把牛仔褲和T恤團起來塞進垃圾箱，特莉莎卻揀了出來，回去洗好折疊好帶回給我：「留著做個紀念吧。」

出院前的三天，我正在護理室做最後一次地創面清理，胖護士進來說我有訪客。奇怪的事，差不多住了九個月的醫院沒人來過，最後的日子怎麼會有人來探望。我在回病房的路上一直詫異會是誰？安娜？老羊倌？或是喬埃突然記起我來了？

病房的門打開之後，首先映入眼簾的是床頭櫃上一大束花，各種顏色的鬱金香，莖幹挺拔，葉片翠綠肥大，粉紅色的包裝紙還沒去掉，插在一個紫色的大玻璃樽裡。房間裡被收拾過了，被褥平整地鋪在床上，窗子被打開，新鮮空氣充滿房間。

沒有人影，廁所的門關著，有水聲傳來。

我站在門口，心裡有一個預感掠過，難道是……不可能。

隔壁病房裡傳來一聲巨響，像是有人摔倒，送我回來的護士扔下我的輪椅就往那兒跑去，我自己把輪椅挪近床邊，扶著床架站起身來。

廁所裡的水聲停止了，門鎖「答」的一聲打開，正如我所料，穿著藕色襯衫藍色裙子的薛暖走進病房裡。

薛暖

計程車在調頭，我們此時正站在莊園的門口，計程車司機抱怨不該接這單生意的，該死的路面全是石頭，車子的底盤肯定震壞了。他一面嘰咕一面從車窗裡探出頭來，看到我們沒有再添加小費的意思之後，猛地一踩油門，計程車像隻兔子般地蹦蹦跳跳往山下駛去，揚起一大團塵土。

「就這裡？」薛暖想不到是這麼破敗的一個地方，頭轉來轉去地觀看周圍荒蕪的景色。莊園門前的石階被齊膝高的野草掩沒，牆上的覆盆子藤重重疊疊，差不多封住了那扇鏽得打不開的鐵門。在通往主屋的那條車道上，橡樹的枝椏低垂，隔年的落葉厚厚地堆積在兩旁，樹幹間結滿了蛛網。台階下有一隻伸直翅膀的死鳥，成群的螞蟻連成一條黑線在死鳥的身體下忙進忙出。

我一隻手扶住拐杖，那是全體護士送我的出院禮物，另一隻手在口袋裡摸索香煙，房子和我記憶中的全無二致，連陽光也穿透時空，顯出一層迷離的幻境來。逝去的日子就藏在那個牆腳，一聲鳥鳴，所有的影像全活了過來……我不敢去想安娜，但是，沒有安娜的記憶只是一片空白，像突然中斷的銀幕。

「我們還進去嗎？」薛暖顯然被四周的荒僻所震駭，語氣裡有希望早點離開的驚慌，我扔下煙蒂，拖著腳步走上台階，輕輕一推，門隨手「嘰」的一聲打開。薛暖猶豫了一下，還是跟著進來。

庭中的噴泉水池裡積著一池黑水，上面漂著一層灰色的藻苔，池子周圍扔了一堆被火燒過的傢俱什物，牧羊女的雕像上爬滿了藤蔓，像是穿了一件綠色的長袍。一把椅子翻倒在地，椅墊裡的棕絮被什麼動物拖了出來。石板縫裡長出齊肩高的野草，帶鉤刺的葉片上面開著黃色的花。只聽到身後薛暖一聲尖叫，原來她只顧腳下看路，冷不防一頭撞進一片蛛網，頭髮上全粘上白花花的絲狀物，又撩起頭髮一個勁地問有沒有蟲子爬在她的後頸上。她的頸間皮膚還是那麼白皙，但我只是說了聲沒看見蜘蛛掉在她身上，然後問她要不要到門外去等我？薛暖撣去頭髮上的蛛網，說既然來了，就看看你的修道院吧。

迴廊上橫擱著兩扇卸下來的門，我以前畫畫的那間屋子洞開，走進去，房間裡空無一物，一股潮氣混合燒焦的味道撲面而來。牆壁被很粗糙地粉刷過了，還是有霉跡透出來，磚地上殘留著燒黑的痕跡，我彎下腰來仔細看，離門一尺處有個模糊的印子，我當初就是在那兒倒下的。

「你就在這兒畫畫？」薛暖在身後問道，她抬頭看看屋頂下兩隻飛來飛去的燕子，它們正忙著把窩建在橫樑上。又轉頭去看大理石壁爐：「這壁爐好大，是古董了吧？」

我沒回答她的問題，我腦子裡只有一個念頭：那些丁托雷托的畫呢？全燒毀了？還是被轉移了？誰轉移的？喬埃嗎？他來過那不勒斯了？記得當初大火吞噬整間屋子之前，我曾經搶出了幾張油畫，那都是價值連城的真跡。現在都到哪兒去了？

我在迴廊上拖著腳步，一間間的門被打開，裡面什麼也沒有，原來掛畫的釘子還一排排釘在牆上，使我不至於覺得一切都只是出於我的幻想，在這座荒遠僻靜的修道院裡，我曾經直接面對過文藝復興最偉大的畫家之一，很貼近地欣賞他雷霆萬鈞的畫作，研究他鬼斧神工的畫面肌理和筆觸，被他宏大深邃的人格所震撼，但那是何其短暫的一瞬間，我付出多大的代價。也許是造物主對我太接近生命的本相的一種懲罰吧。

薛暖看我走得氣喘，提議在院子裡休息一下，這些房間的霉味太重了，對一個身體還沒有恢復的人不好。我們在噴泉的池邊坐下，薛暖從提包裡掏出鏡子來端詳，我抽著煙，一面用手杖撥弄著腳邊那堆燒焦的傢俱殘骸，突然，一抹熟悉的顏色跳進了我的眼簾。一抹銀灰色，不是那種萎頓成泥的灰，也不是那種沒生命的金屬灰色，而是一種這個塵世所沒有的，只存在於藝術家調色板上的華貴的銀灰色。

我猛地站了起來，把坐在旁邊的薛暖嚇了一跳。

我顧不上回答她的：「怎麼了？」扔下手杖，彎下腰去掀一截桌腿，桌腿被別的雜物壓住了。我高聲喊薛暖快過來幫忙。

左手還纏著繃帶，我用一隻右手，薛暖用兩隻手，三隻手小心翼翼地把堆在一起的雜物搬開，在一隻抽屜和桌腿的中間，夾著我曾臨摹過的《手托乳房的少女》。畫已經燒殘，被從框架上撕下，但大半的畫面還呈完好，可以清晰地看到面部，身體的大部，托著胸部的左手完整無缺，但右手的那角已燒毀，邊緣上的帆布焦黃，又粘了濕氣，才一移動，碎片就散落下來。

這畫是清理火災現場的人扔在這裡的，正好壓在兩件傢俱之間，得以躲過九個月來的風雨侵蝕和被動物毀壞。我不知道這張畫是丁托雷托的真跡還是我的臨摹，當初簽字的右下角已經燒毀。我用紮著繃帶的左手托著畫，右手仔細地把汙跡擦去，畫面的色彩還是鮮亮，那個畫中少女一臉的嬌媚，眼神迷濛地看著遠方。

我耳中聽到薛暖的聲音從很遠的地方傳過來：「她是誰？」我說她活在四百年前，我沒說在火災的前一天她又活轉過來。我說她是丁托雷托難得一見的佳作，我沒說她和安娜合為一體，在那天晚上極盡誘惑之能事。我說她是丁托雷托繪畫人性化的表露，我沒說性慾是我們所有的文化泉源。我說她是當年義大利隨處可見的鄰家少女，我沒說她是夏娃活脫脫的肖像。我說你看這色彩多典雅，用筆如何精緻，我沒說美麗的內在有摧舟折桅的力量。我說這張殘畫總算是件紀念品，我沒說上帝有眼，讓我撿拾遺落的生命碎片。我說了又說，但說了什麼自己也沒明白。

我們又在樓上樓下巡看了一遍，這個修道院比我第一次見的時候更破敗了，樓上的一部分屋頂已經塌陷，雨水灌進來，地板都被水泡得拱了起來。整扇窗戶被風颳走，牆面佈滿了墨綠色的霉點，如一大朵，一大朵的惡之花。樓梯上的欄杆也已鬆脫，我告訴薛暖不要靠上去，說不定又是一個死亡陷阱。

薛暖雙手抱肩，不敢相信地問：「你就在這麼不蔽風雨的房子裡畫畫？這兒看起來像是鬧鬼的地方。」

「也許吧，我想蒲松齡的聊齋故事就是在這種地方寫出來的。」

「我如果一個人住這兒會害怕的。空空蕩蕩的，鄰居離得那麼遠，萬一有什麼事你都沒個叫應……」

我說我有時也害怕，但很多事情你沒有選擇。

我們又去看了小屋，到處蒙上了厚厚的灰塵，看來我入院之後沒人來過。我站在落地窗前瞭望安娜家的後院，草坪凌亂，游泳池的水失去了透明的藍色，變得粘稠發綠，好像很久沒人料理了，通向屋子的門關著，這家人大概又出去旅行了。我要離開這個地方了，很想再見安娜一面，就是這樣離得遠遠的見。看來是不可能了，這樣也好，見了面平白勾起傷痛，昨死今生，過去的就讓它過去吧。

我和薛暖走到山坡下去等計程車，等了一個多小時，不見一部車子經過。我還要繼續等，薛暖說天也晚了，那不勒斯又沒什麼事等我們趕回去，就在那小屋住一晚吧。

我們在路邊的小店買了麵包，乾酪和瓶裝水，從原路回到莊園，我體力虛得厲害，幾次停下來喘氣，薛暖要過來扶我，我輕輕地推開她的手，說我可以自己慢慢走，如果我想早日過正常生活的話。以前走二十分鐘的坡道我走了一個半小時，到達莊園門口時，天差不多全黑了，只有天邊剩下一條血紅的霞光。

點上蠟燭，薛暖把床上的被單被褥拎去門外，把灰塵抖盡。再在我的指導下，用唧筒打上水來，洗了臉。再找了一條乾淨的餐巾，把麵包切開，抹上乾酪，準備我們簡單的晚餐。我在床下找出一瓶紅酒，洗了兩個杯子，斟酒，遞給薛暖一杯。

蠟燭在壁爐架上微弱地閃耀，我們倚靠在沙發的兩端，擎著酒杯，中間是攤在餐巾上的食物。月亮出來了，玉色的清輝勾出薛暖的側影，恍如隔世。我看不清薛暖臉上的表情，直覺得她欲言還止。我卻情願保持緘默，任何訴說和傾聽都是水上浮花，言詞流過，水下磐石始終無形。這幾個月來我學會一件事：閉上嘴巴。過去的和將來的都沒什麼意義，你既不能揣測過去的事情，又無力把握將來的走向，何必去糾纏，嘆息？而現實在你的眼前，你稍不留意，轉瞬即逝。

紅酒配新鮮麵包和乾酪的口味很好，我住院期沒碰過任何酒精，所以這酒喝起來感覺很好，不覺多喝了幾杯，身上開始變暖。恍惚中聽到薛暖幽幽地說：「你變了。」

我含混地說我當然變了，你沒看見我只剩下半個我自己了嗎？另一半身體，皮囊，都是陌生人的……

「我是說你內心變了，你以前是個那麼衝動的人。但現在……」薛暖晃著杯中的酒液，尋找著字語。

我沒作聲，壁爐架上的蠟燭抖動了幾下，滅了，月光一下子浸滿了整個房間。

薛暖的聲音在月光中流淌：「身體外部的變化，我們每個人都不可避免，意外，病痛，年齡的變遷，我不是指這個。我說的是你的內心，從我第一眼見到你時，雖然外形不一樣，但你的眼睛中的神情還是我記憶中的那個樣子，只有那一瞬，幾天過後，那副眼神不知消失到什麼地方去了。你看著我的眼光使我害怕，你非常溫文有禮，非常有自我控制……我很高興看到你遭受這麼大的變故之後還能保持內心平靜，這不容易，並不是每個人都做得到的。但有些東西不見了，改變了，陌生了。你的內心好像躲在一堵牆的後面，把自己和整個世界分隔開來，你拒絕跟人對話，我是說真正的內心對話。」

我掏出香煙：「薛暖，我也不知道我怎麼了。我曾經到了懸崖的邊緣，差點跌下去。我現在努力回來，但我的體力精神都不如以前了。你要給我點時間。」

兩人沉默，我點上香煙，薛暖伸出手說也想抽一支。我把煙盒扔給她，又劃著火柴遞過去，薛暖俯身過來，用力地攥住我的手腕，我心裡一顫，一波浪潮湧來，海鷗翻飛，那種雲開日出的感覺暖烘烘的。什麼都有可能，一聲鳥鳴可以引起一場雪崩，一處餘燼可以重新燃起森林大火，一個不經意的動作可以勾起無窮的想像。

我只有閉上眼睛，任憑波浪在岸邊拍碎……

那隻攥緊的手鬆開了，我們各自靠回沙發的兩端，薛暖扭頭看著窗外，她的臉在香煙的霧氣裡若隱若現。

我說我不記得你抽煙的，薛暖。

薛暖突然轉過身來，語氣惡狠狠地說：「我就不能改變嗎。不抽煙的可以開始抽，朋友可以變成仇敵，老死不相往來的人又可以聚在一起，今天和過去倒錯，時空可以互換。抽煙，這又有什麼可大驚小怪？就說你吧，你可以一年多沒有音訊，突然來了一封信，說你躺在醫院裡，身無分文。你有沒有想過收到信叫我怎麼辦？真的像你說的那麼輕輕擱開？讓我有一天回想起來難受？覺得欠虧了你的？我能不繞過半個地球過來嗎？你真的什麼都想通的話何必再要寫那封信，在信裡你放出了高姿態，你撇清了，了無牽掛了。你就沒想想你那封信把我逼入什麼樣的境地。說到底，男人都是自私的，連他們的懺悔都是自私的。做女人真他媽的欠了你們了。」

我不作聲，黑暗中看到煙頭的紅光一閃，薛暖的臉扭曲著。

「這幾天你作出一副淡然的樣子，你閉口不問我的日常生活，不問我的學業，甚至不問我和皮特的關係，不問我是如何來到那不勒斯的。你清高，你斬斷了過去，你很好地保持了距離。雖然你和我說話，對我微笑，但你看我的眼光好像穿過我的身體，你藏在一堵厚厚的牆後面，你的客氣是一種排斥，你神思恍惚，拒人千里，你的微笑冰冷，簡直可說是皮笑肉不笑。我從三藩市飛紐約，再飛法蘭克福，再轉機來那不勒斯，就是為了看一個陌生人？一個從外到裡，從頭到腳的陌生人。這也好像過分了點吧。」

「啊，薛暖，你忘了我的臉還沒有恢復，笑起來也許被你認為皮笑肉不笑的。」

「別用你的受傷來蒙我，我還沒無聊到用你的痛苦來開玩笑。我是說你的內心，發自內心的微笑和敷衍人的笑容有天差地別，你以為我分辯不出來？我什麼都想過了，你對我發火，你抱怨，你冷嘲熱諷，甚至……哪怕你舊情復燃，死纏爛打，我都有思想準備。就是沒想到會碰上一張撲克臉，碰上一塊冰，碰上一堵軟牆，我來這兒做什麼……」

薛暖的聲音好像要哭出來了。

我能說什麼？我能做什麼？你不能連續二次走進同一條河流，同樣的，你也不能連續二次走進同一段感情。就算你還有這種想望，但世事已經星轉斗移，物事全非。薛暖，我們早就是陌路人了。

薛暖把煙頭扔在地板上，站起身來，用鞋底碾滅。又頹然坐下，把臉扭向窗外。

「你啞了嗎？你幹嘛不說話？我悶都要悶死了。」

「薛暖，我寫那封信時沒想到你會過來，當然，我很感激你大老遠地跑過來看我，在我住院期間，太多人對我表示了好意，我雖然不能一一答謝，但會常久地銘記心中。」

薛暖的鼻子裡「哼」了一聲。

「你不知道我出院的那天，你在醫院門口叫計程車，而護士們和特莉莎修女在病房裡和我告別，如果不是她們在住院期間盡力照顧我，今天我不可能坐在這裡和你說話，不痛死也神經錯亂了。其中我最為感激的是特莉莎修女，九個月，她每個禮拜來看我三四次，風雪無阻。要不是她為我翻譯，我不可能領會醫生的意圖，也不可能很好地配合治療。她從圖書館裡帶書和雜誌給我，否則我不知道如何打發漫長的時光。她料理我最說不出口的需要，這種事你出錢也沒人會幫你做。她在我最低沉時連日連夜地陪伴我。可貴的是，她做這一切時從來沒向我傳道，沒有用天主上帝罪惡懲罰之類的話題來煩我，我身背太多的負擔，再加一根道德的稻草就可能把我壓垮。她沒有，一直是安安靜靜的，只做事，不出聲……

「我離開時她擁抱了我，我輕聲在她耳邊說：『謝謝你，特莉莎，謝謝你為我做的一切，也謝謝你的上帝。』

「特麗莎修女還是像已往那樣平靜如昔，她輕輕地拍著我的背說：『照顧好你自己，上帝離我們太遠了，我們不可能太多地打擾他。我們所能依靠的只是——慈悲，每個人心中都有的那一份。』

「而你遠渡重洋來看我也是一份慈悲，薛暖。」

薛暖很久沒作聲，房間裡繃緊的氣氛緩和了許多，我站起身來：「早點去睡吧，明天回那不勒斯還要收拾東西上飛機。這兒夜裡很冷，你需要的話櫥櫃裡有備用的毯子。」

我不經意地向窗外一瞥，安娜家的房子有一扇窗戶透出昏黃的燈光。

我躺在沙發上很久不能入睡，隔壁那燈光攪得我心潮起伏，明天晚上我和薛暖將乘坐三角洲航空公司的航班回美國，像兩粒細沙般地融入茫茫人海。我將再也見不到安娜，也許這樣也好，但我們最後一次見面的情景總噬咬著我內心的平靜，她最後看我眼光中所帶的恨意，她最後的一句叫我「滾」是那麼地聲嘶力竭地喊出口，那種決絕的神情到現在還使我心寒。不管怎麼說，我是傷害了這個未涉世故的女孩子，但是，我們曾經那麼親密，使得那種傷害猶其顯得疼痛。有什麼辦法可以緩解這種疼痛？哪怕能減輕一絲一毫？

九個月過去了，安娜應該比較平復了，也許她肯靜下心來聽我的解釋，那我怎麼解釋呢？解釋有用嗎？誤會的網已織成，傷害已經造成，言辭解得開嗎？能撫平那種憤懣嗎？我一點把握也沒有。

我只希望安娜能對我一笑，那種沒心沒肺地一笑，什麼話都不用講地言歸於好，像兩個吵過架的孩子想不起為什麼吵架那樣。當然，我和安娜不可能再回到那種混沌的，不設防的伊甸園狀態了，將不再會有輕率、嬉戲、袒露和情亂意迷。安娜很快地揮別她的少女時代，有一天她將回到美國，面對更為複雜，更為動盪的青春期。我所求的只是我們的交往不要成為她一個負面的回憶，畢竟我們在一起還有那麼多美麗的時光。

但事情也可能完全與我的願望相違，安娜可能把我們之間的事情告訴了她母親和馬里奧，他們可能已經報警，上門去等待我的可能是一副手銬。也有可能安娜到現在還不能釋懷，見面就是惡狠狠的一通詛咒、大罵，直接把大門摔在我的鼻子上。也有可能她根本不願見我，特別是我現在這種人見人怕的鬼樣子。

月光穿透樹枝，照在沙發前的地板上，枝影搖曳，我聽到樓上臥室的門輕輕地開了，然後赤足踩在樓梯上的「吱呀」聲，薛暖大概是想用樓下的廁所吧。我閉上了眼睛，卻聽到赤足的聲音越過洗手間，一步，一步地走近來，最後停在沙發前。

我沒張眼，是因為我不知道會看見怎麼樣的一個薛暖？衣著凌亂，鬢髮不整的薛暖，或是一個赤身裸體，一絲不掛的薛暖？著衣的薛暖咬牙切齒，不依不饒地要為她來看望我討個說法，裸體的薛暖像個復仇女神，堅信男人在慾望和情色前不堪一擊，像裸體的妓女征服衣著華貴的嫖客，你在肉體上攻城掠地，她在心靈上曲人之兵。再自信的男人在交媾時比一條狗也好不到哪兒去，頭向前伸著，呼吸急促，渾身冒汗。雌性動物腰間的曲線，胯下的深淵，十個男人有十個在那兒滅頂。

我沒張開眼睛是因為兩種情況我都不堪承受。

沒有動靜，聽得見月光在房間裡流淌，貝多芬描寫過的那種靜靜的色彩，如水銀瀉地，流轉跌宕，高潮湧起，又歸於靜謐，歸於寂滅。

我知道薛暖站在沙發前，注視著一具殘破但又年輕的身體。一個對立的性，一段逝去的情，陷在深深的睡眠中但又無時無刻不是醒著，如一堆篝火，灰燼底下哪怕只剩一絲火種，難保不會重新燃起燎原大火。她站在那兒，猶豫著，在 to be or not to be 之間搖擺不定。

薛暖，薛暖，你還沒看透嗎？全是偶然。任何人，任何事情，任何驚天動地的愛情，任何改變歷史的事件，全是偶然。我們從宇宙射線深處走來，呈平行，呈交叉，呈對角，我們接近而碰撞，碰撞而產生火花，我們或在碰撞中粉身碎骨，或者在消耗了力量之後漸行漸遠。沒有再一次聚首的機會了。

偶然是這個世界的絕對統治者。

我呼吸安詳，始終沒睜開眼睛。我不知道薛暖在月光流淌的房間裡佇站了多久？各種各樣的念頭雜沓繽紛，即起即滅，分分秒秒溜過，在月光下鐵索無聲無息地斷裂，墜入深淵。我聽到柔軟的腳步聲遠去，我隨即睡去，直到清晨鎮上教堂的鐘聲響起。

安娜

「今天是禮拜天，計程車很少出現。為了保險起見，我們還是要分頭行動，你去路口等計程車，我到鄰居家借打個電話。如果搭不上車，我們就會誤了三角洲的航班。」

薛暖看來沒睡好，臉色顯得蒼白，但神色平靜，她簡單地梳洗了一下，就去山下的路口等候計程車。我先下酒窖裡取了瓶紅酒，謝天謝地，沒人發現這個酒窖，「聖・路加」還一瓶不少。我走到安娜家門口，心臟突然狂跳起來，嗓子眼也被堵住，我差點轉身逃走。好容易鎮定下來，走上台階，拍響門環。

首先回應我的是一聲貓叫，「咪咪」如果在的話安娜應該也在，我心臟又一次狂跳起來，但隨即門後響起拖沓的腳步聲使我又不敢肯定。正在遲疑間，門被猛地拉開，一個穿著睡衣的男人出現在眼前，一聲不響地向我注視。

這是誰？馬里奧？房子的主人。我見過馬里奧的相片，很精神很銳利的一個男人，風度翩翩的知識分子。但眼前這個邋遢老男人頭髮蓬亂，臉上掛著兩隻很大的眼袋，花白的鬍子參差不齊，露出胸毛的睡衣散發出一股難聞的隔宿味道，像個潦倒不堪的酒鬼，但除了馬里奧又會是誰？幫他們料理房子的老園丁？不會吧。

我躊躇著不知如何開口，男人的眼睛像死魚一樣沒有表情，手上卻做出要關門的動作。我連忙上前一步抵住門框，結結巴巴地用英語說道：

「先生，我曾住在那房子裡，這次回來看看。想借用你的電話叫計程車回那不勒斯。」

男人還是不說話，但也沒表示拒絕。

我遞上那瓶聖‧路加：「我認識安娜，我們曾經是朋友。」

男人接過酒瓶，瞟了一眼瓶上的標籤，死魚般的眼裡放出光來。他默默地側身讓我進門，又跨出門去，拎起竄出門外的黑貓頸皮，扔回院子裡。

我跟在男人的身後來到屋子裡，起居室凌亂無比，沙發上團了一堆亂七八糟的毯子，地板上，咖啡桌上堆滿了書和雜誌，煙灰缸裡盛滿長長短短的煙蒂，沒洗的髒盤子成摞地放在地板上，到處都是酒瓶，各種各樣的襪子、上裝和皺成一團的襯衫掛在椅背上，屋子裡混合著煙酒和不洗澡的人身上散發出的怪味。

男人在雜物堆裡找出電話，向我做了個手勢。我先撥了問詢台，值班的小姐卻不會講英語。說了半天還是不得要領，正滿頭冒汗之際，背向我眺望窗外的男人突然轉過身來，從我手上接過電話，用一口純粹的紐約口音的英語問我：「計程車？」

我感激地說：「是的，謝謝你了，先生。」

他掛上電話，轉撥計程車公司的電話，用義大利語嘰咕了一陣，告訴我最快的公司也要一個小時之後才能派車過來。我知道義大利的辦事效率，一個小時已經很不錯了，反正耽誤不了我們的航班就是，於是便點頭應允了。

放下電話，他又轉身面向窗外，整個背影告訴我：你可以滾了，電話不是打完了嗎。但我此行的目的並不完全是為了打這個電話，我鼓起勇氣道：「先生，還有……我可不可以見安娜一面？」

他久久地不動，像是沒聽見似的。我不死心，又問了一句：「安娜在哪兒？」

他冷不防地轉過身來，惡狠狠地說道：「你要找安娜嗎？她已經不在這裡了，不要問我她去了哪裡，我不知道……

你如果想找雛妓的話，那不勒斯就有。或者你喜歡金頭髮的？倫敦、巴黎的街頭多的是，花五十塊錢帶去那種骯髒的小旅館，把她推倒在佈滿蝨子的床單上，狠狠地幹她一場。五十塊美金就解決問題，哈哈。」

我震驚得無以復加：「你說什麼？你怎能這樣說安娜？」

「我在說雛妓，在沒有墮落到街頭之前，她們也叫安娜、瑪麗亞、或者安琪琳娜。都一樣。」男人現出一副嘲笑的神色。

「聽說你是個大學教授，也算是受過教育的人，怎麼能這麼說一個女孩，她什麼地方惹到你了？」我憤怒得雙手發抖，照我以前的脾氣，拳頭已經招呼到那根鷹鉤鼻子上了。

「教育算個屁！」男人看我的眼色像看個白癡：「現在滿世界都是受過教育的人，怎麼樣？這世界變得好一點沒有？並沒有。教育使人虛弱，教育使人喪失心智，教育使人發瘋，我在教育圈子裡待了三十年，正像你講的一樣。還是沒一點長進，滿口粗話。不過，好像是你自己要求跑進我房子裡來的。」

「我只是要求見見安娜。」

那男人把我從頭到腳地看了一遍，嘴角挑起一個惡毒的微笑：「你要見安娜！東方人對白人少女的迷戀？不能忘情？但是她早忘了你是誰？一個傻頭傻腦畫畫的傢伙，一個……」

「先生，請你不要侮辱人，我們第一次見面，互相間應有個起碼的尊重。你又知道我多少？憑什麼說人傻頭傻腦？」

男人哈哈大笑，笑完手朝窗外一指：「哦，憑你那個所謂的丁托雷托紀念館，憑你聽信那個瘋子的胡言亂語，憑你缺乏最基本的歷史常識，憑你為了幾張破畫把自己燒成這副樣子。」

我疑惑道：「你在說什麼？我不懂你的意思。」

馬里奧不耐煩地道：「任何人如果有一點普通文化常識，就應該知道丁托雷托是威尼斯畫派的主將，他在威尼斯學畫，也正是你所說的受教育，在威尼斯接受訂件，在威尼斯成名，受威尼斯公爵奉養。沒有任何史書記載過丁托雷托和那不勒斯有什麼聯繫，沒人會把風牛馬不相干的事情拖在一起，除了喬埃那個白癡。」

我反諷道：「馬里奧先生，在你的眼裡，別人不是傻子就是白癡吧。你活在傻子和白癡中間也太可憐了。」

「說他是白癡一點也不為過，或者你喜歡用個文雅點的字眼『偏執型的妄想者』？都一樣，都是腦子有病。在那不勒斯這兒附近，許多村民姓丁托，就像美國人姓史密斯，或布朗一樣，沒人把自己的姓氏和文藝復興的大畫家硬湊在一起。喬埃，從祖宗八代起就住在鎮上，為人家打短工，或放羊。窮得連你說的受教育都沒機會，這倒沒什麼，義大利南方普遍貧窮，所以大批的年輕人在二戰後移民美國，有些人死掉了，有些人發財了，只有這個喬埃。丁托，回來之後第一件事是去鎮公所把姓氏改成丁托雷托，並到處宣揚他是丁托雷托的後代，而且要在鎮上建立一個丁托雷托的紀念館。沒人把他的話當真，大家都知道不管你把名字改成丁托雷托還是喬凡尼，不管你有了幾個錢，還是那個窮小子，成不了氣候的。」

「馬里奧先生，中國人有句老話，叫做『六十年風水輪流轉』。一個人生來窮是無法選擇的，但成氣候的並不一定是有錢人。你應該算是有錢人了，但能保證你的子孫後代像你一樣住大房子，受好的教育，永遠有那種自負斜著眼睛看人嗎？」

我雖然對喬埃有很深的怨氣，但更討厭馬里奧的刻薄和勢利，忍不住刺他一下。

馬里奧愣了一下，當他悟出我的暗諷之後並沒有發作，反而微笑了一下：「你這個問題難不倒我，我沒有子孫後代。自然界非常詭譎，永遠只保存一小撮菁英分子，在任何物種都是一樣。你太優秀了，你的子孫後代就會變得很羸弱。也許是一種生態平衡吧。所以受教育越多的人選擇少生育，而普通大眾就生啊生個不停。你可以說這些人的頭腦有問題，可是我更傾向於一種觀點──生育的鑰匙並不掌握在我們人類的手中。達爾文的學說有一個明顯的謬誤：強者生存，弱者淘汰。但根據生物的進化史看來並不是這樣的，一度統治地球的恐龍消失得無影無蹤，而蟑螂卻生存了下來，到今天還和我們比鄰而居。原因在哪裡？在生育。你沒看到越是高等動物，包括我們人類，都是一次只生一個？而且懷胎的時間還很長。反過來，兔子一次可生七八隻，老鼠可生三十隻，懷孕期只要四到六個星期……」

我打斷了他：「馬里奧先生，你說得很有趣，只是離題了，我沒時間了，請你告訴我安娜在哪裡？」

馬里奧卻好整以暇地找出兩隻酒杯，手法熟練地打開那瓶我帶去的「聖・路加」：「我馬上就會告訴你。年輕人，你缺少耐心。在這個世界上耐心是極其重要的一種素質，生存需要耐心，瞭解真相也需要耐心。來，不要辜負這麼好的酒，你在哪個酒窖裡找到的？市面上已經很少見到了。」他遞過來一滿杯紅酒。

「你沒有耐心，我就少跟你兜圈子。話說回來關於那個喬埃，他祖父生了十三個小孩，窮得沒辦法。所以家裡的孩子一到能出去幹活的年紀，就結夥渡洋去了美國。他家有三個男孩在芝加哥開披薩店，喬埃才生下來一歲多就被他叔叔帶去美國。」

「我知道這些，你為什麼要跟我說這些陳年爛芝麻的事。」

「因為鏈條是一環一環地連接在一起的，我接下去就要講到：喬埃這家人有神經病的家族遺傳，他的父親在生下他不久之後，突然狂興大發，自稱是摩西再世，整天瘋瘋癲癲地到處佈道。沒人聽，他就滿荒野地亂跑，在山坡上排滿了石頭，向石頭佈道。再後來他又改稱是所羅門王，要臨幸全村的女人。石頭可以一動不動地聽你講道，女人哪有那麼好臨幸的？全村的男人聯起手來把他打了一頓。誰知這傢伙臨幸不到女人就趁天黑摸到村民家去臨幸他們的母牛了。被發現之後當然又是一頓暴打，打得差點送命。說也奇怪，從此瘋病好了許多，不再騷擾村人，獨自在山上放羊，村人也避著他……」

我感到一股寒意從脊樑骨升起，雖然不願相信，但我肯定從那張惡毒的嘴裡吐出的每一個字都是事實。我曾親眼所見……那張扭歪的臉，那雙空洞的眼睛，終日不停地在我和安娜身邊梭巡。但喬埃跟我怎麼說的？老頭是在蘇俄戰俘營被打壞的。

恍惚中馬里奧的聲音像銼刀在花崗石上來回銼著：「你如果可以把自己幻想為摩西，或者是所羅門王，那把自己幻想成丁托雷托的後代也是合情合理。但是從美國回來的喬埃並不滿足於此，他買下了隔壁的修道院，把你從三藩市弄來，美術史上一個最大的笑話像個肥皂泡似地被吹起來。」

「我聽說你也對那莊園感興趣？」

馬里奧的下嘴唇掛了下來：「他告訴你這個？他非常得意是吧。這狗娘養的。」

我看見馬里奧的眼睛充滿恨意，突然明白這兩個男人並不只是互不喜歡的鄰居，問題還要複雜得多，他們倆之間的恩怨應該更為錯綜。馬里奧端著酒杯在房間裡走來走去，我瞧了一眼腕錶：不知薛暖在岔道口等到計程車沒有？我應該去那裡和她會合，但是我又非常想知道這兩個傢伙之間到底是怎麼回事？

馬里奧在窗前站定，遙望著莊園，久久地不說一句話。我正想是否就此離去，馬里奧語氣平靜地開口說話：

「我出生在那莊園裡，大家都知道修道院長是我的父親，但沒人提起。作為一個私生子，我不能要求太多。在十七歲那年，我獲得哈佛的全額獎學金，在波士頓待了八年，我在紐約找到工作，安頓下來。那段時間喬埃跟我來往很多，到底我們是從一個村莊出來的，總有一份鄉情，義大利人那時是歐洲最窮的國家，移民從事的都是批薩店，雜貨店之類營生，所有的義大利人都很照顧親戚和同鄉。

「喬埃才從越戰回來，精神狀況非常不穩定，是退伍軍人醫院的常客。我常常接到湯姆從三藩市打來的電話，說喬埃是如何地潦倒不堪，貧病交加。我買了機票讓他來紐約，在我長島的別墅裡休養，在別墅裡，他第一次看到丁托雷托的畫冊，我怎麼會想到一本放在咖啡桌上的畫冊會點燃他頭腦裡瘋狂的幻想？他變得徹夜不休不眠，跑到我的臥房來跟我講他家族和丁托雷托的淵源。我明知那是虛幻，是從那不正常頭腦中產生出來的無稽之談。我苦口婆心地跟他解釋丁托雷托的威尼斯學派和那不勒斯沒有一點關係，從任何的歷史記載也找不到丁托雷托家族有義大利南部的血統。但他絕對聽不進去，還責怪我潑他的冷水。我猛然想起他家族頑固的妄想病症：你再有一千條理由也說不動這種人，一旦他認定了的事他會找出任何牽強附會的理由來為之辯護，哪怕是再可笑的事情也會在他頭腦中生下根來。我放棄，反正在流沙上蓋的房子一定會倒塌下來。

「我們有好幾年斷了聯繫，當他再一次找上我的時候，我正陷入個人的麻煩之中，父親中風住進那不勒斯的養老院中，艾莉加的離婚事宜在法院裡持久不決，學校裡又為我的左派言論找麻煩。所以對他所說的籌備丁托雷托紀念館之類的破事全沒放在心上，看多了政治上的爾虞我詐，學術上的無中生有，喬埃的妄想太小兒科了，如果他認為他是梅杜奇家族的後代，要跟梵蒂岡打官司收回西斯汀的壁畫。你又能怎麼辦呢？我還是讓他住在長島的房子裡，自己每月飛去那不勒斯看望全身不遂的父親。

「我不知道艾莉加和喬埃是什麼時候勾搭上的。我們義大利南方人有個規矩，絕不勾引近親好友的家眷，太多的相爭仇殺就是因此而起的，喬埃應該知道這個規矩。我同時對艾莉加也很放心，因為我知道喬埃不是她口味的那種男人，艾莉加非常注重文化品味，或者是她自以為注重文化品味，這個我們就不去追究了。但是我們忽略了一點，女人往往為瘋狂的男人著迷，女人會對於一個漏洞百出的設想閉眼不看，卻盯住那虛幻耀眼的光環。我想喬埃正是向艾莉加描繪了一幅關於在那不勒斯重建文藝復興的圖畫，告訴她將會有一樁奇蹟在他不懈的努力下產生，告訴她一個被淹沒的聖地將重新煥發光彩。照她的常識應該看出全是無稽之談，但她卻一口吞了下去。女人是憑感覺行事的，如果她不相信你，說破嘴皮也沒用。但她上鉤之後，無論如何拙劣的騙局也閉了眼往裡跳。

「三年前從我父親的教會得知那個莊園將要出售，我想把它買下來，修葺完畢之後建成一所靜修中心，這不但有個人的感情在內，而且有關我今後事業發展的考慮在內。為了買下莊園，我作了充分的準備，而且我也滿懷志在必得的打算，因為在此地沒有人是我的對手，外界也沒有任何感興趣的跡象。出售的消息只是小範圍內通知，甚至沒登報，就在鎮上的辦公室裡投標。我甚至沒有自己出席，只是請人把我投標的價格通知了經辦人，因為我不想張揚讓人說前院長的私生子買下教會的產業。第二天，我大驚失色地聽到有人出了比我高一倍的價錢買下了莊園。問題出在哪裡？我百思不解，直到安娜告訴我有一個中國人在隔壁的房子裡畫畫時，我才知道是喬埃這個傢伙買下了莊園。

「但他怎麼會知道莊園要出售的？我只和艾莉加討論過這事，我開始懷疑，仔細回想起來，太多曖昧的情景浮現。我不願深究下去，莊園已經在別人的手上，我有一個預感，喬埃這傢伙瘋狂心智總有一天會把莊園給毀掉。那句老話是這麼說的，上帝要毀掉一個人，先讓他發瘋。果不然，很快就發生了著火的事件，不瞞你說，多多少少給了我一點心理平衡。一個星期之後，艾莉加來找我說她要離開這裡，我問她要去哪裡？她說她要和喬埃一起去歐洲旅行，她說喬埃的丁托雷托莊園計畫受挫，她必須要到他身邊去陪伴他受創的身心。一個好萊塢的過氣演員，一下子扮演起純情天使的角色來還是令人瞠目結舌。我大怒，爭論，勸說，甚至哀求，全沒作用。到後來我也想通了，與其硬留她下來，她的心還是留不住。我卻永遠處於防禦的地位。年輕人，任何感情如果開始變質，最好馬上料理乾淨，拖得越久越是腐臭。當然，說起來容易做起來難，我也是人到中年才學了這課……」

馬里奧沉默下來，雙手抱頭陷入沉思狀，這麼一個精明強幹的男人，此刻卻顯得像一艘被遺棄在荒蕪海岸的破船，摧帆折槳，在淒風苦雨中歲月蹉跎。我本能地不喜歡這個男人，但也有一絲憐憫油然而生。不管你如何道貌岸然，也不管你擁有財富地位和名聲，你在人生中還是必須面對一份你所不能承擔的挫折。我走近他身邊，把紅酒斟滿他的酒杯。

「馬里奧先生，我很為你的經歷感到遺憾，我們都在生活中遭受失落和挫折，只有假以時日來撫平傷痛。我還是希望你能告訴我，安娜在哪裡？」

「忘記安娜。」馬里奧搖頭：「忘記安娜。」

我固執地盯著他。

「你是自討苦吃，你根本不知道安娜是怎麼一個女孩。順便問一句，你跟她上過床了吧？」

我沒有驚慌失措，平靜地說：「我們是朋友。」

「那她有沒有說你強姦了她？」

我目瞪口呆，望著馬里奧說不出話來。

「同樣的遊戲，同樣上鉤的魚，同樣的結局。」馬里奧意味深長地說道。

馬里奧說：認識艾莉加的時候，她正和丈夫在辦離婚，官司打了兩年還呈膠著狀況。安娜在兩邊居住，父母都在爭奪她的撫養權。艾莉加有個女朋友給她出了個餿主意，向當局說前夫和女兒有不正常的關係，你知道美國女人為了達到目的是不擇手段的，這樣一來地區檢察官也介入了，社會局的工作人員把安娜帶走，問了她無數的問題，所以九歲的女孩腦子裡就深印著「強姦」兩字。官司打到這個程度，男人已經無心戀戰。艾莉加如願以償地爭取到了安娜的撫養權。

馬里奧說他見到安娜時她十歲，已經在行為上顯出怪異，在飯桌上她會問起「強姦」到底是怎麼一回事？你怎麼跟一個十一歲的女孩解釋這件事？艾莉加也帶她去看過心理醫生，效果並不顯著。安娜還是流露出與她年紀不相稱的性好奇，照理說，在美國這個性開放的國家裡，少年人的性覺醒來得比較早也不是一件太值得驚異的事，問題是安娜對「強姦」這個偏差行為有著不可擺脫的執著。

艾莉加發火，焦慮，消沉。諮詢了無數的兒童心理專家。但沒用，安娜時好時壞，在她十二歲時好像很正常了，不再在大庭廣眾之下提那些令人難堪的問題。艾莉加總算放下心來，就在那時出了第一件事。

一天我和艾莉加從百老匯聽劇回來，看到警察站了一房間，原來安娜打電話報警，說有人強姦她。男孩是她的同學，十三歲，也住在同一幢公寓裡，父母都互相認識，以前也常來玩樂。在少年法庭上那個男孩申辯根本就是安娜引誘他的，而且他一口咬定並沒有實質性的性交，醫生的鑑定報告也支持他的說法。整件事紛紛揚揚地拖了半年之久，我和艾莉加都弄的身心俱疲，跟那家人弄得像仇人一樣，電梯裡見面都不打招呼。我們在案子一告段落就馬上把公寓賣掉，搬到紐黑文住。但情況並沒有好轉，安娜在四個月後又把她的體育老師告進了監獄。

那年輕人我見過，他教八年級女生的曲棍球，很單純的一個俄亥俄鄉下男孩，靦腆而不經世面。安娜打的是後衛，她那段時間迷上了曲棍球運動，飯桌上談的都是教練斯各特，和隊友們之間的爭風吃醋怎麼才能吸引他的注意力。艾莉加大為釋懷，認為有件實實在在的興趣可以讓安娜從前次事件中走出來是幸事。我卻總有個預感事情不會這麼簡單。

惡夢再次來臨，安娜和教練之間的事情搞得不可開交，有個女同學撞見二人在放體育用具的倉庫裡熱吻。在校長室裡安娜說教練強姦了她，這次可不是少年人對少年人的案情了，曲棍球教練被逮捕，不管他怎麼分辯，地區檢察官還是提起了刑事控訴。結果年輕人被判了八年徒刑。只有艾莉加和我知道，問題是出在安娜身上。但我們不可能對任何人說，說了也不會被相信。我們只好再搬家。

我們回到那不勒斯除了種種別的原因，有一個很大的因素是安娜的不穩定，她很難和人相處，教練事件之後她一度極其低沉，接著又變得亢奮，交朋友過分熱情之後馬上麻煩接踵而來，艾莉加開始後悔離婚時所作出的錯誤決定，但為時已晚。我們只希望在偏僻安靜的鄉下，安娜能慢慢地調整過來。

由於我的工作關係，我和艾莉加常旅行，安娜已經十三歲了，帶她旅行有很多不便，於是我請我從小認識的園丁一家在我們出門時照顧安娜。但是，安娜故伎重萌，和園丁十七歲的兒子糾纏不清，園丁一家是極虔誠的天主教徒，發覺得早，就把兒子送去西西里島的親戚家，不再讓他們見面。

艾莉加和我常吵架，我們的不和影響到安娜，反過來，安娜引起的種種麻煩也是我們之間一個煽風點火的因素。我們在束手無策時也自暴自棄，講到底，成人在某些方面更不堪一擊，未成年人可以對他不滿意的世界拳打腳踢，盡情嚎叫。而成年人只有很少的選擇，或者根本沒有選擇。

你在隔壁開始畫畫時我們正好忙於旅行，也許是下意識的一種逃避吧。我對所有的邀請一概接受，常常整月在外面巡蕩，艾莉加也願意藉購物來排除焦慮，我們知道事情會發生，但是，我們不可能守著，等待它發生，那會使人發瘋的。

當我們再次回到莊園的時候，艾莉加和我之間的分歧看來已經不可彌補，所以安娜的問題已經引不起我們多大的驚訝，發生過的事再次發生，將再要發生。就像牧羊少年喊狼來了一樣。我們有太多自己的問題要料理。唯一使我們覺得有新聞價值的，是那場火把修道院給燒了。

馬里奧停了下來，我在他敘述期間一聲不吭，這是一個天旋地轉的世界，像萬花筒一樣地使人目眩神迷，到最後你發現只是一堆彩色玻璃片毫無意義的組合。

也許馬里奧意識到說了太多，他又換了一副惡狠狠的面孔：「算你走運，那場火救了你，否則引誘未成年少女，在義大利也是十年的牢獄。你能否在西西里幫派統治的大牢裡活下來是個疑問。」

我說：「沒錯，馬里奧先生，也許我逃過了牢獄之災，但是，我逃不過我自己建立起來的牢房，這間牢房建在人的靈魂深處。你呢？你自己的心裡有沒有這樣一座牢房？」

我站起身來：「難得你告訴了我這麼多私人事務，馬里奧先生，你很殘酷，一種知識分子的沒心沒肺。你揭開了一層不該揭開的面紗，你認為一件事情的結果可以否定整件事情美妙的進程？你以為你這番訴說會減低我對安娜的喜愛和好感？你以為這個世界是切割的方方正正，井然有序的？你有什麼資格判斷一個活生生的人的成長過程？你有什麼資格評判一個人的夢想？」我環顧了一下凌亂的室內，不無惡毒的說道：「你也是夠可憐的，連自己都照顧不好。」

我還想說什麼，窗外響起一聲尖銳的汽車喇叭聲，我倆都一怔，互相盯著對方。終於，馬里奧垂下頭來，無力地向門的方向揮手。我轉身走出房子。把門輕輕帶上。

咪咪在花園的走道上蹲著，看到我走出來弓起了背，黑貓變得很瘦，毛色髒兮兮的。照理說貓在主人離家之後也會出走。但咪咪還留在這裡……

我剛想蹲下去撫摸牠，黑貓突然置我於一邊不顧，雙眼緊張地盯住花園深處，我一回頭，牠馬上像箭一眼地竄了出去。

我站起身來，向咪咪消失的方向望去，只見一叢無人打理的薔薇花開得燦爛，在粉色的花叢之上，翩然飛舞著一隻白色的蝴蝶。

薛暖坐在計程車裡等我，在回那不勒斯的路上，我們一路沉默無語，直到進了春雨綿綿的城市，我們被滯留在車陣中，計程車司機不耐煩地咕嚕著。薛暖眼睛看著被雨水，霧氣蒙成一片的車窗，突然開口道：「我有件事情昨晚就想告訴你，一直憋著，現在還在猶豫要不要說？」

我腦子裡翻騰的還是和馬里奧的對話，對於薛暖的言語反應不過來，只能保持默然。

「這件事情和你並沒有什麼關係，不過我還是非常想和你說說……」

「……？」

「我已經懷孕三個多月了，醫生說……你一點也沒看出來？」

餘聲

我回到美國，先後在紐約，明尼阿波利斯，和聖地牙哥居住，一部分原因是為了我的整容手術，我像個灰白的影子飄過城市的街衢，冷清的雪原，或者在南加州的濃蔭下偷偷地舒展我疲憊的軀體。

我很少和人交流，小心翼翼地掖藏著自己，像一條孤獨的魚兒在茂密的水草叢中咀嚼著往日的回憶。

有一次，我躺在手術台上做創面清理，幫我做護理的是個年輕少婦，她把我的臉用器具固定，用紗布遮蓋了面部，在手術的準備期間她突然停下來，翻看了我的病歷之後問我：「你幾歲？」我的病歷上寫的清清楚楚是二十三歲。她意識到問題的唐突，說：「光看你的眼睛，我覺得面對一個經歷了很多很多的老人。」

我沒生氣，她是很靠近我的一個熟人，她對我的悉心護理至今使我感動。也許她過於靠近了，在不經意間被我所流露出的眼光嚇到。我曾在鏡子裡長久地盯住自己的眼睛，時而清醒時而恍惚，對著鏡子，我突然認識到的確是有靈魂住在人的身體裡，人的身體就像那座修道院，不同的時候有不同的靈魂居住其內。

我總有一種徙遷的衝動，好像必須赴一個約會，而且必須匆匆趕去。我在一個城市安頓下來，租房子，尋找合適的醫生，佈置居室，看著牆邊豎著一排新繃好的空白畫布，自己對自己說應該靜下心來，畫些心中一直想畫的畫。然而，突然在某個萬籟俱寂的夜晚，身體裡起了一波莫名的不安，一陣鼓點急促地催促我：「快去，快去，不然就趕不上了。」我根本不知道要趕到哪兒去。在黑暗中躺著，聽到上空風聲像千軍萬馬奔騰而過。或是半夜裡起來，用遙控器打開電視，轉到動物世界的頻道上，看著在伸手不見五指地下生活的奇奇怪怪的老鼠，看著非洲草原上大批徙遷的駝馬，在越過湍急的溪流時被鱷魚吞噬。我在床頭櫃的抽屜裡取出美國地圖，眼光在上面梭巡，每一個城市的名字被我咀嚼著，舌尖品嚐著音節的滋味。毫無理由地，我突然決定，就是它了。在接下來的一個星期中，我處理掉差不多全新的傢俱用品，和房東扯皮退房，最後，把幾個手提箱裝上租來的麵包車，我又開始新一輪的流浪。

我在紐約託人賣掉了幾瓶聖•路加紅酒，從修道院帶出來的佳釀在拍賣會上引起轟動，聽說有人以此得到靈感寫出了暢銷小說，電影也正在籌備開拍。我從來沒去過問最後的售價是多少萬美金，我得到的那部分錢款足夠我付掉義大利住院費用，在美國的整形手術費和我簡單的生活用度。

住在聖地牙哥時，我的公寓一街之隔有座天主教堂，供偷渡來美的墨西哥工人做禮拜，教堂年久失修，院牆外的空地上長滿了巨大的仙人掌。我常在黃昏時散步路過，有時也走進去在後排的長椅上歇腳，燭光搖曳，香煙繚繞，高高的天花板上橫樑間凝聚著一陣陣嗡嗡聲，輕微而經久不散。圓滾滾的墨西哥婦人在座椅中掙扎著擠進擠出，從拼花玻璃透進的光線許諾一個虛幻的天國。我穿過甬道，來到後院，在暮色中斜陽照耀著一排墓碑，那是教士和修道士的長眠之地。角落裡，無人照管的薔薇開得燦爛一片。

我偶爾收到薛暖的資訊，知道她生了一個女嬰，金頭髮，棕色的眼睛，像玫瑰一樣的臉龐。「一點也不像中國人。」薛暖的信裡這麼說。我閉上眼睛，極力想把薛暖和皮特的印象重疊在一起，但眼前老是被安娜孩子氣的臉龐所遮蔽。我在薛暖的字行間把握住滿懷的母性，我輕輕地把煙灰撣在煙缸裡，生怕驚擾了那嬰兒在信息間的吐氣如蘭，生怕尼古丁混雜了奶香。

生命在無序中蓬勃生長。

在一個長久乾旱無雨的季節，公寓陽台上的植物不管怎樣澆水還是一點點枯萎下去，我上身裸露，穿著寬大的運動短褲，坐在陰影中的一把籐椅上，隔著玻璃拉門，客廳中擺放著一具龐大的畫架，在畫架上支著一張六十英寸的大畫，綠草叢生的池塘漂著一艘木船，安靜而和平，像嬰兒的午睡。我現在的畫風都是這種風格，朦朧草地上的月光，起霧的清晨田野，或是夕陽穿透林間。我的畫商對我的畫很為欣賞，雖然她對售價更為計較。我半邊的臉上笑著，半邊臉上紋絲不動，我需要在褲袋裡放上一疊綠色的紙鈔，心裡才會安寧。至少，我的畫商是我通向絕緣外界的一條管道。

畫已經完成十之八九了，等一些小節再作修改之後就可以上光，裝框，然後送去畫廊懸掛賣錢了。我隔了玻璃門向室內凝望，尋思著哪個細節還需要改動加強。

我開始認為是個幻覺，青翠的畫面上突然出現一團金色的斑點，我揉揉眼睛在定睛看去，畫面上分明多了一頭金色的豹子，斜臥在船頭，半抬起上身回頭向我凝望。

我坐在那裡，心裡非常平靜，好像這個時刻等待已久，這頭豹子總有一刻會呈現在我生命的流程裡，只是想不到會在這個暑熱的下午不期而遇。我盯著豹子金色的瞳仁，那兒並列著野性和溫柔，懶洋洋臥著的身體積聚著一躍而起的無窮精力。一隻黃蜂飛來，在我臉前不斷飛舞，我下意識地一抬手，再轉頭去看畫面，那頭豹子已經消失得無影無蹤。

那頭豹子再也沒回到畫面上來過，牠只是在深夜清晨在我殘破的夢中一躍而出，在我驚覺之前，牠已經轉過拐角，融入無盡的時空中。

畫商的等待落空，她再也沒能看到描繪平靜池塘的油畫。我把她的催促，絮語，利誘都當成耳邊風，我在等待豹子的再一次出現。

吉普賽釋夢者這樣解釋：金色的豹子是掠食者，牠在你生命的渡船上出現，你必須得奉上你所有的一切。豹子是不能馴養的，像情慾一樣，牠在你最猝不及防之時將你撲倒。豹子的美麗與兇猛並存，來去無蹤。你必須跟那頭豹子作某種交流，否則你永遠不能得到和平……

在聖地牙哥以南有個龐大的野生動物園，各種動物被圈養起來，周圍的環境刻意地修建成原始狀態。我去過幾次，在遠處瞭望樹蔭下的一團黃色軀體。突然明白：出現在我畫面的是豹子的精魂，而這些被圈養起來的動物，精魂早就離牠們遠去。

我驅車北上，有人告訴我在俄勒岡州邊界的溫斯頓，有個最自然形態的野生動物園，所有的動物都在不設柵欄的自然情況下生存。我已經對尋找那頭神秘的豹子不抱希望。但是還經不住一窺真相的誘惑，結果還是使我失望，我在車子裡注視著一頭年輕的豹子撲倒一頭麋鹿，撕開牠的氣管，舔噬著鮮血。根本沒朝十尺之外的我看上一眼，我打開車門，朝豹子蹲伏的地方走近幾步，那頭野獸感到了動靜，一個轉身，尾巴豎起，前胸貼在地下，向我作出一副呲牙的威脅狀。我在三尺之外望進豹子的眼睛，只見一層冷冷的隔膜，一股嗜血的殺意。旁邊經過車上的遊人都驚叫起來：危險，危險。趕快後退。我卻充耳不聞，像根木樁似地站在那兒。那豹子和我對持了幾十秒鐘，顯然不理解站在牠面前是怎樣一個生物。然後，牠毫無留戀地放棄了獵物，轉身一躍，上了一棵枯樹。一面回頭盯視著我。

我返身走回停泊著的汽車，心中若有所失，我並沒有想過，那野獸如果後腿一蹬，閃身撲上來直取我的喉管，後果將會是怎麼一個樣子？我驅車離去之時，從後視鏡裡看到那頭豹子正施施然地縱身從樹上下來。

我回程路過三藩市，突然想到湯姆許諾過給我的漁人碼頭工作室，現在不知道被誰使用著。我產生了舊地重遊的強烈願望，回到美國之後，我一直下意識地迴避三藩市，一次也沒有踏足過那塊美麗的土地。我怕的是劈面撞上我的舊夢，我認識夢，而夢卻根本認不出我來。

既然能面對一頭噬人的豹子，那我為什麼懼怕一座平和的城市？我從五號公路轉向西去，經過伐木城尤利加，拐上一號公路向南駛去。一路上參天的紅木森林遮天敝日，枝幹間藍紫色的海洋一晃而過。黃昏時大霧從海面掩過來，在彎曲的盤山車道上迎面來的車輛，浮出兩盞車前燈，像夢中豹子的眼睛般地一閃。我在半夜期間接近了三藩市，隔著海灣可以瞥見燈火璀璨。我突然意識到我正處於斯汀生海灘附近，喬埃的大房子就坐落在不遠的地方，我一扭方向盤，向曾經熟悉的那條私人車道駛去。

到了，我記得是面臨海灘的第一家，周圍的鄰居都隔得很遠。我在路邊停了車，跨出車子，點上香煙。

在清冷的月光下，那座曾經燈火輝煌，人影幢幢的華美大屋，現在烏黑一片地趴在那裡，沒有一盞燈光。我走近幾步，看到門口散落著被雨水浸泡的電話簿，和一大堆用橡皮筋紮起來的廣告。旁邊的草坪也雜亂無章，這房子是很久沒人居住了。

房子旁邊有條小道，直通海邊。我沿著青石砌成的台階往下走去，空洞的足音在暗夜裡顯得清脆。在海灘上我走出去很遠，一直到潮水淹上腳背，我乾脆脫下鞋襪，赤腳在冰涼的沙礫上行走。回頭望去，遠處一排房子像一個孤伶伶擱在那兒的巨大下巴骨。我想起了金妮，那個想飛翔的女孩。

我在第二天直接去湯姆的辦公室，我在接待室聽到湯姆很詫異地問小姐：「誰？」接著響起沉重的腳步聲，湯姆臃腫的身材出現在門後。看見我他先是一怔，隨即想起了什麼，馬上把我讓進他的辦公室，隨手帶上門。

湯姆看上去更龐大了，吊帶褲中間那個肚子像一團發麵似地擠出桌沿。兩邊的臉頰下垂，嘴唇也拖出老長，加上重重疊疊的眼袋，前額禿得一根頭髮不存，整個臉上的表情像某種卡通狗類。

我們隔著桌子互相注視，半晌湯姆喘氣吁吁地開口道：「我很高興看到你恢復得不錯，我們失去聯繫好久了。我想你過來是為了合約的事吧？我非常遺憾地告訴你，由於合約訂立在基於紀念館落成之後才能執行，鑑於那個不幸的事件，我們不能履行所提供的條款。如果你有不同的看法的話，也許我們可以商談一個合理的補償……」

我打斷了他：「我不是為這個來的。我只是想來問問：金妮怎麼樣了？她還好嗎？」

湯姆的臉上現出一種難言的神情，他摘下眼鏡放在桌上，把臉埋在肥厚的手掌間摩莎了一陣，然後抬起頭來眼神朦朧地開口道：

「金妮離開了我們，她現在與上帝同在。沒人願意事情這樣發生……。我們只能把它看成上帝的意志，他比我們更瞭解生命的本質……」

我緊縮在靠背椅裡，插在口袋裡的手拼命捏著大腿，藉此不要喊叫出來。

湯姆說從佛羅里達回去之後，金妮又被送進了精神病醫院，經過一段時日，金妮好像穩定了些，就在大家放鬆警惕之時，在一個黃昏，金妮在醫院的走道上突然甩開陪同的護士，衝進男廁所，把自己鎖在裡面，當醫院警衛夥同警察把門撬開之際，金妮從四樓縱身躍下。

像鳥一樣地飛翔，我眼前出現了海灘上無際的天空，碧藍湛遠，不見一絲鳥影。

「金妮並沒有馬上死去，但在搶救之後靠機器維持生命，換句話說，她的今後將呈植物人狀況。喬埃作了決定，但那是一個何其困難的決定啊。只有我知道喬埃是如何心中深愛這個孩子，也只有我見證到喬埃在作出決定之後的崩毀。上帝，千萬千萬不要讓我處在那個做決定的位置上。我情願打一百件最爛的破產官司，為殺人犯辯護，為最下流的政客出謀策劃，也不要叫我去做那樣一個決定。」

我的思緒飄回在修道院的日子，最後一次見到喬埃是什麼時候？好像是畫到那張《奏樂的女人》時他來過？我真的記不起來了，那時我全部的心思被安娜所占據，沒有注意到喬埃的神色有任何異常，從那時之後他就沒有在莊園出現。

我現在才知道是金妮事情的對喬埃是個多麼重大的打擊。

「是我處理了金妮的後事，喬埃甚至沒有在葬禮上出現。我也試著找過她的母親，但那家人搬離了佛羅里達，一點音信也沒有。可憐的姑娘，就我和一個天主教神父，送她離開了這個世界。那天下著雨，連掘墓工人鏟起的泥土都顯得那麼沉重。而一個十九歲的女孩就這樣走完了她的人生……」

辦公室裡很長的一陣靜默，聽見外面的接線小姐在電話上的竊竊私語。

「那喬埃呢？」

「我很少能聯繫上他。」湯姆把桌上的眼鏡拿起來，哈了口氣，用塊絨布擦拭。兩眼無光地瞪視著我：「他現在住在西西里的一個離島上，打電話要到鎮公所，常常沒人接。」

「那你否告訴我金妮的墓地在哪兒？」

湯姆戴上眼鏡，在一張紙上寫下了墓園的名稱和位置，又畫了一個簡單的路線圖。面無表情地遞給我。

我下午去了墓園，微雨的天幕下空寂無人，青草淒淒間一排排墓碑矗立。我找到金妮的墓，清理了花瓶中衰敗的花束，換上清水，插上帶來的白色百合。金妮的墓碑是黑色的，簡單而樸素，上面只有姓名和出生死亡年月。我在細雨朦朦中點上一支煙，極力回想旅途中金妮的聲容笑貌，卻是一片模糊，如眼前的暮雨中的黃昏墓園。

一回頭，金妮的墓碑上不知什麼時候停立了一隻鳥兒，拳頭大小，全身黑色，只有嘴喙是淡黃色的。那鳥兒側頭看著我，圓滾滾的眼睛含著一絲好奇。我全身僵住，不由得起了一身雞皮疙瘩。「真是你嗎？金妮？你真的化成一隻鳥兒了嗎？和我在生死交界之地，晨昏嬗遞之時相見？」

那鳥伸頭去翅窩裡啄弄，再一抖身子，斜斜地貼著地面掠過，消逝在一座座的墓碑後面。

我快步走出墓園，不敢回頭瞥視。

當然，一切都跨過去了，
時間不可逆轉，生死也如此，
彼岸有不同的律令，斷層之外，
我們永遠不能理解的世界。

意識深處，任何生命都是
獨一的，唯我的，求生的，
每一個體都相容並蓄，
蘊含著熱情和恐懼，像一架天平。

生命的歡樂盡可以切成碎片，
像種子般地撒向田間，
秋天過後你站在那扇窄門之前，
僅容你，無言地通過。

我還是需要賣畫來維持生計，我現在的畫商是個聰明的知識婦女，她精挑細選，在我完成的作品中十取一二，並且對細節的要求極其嚴格，但她的品味修養使得我的畫賣到很高的價錢。她很少跟我出主意，完全放任我自由發揮。但她又是個極為固執的女人，一旦她認定了什麼事情，那她會千方百計地說服你依她的看法行事。

她一定要我隨她出席一個招待酒會，酒會是在買了我畫的一個客戶家裡舉行。地點在靠近三藩市的大學城柏克萊。上次拜訪了金妮的墓地之後我心裡一直有個暗影，下意識地避免一切和三藩市有關的事情。畫商說了幾次我都極力推諉。最後惹火了這個一向溫言軟語的女人，她語氣堅定地說，正是為了把我的畫從一般的商品畫推廣到真正的藝術收藏家圈子裡去，她才苦心孤詣地籌備了這個酒會。我如果這麼不願配合的話，她只能請我另謀高明。雖然她的話不好聽，我從另一個角度也看出自己日益孤僻，不合群到了自閉的邊緣。不就是一場晚會麼?坐一個半小時的飛機，喝幾杯酒，跟張三李四寒暄一番，讓畫商不失時機地推銷幾幅畫，我還不至於抽不出這個時間來。所以我答應了她出席酒會。

房子在柏克萊山上，一走進大門我就有似曾相識的感覺撲面而來，如修道院的那種格局，地中海式的粉牆紅瓦，敞露出來的橫樑，紅色的陶磚鋪地，樓下是巨大的客廳，酒會就在那兒舉行，在古色古香的鍛鐵打製的吊燈下，一房間的衣影繽紛。房子中央是個庭院，也有一座噴泉，木質的落地門敞開著，一陣薰衣草的香味隨風飄來。

畫商引了一對鬚髮亦白的夫婦來到我的面前，介紹說是今天酒會的主人，兩人非常熱情地稱讚我的畫，說收藏了好幾幅，除了掛在客廳裡的那幅大畫，還有好幾幅掛在樓上的各個房間裡。

老太太問我願意不願意去看看他們為我畫配的鏡框？我說當然，同時也想參觀一下這座華美的大房子。主人夫婦扔下滿房間的客人，陪我一間一間地參觀，同時告訴我他們在義大利住了十四年，在美國大使館作文化參贊。這座房子是他們回到美國之後，專門請義大利建築師設計的，材料中有百分之八十是從義大利進口的，連監督工程的營造商都是從義大利特別請來的。老先生說整幢房子占地一點一畝，共有兩個客廳，兩個廚房，八間睡房和六個浴室。老太太說，還沒算上後面的那幢小屋，那倒是個清靜的地方，也許畫家先生願意來小住，從露台上看出去景色不錯呢。

那幢小屋和我記憶中的一模一樣，除了取水的泵浦換成了鍍鉻的水龍頭。在露台上，三藩市的燈火隔著海灣閃耀。老先生在我身後點起雪茄，說：「任何時候都歡迎你來住。我們常旅行，沒人會來打擾你，我們非常願意看到美麗的作品在這房子裡產生。」

我知道我又陷入了一個怪圈，一場迷情。我回到聖地牙哥之後，丁托雷托莊園的景色一直在我眼前繚繞，安娜的身影一閃而過。在那對老夫婦一再打電話來邀請之後，我打點行裝，北上柏克萊。

我住在那小屋裡已有一年之久，把畫架架在面臨露台的起居室裡，樓上的臥室裡有一張簡單的鐵床，我把那幅燒殘的《手托乳房的少女》重新裱過，裝了個很樸素的鏡框，掛在床頭上。主人恪守諾言，很少在我視線之內出現，他們常外出旅行，我們之間的交流是寫個便箋放在信箱裡。我晨昏之際在山麓上的小道散步，大學的鐘聲從遠處傳來，桔色的夕陽把路旁的一草一木雕琢得玲瓏剔透。

一天傍晚我回到房子時，隨手打開信箱，一封信箋躺在那兒，回到小屋裡，我拆開信封，一張印刷精美的通告呈現在我眼前，通告上說：由於某某先生太太的努力，義大利威尼斯博物館將借出二十六幅文藝復興時的大家丁托雷托畫作，在柏克萊大學美術館作兩個禮拜的展出，希望大家能很好地欣賞偉大的藝術品……

我的心臟一下子凝固住，過去的一切又轉了回來。

〔全書完〕

釀小說05　PG0883

丁托雷托莊園

作　　者　范　遷
責任編輯　蔡曉雯
圖文排版　陳姿廷
封面設計　王嵩賀

出版策劃　釀出版
製作發行　秀威資訊科技股份有限公司
114 台北市內湖區瑞光路76巷65號1樓
電話：+886-2-2796-3638　傳真：+886-2-2796-1377
服務信箱：service@showwe.com.tw
http://www.showwe.com.tw
郵政劃撥　19563868　戶名：秀威資訊科技股份有限公司
展售門市　國家書店【松江門市】
104 台北市中山區松江路209號1樓
電話：+886-2-2518-0207　傳真：+886-2-2518-0778
網路訂購　秀威網路書店：http://www.bodbooks.com.tw
國家網路書店：http://www.govbooks.com.tw
法律顧問　毛國樑　律師
總 經 銷　聯合發行股份有限公司
231新北市新店區寶橋路235巷6弄6號4F
電話：+886-2-2917-8022　傳真：+886-2-2915-6275

出版日期　2013年1月　BOD一版
定　　價　320元

Printed in Taiwan

國家圖書館出版品預行編目

丁托雷托莊園 / 范遷著. -- 初版. -- 臺北市：釀出版,
2013.1
面；　公分. --（釀小說；PG0883）
ISBN　978-986-5976-99-6（平裝）

857.7　　　　101023821

讀者回函卡

感謝您購買本書，為提升服務品質，請填妥以下資料，將讀者回函卡直接寄回或傳真本公司，收到您的寶貴意見後，我們會收藏記錄及檢討，謝謝！
如您需要了解本公司最新出版書目、購書優惠或企劃活動，歡迎您上網查詢或下載相關資料：http:// www.showwe.com.tw

您購買的書名：____________________

出生日期：________年________月________日

學歷：□高中（含）以下　□大專　□研究所（含）以上

職業：□製造業　□金融業　□資訊業　□軍警　□傳播業　□自由業
□服務業　□公務員　□教職　□學生　□家管　□其它____

購書地點：□網路書店　□實體書店　□書展　□郵購　□贈閱　□其他

您從何得知本書的消息？

□網路書店　□實體書店　□網路搜尋　□電子報　□書訊　□雜誌
□傳播媒體　□親友推薦　□網站推薦　□部落格　□其他________

您對本書的評價：（請填代號　1.非常滿意　2.滿意　3.尚可　4.再改進）

封面設計____　版面編排____　內容____　文／譯筆____　價格____

讀完書後您覺得：

□很有收穫　□有收穫　□收穫不多　□沒收穫

對我們的建議：____________________

____

____

____

請貼
郵票

11466
台北市內湖區瑞光路 76 巷 65 號 1 樓

秀威資訊科技股份有限公司　　收

BOD 數位出版事業部

(請沿線對折寄回，謝謝！)

姓　　名：________________　年齡：________　性別：□女　□男

郵遞區號：□□□□□

地　　址：____

聯絡電話：(日)________________　(夜)________________

E-mail：____